시간과 공간을 조각하다

고명철, 권혁인, 김상목, 김인호
노진서, 박진빈, 최종성

보고사

서문

작년 가을의 일이다. 교양학부에 소속된 몇몇 교수들이 친목을 다질 겸해서 서울 근교에 나갔다. 바람도 쐬고 몇 가지 얘기들을 나눌 심산이었다. 간 곳은 경기도 양수리에 있던 다산 정약용 생가였다. 지금은 완전히 관광지로 변해 버린 다산 선생의 묘소가 그 곳에 있었다. 마침 다산축제인가를 하고 있었다. 주변을 둘러본 후에 근처 음식점에서 우리는 맛있는 식사와 여러 얘기들로 시간을 보냈다. 다들 즐거운 분위기였다.

그 곳에 간 교수들의 소속은 교양학부라서 같았지만, 전공 공부가 같은 분은 없었다. 전공이 모두 달라서 영어학, 수학, 국문학(비평), 일본문학, 한국사, 서양사 등으로 다양했다. 그럼에도 대개 같은 해(2005년) 교수로 임용되었다는 것, 그리고 같은 건물을 쓰고 있다는 것 등으로 쉽게 친해질 수 있었다. 같은 처지(?)에 있다는 사실이 서로의 동질성을 높이는 계기가 되었을지도 모른다.

얘기 도중에 누군가 하나의 모임으로 만들 것을 제안했다. 유쾌한 분위기 탓인지 반대 없이 참석자들의 동의를 얻어냈다. 모임의 이름은 정약용 선생의 호를 따서 일단 '다산회'로 정해졌다. 이후 장난삼아 이 이름은 모임이 있기 전에 암호처럼 쓰이기도 했다.

그러나 중요한 점은 단지 친목만의 모임이 아닌, 보다 생산적인 일을 하기로 결정했다는 것이다. 사실 대학교육에서 요즘 들어 교양의 중요성이 강조되고 있는 분위기였다. 광운대학교 교양학부 역시 이런 분위기 속에서 탄생한 조직임은 두말할 나위가 없다. 문제는 교양교육을 어떻게, 그리고 무엇을 가지고 할 것인가에 있었다. 이것은 학교시스템의 문제이면서 동시에 그 콘텐츠에 관한 의문이었던 셈이다.

또한 최근에 각 전공 간의 융합이 중시되고 있었다. 교양교육에 대해서도 이 점은 마찬가지였다. 일부 학교는 여러 전공의 교수들이 섞인 교양과목을 개발하거나 시행하고 있었다. 우리 교양학부 안에서도 이를 위한 파일롯과목(시험과목)을 개설하자는 논의가 있었다. 그러나 선행조건은 그에 따른 구체적 내용물이 필요하다는 의견이 많았다.

다산회는 이를 위한 실현체였다. 그래서 하나의 주제에 여러 전공자들의 입장에 따른 검토물을 성과로 만들기로 약속했다. 그것도 일회성이 아닌 계속적인 것으로 하기로 했다. 일종의 시리즈물을 만들자는 생각이었다.

첫 작업의 주제는 인간들이 생각하는 '시간과 공간'을 다루기로 했다. 각각의 분야에서 테마를 정하여 약 80~90매 사이의 원고를 만들고, 이를 2007년 2월까지 책으로 만들자고 했다. '시간과 공간'은 인간이 살아가는 일종의 X와 Y축이다. 철학과 과학의 기본 주제라는 점에서 매우 부담스러운 것이었다. 그리고 한 번에 다루기에는 너무 큰 주제라는 점에서, 일단은 같이 다루어보고, 미진한 문제는 다시 쓰기로 했다.

처음에는 이 원고를 두고 상호 토론한 뒤에, 이를 대담형식으로 책 뒤에 붙이기로 했다. 그러나 시간이 촉박했으며, 구술을 푸는 작업의 번거로움을 감당하기 어려울 것 같아서 이번에는 생략하기로 했다. 당장은 아니지만 융합교양과목이나 세미나 수업의 교재로 이를 활용하기 위해서는 좀 서둘러야 할 필요가 있었기 때문이다. 그래서 이번 책에서는 원고에 대한 토론을 통해 수정하는 작업이 미진했다. 원고의 상당 부분을 개개 필자의 손에 거의 맡긴 셈이다. 다만 세부주제를 정하는 일에서 검토가 없었던 것은 아니다. 따라서 원고의 통일성에서는 약간의 문제가 있다는 점을 우리는 자인하지 않을 수 없다.

하지만 한 알의 밀알이 모여 수많은 이삭이 되듯이, 우리의 작업은 이를 위한 첫 삽으로 이해해 주시면 고마울 따름이다. 이후 작업은 보다 보완된 것으로 선보일 것을 약속드리는 바이다.

필자 일동의 인사를 대신하여

차례

1

공간의 지평

언어에 내재하는 시간과 공간

노진서

언어란 우리에게 있어서 사고를 옮기는 수단 그 이상의 것이다.
그것은 우리의 영혼에 둘러진 보이지 않는 의상이며,
그것의 모든 상징적 표현은 이미 정해진 형식을 따르게 된다. - E. Sapir-

I

시간과 공간은 인간의 의식 구조와 활동 영역에 있어서 가장 원초적인 차원의 것이고 또한 언어와 의식 구조 사이의 밀접한 관계로 인하여 어떠한 형태로든 시간과 공간 개념이 언어 구조에 반영되지 않는 언어는 없다. 먼저, 다음 예문들을 살펴보자.

(1) (a) The freight train crept by.
　　　화물 열차가 기어서 지나갔다.

　　(b) The tiger is fast approaching.
　　　호랑이가 빠르게 다가오고 있다.

    (c) The frontier lies ahead of us.

         국경이 우리 앞에 놓여 있다.

(2) (a) Time crept by.*

        시간이 (느릿느릿) 기어갔다.

    (b) Christmas is fast approaching.

        크리스마스가 빠르게 다가오고 있다.

    (c) Our future lies ahead of us.

        미래가 우리 앞에 놓여 있다.

위의 예문에서 (1)의 공간과 (2)의 시간에 관한 표현들은 서로의 연관성에 의해 대응되어 있음을 알 수 있다. 즉, (2)의 시간, 크리스마스, 미래 등의 추상적 개념이 (1)의 열차, 호랑이, 국경 같은 사물의 움직임이나 상태처럼 기술되고 있다. 다시 말하면, 시간과 같은 추상적인 개념이 공간이라는 보다 구체적인 개념으로 인식되어 표현되고 있다는 사실을 알 수 있다. 이러한 표현 방식은 추상적이고 낯선 개념을 구체적이고 친숙한 개념으로, 좀 더 전문적인 용어를 빌리면, 우리에게 낯선 목표영역(target domain)을 익숙한 근원영역(source domain)으로 인지하여 표현하는데 Lakoff는 이것을 개념적 은유(conceptual metaphor)라 하였다**. 예를 들면, 다음 예문 (3)과 같이 사랑을 여행으로 개념화하여 은

---

* 각 예문에서 은유적 표현은 밑줄로 나타내었고 두 언어의 비교를 위하여 가급적 영어를 그대로 직역하였다.

** Lakoff, G.(1993). "The Contemporary Theory of Metaphor", In Ortony, A.(ed), *Metaphor and Thought*, Cambridge University Press, 202-251.

유적으로 나타낼 수도 있다.

    (3) (a) Our relationship has hit a dead-end street.
           우리 관계는 끝장 난(막다른) 길에 와있다.

       (b) Look how far we've come.
           (사랑하는) 우리(관계)가 얼마나 멀리 왔는지 보라.

       (c) We have to go our separate ways.
           우리는 서로 다른 길(서로의 갈 길)을 가야 한다.

    (3)의 일상적인 예문들은 사랑에 관한 표현일 뿐만 아니라 사랑을 이해하는 기본 개념으로도 사용된다. 즉, 두 사람의 관계, 교제 등, 추상적인 사랑의 영역을 대할 때 길, 거리 등의 구체적인 여행의 영역 관점에서 이해하는 것이다. 부연하면 은유적 표현은 근원영역(여행)으로부터 목표영역(사랑)으로의 연결(mapping)로서 이해할 수 있는데, 목표영역(사랑)에 속하는 요소가 근원영역 요소(여행)에 체계적으로 대응되도록 짜여져 있으며 이와 같은 과정도 사회적 공감을 통하여 사용자들의 이해와 수용을 얻어내기 위해 공통적인 경험에 기반을 둔 친숙한 것만을 은유화 한다. 따라서 관습화된 기본적인 은유는 신체, 건강과 질병, 더위와 추위, 빛과 어둠 등 우리의 일상생활과 밀접한 관계를 가지는 구체적 개념에 관한 것이다.

    이와 같은 은유적 표현이 많아진 이유 중 하나는 우리 두뇌의 정보처리 능력의 한계 때문이다. 이러한 연유로 일상생활 속에서 쏟아지는 엄청난 양의 정보를 간단하게 만들어 소화해내기 위한 하나의 방편이 바로 은유이다. 즉, 은유는 복잡한 인지처리 과정을 거쳐야 하는 추상적인 개념들에 대하여 구체적이고 쉬운 개념을 사용하여 단순화 시켜서 기억하기 편리하게 만드는 방법이다.

은유는 공통적인 사회문화적 경험을 기반으로 삼고 두 개념 사이의 유사성을 근거로 생겨나는 표현이므로, 문화에 따른 차이가 있는 것은 당연하다. 예를 들어 'My honey is a block of ice.'(내 애인은 차갑기가 얼음 같아.) 같은 은유 표현은 얼음이 없는 열대 지방에서는 있을 리가 없다. 이렇듯 은유는 언어가 사용되는 문화권에 따라 달라지는 문화 결정적(culture-specific)인 언어법이어서 언어에 따라 개별성을 갖는다.

그러나 인간은 각기 다른 언어를 사용하고 있음에도 불구하고 보편적 사고를 갖고 있기 때문에 그로 인하여 공통적인 의식이 언어에 반영되어 유사한 표현이 생겨난다. 예를 들면 앞서 열거한 신체, 건강과 질병 등과 같이 일상생활과 밀접하게 연관된 개념들이 여러 언어에 공통적으로 표현되는데 시간과 공간 개념도 마찬가지이다. 따라서 영어와 한국어에도 시간과 공간에 관한 보편적인 개념이 반영된 표현들이 사용되므로 그 결과 여기에 예를 든 영어 문장의 은유 표현들을 직역해 놓은 경우, 한국어 사용자들도 그 표현의 의미를 별 무리 없이 이해할 수 있다. 이것은 영어 사용자나 한국어 사용자나 시간과 공간에 관하여 잘 알고 있고, 또 비슷한 체험 과정을 통하여 유사한 은유적 체험 기반이 형성되었으며, 그로 인하여 보편적인 은유 개념을 가지고 있기 때문이다. 그러면 이러한 것을 전제로 영어와 한국어에 나타난 시간과 공간에 관한 개념적 은유 표현을 살펴보기로 한다.

Ⅱ

시간은 추상체로서 그 개념을 쉽게 이해하기 힘들다. 그러므로 언어
사용자는 추상적이고 어려운 시간 개념을 보다 쉽고 구체적인 개념으로
은유화하여 표현한다. 먼저 우리가 흔히 접하는 시간 개념의 예를 들어
보자.

(4) (a) 내 생일이 <u>다가온다.</u>

   (b) <u>가는</u> 세월 그 누가 잡을 수 있는가?

   (c) 시간이 좀 <u>지나면</u> 다 해결될 거야.

   (d) 선사시대로 <u>거슬러 올라가</u> 보자.

   (e) 앞으로 <u>가까운</u> 미래에 닥칠 재앙에 대비해야 한다.

   (f) 이틀 <u>뒤</u>에 보자.

   (g) 들어가서 빨리 시간 <u>채우고</u> 나와.

   (h) 그날 시간 <u>비워</u> 놓고 있을 거야.

   (i) 공강 시간을 무엇으로 <u>때우지</u>?

위의 (4) 예문에서 보듯이 시간이라는 추상적인 개념을 이해하기 위
하여 오고 가는 움직이는 물체, 또는 비우고 채우는 그릇, 또는 거슬러
올라가는 장소, 그리고 사물처럼 시간을 생각하고 있다. 차례차례 그
예를 구체적으로 살펴보자.

[시간은 이동하는 물체]*(TIME IS A MOVING OBJECT)

먼저 시간은 언어 사용자들 간에 움직이는 물체로 형상화된다. Lakoff & Johnson**은 이것을 움직이는 시간(Moving Time) 은유라고 하였는데, 즉, 시간이 관찰자를 향해 다가오고 지나가는 움직이는 물체로 인식되며, 그때 움직이는 물체인 시간과 관찰자 사이에 상대적인 위치가 정해지는데, 일반적으로 미래 시간은 관찰자의 앞에 있으며 과거 시간은 관찰자의 뒤에 있다. 또한 과거 시간이나 멀어지는 시간에는 '가다' 그리고 미래 시간과 가까워지는 시간에는 '오다'의 표현을 쓰고 있다. 다음 예문들을 살펴보자.

(5) (a) The time for action has arrived.
행동을 취할 시간이 도래했다.

(b) The deadline is approaching.
마감시간이 다가오고 있다.

(c) Christmas is coming up on us.
크리스마스가 우리에게 바짝 다가와 있다.

(d) The worst is behind us.
최악의 것은 (이미) 우리 뒤로 넘어갔다.

---

* 인지언어학의 표기 방법에 따라 한국어는 대괄호 속에, 영어는 대문자로 개념적 은유를 표기하였다.

** Lakoff, G. and M. Johnson(1999). *Philosophy in the Flesh: The Embodied Mind and Its Challenge to Western Thought*, New York: Basic Books, 141-145.

(e) in the years gone by

지나간 시절에

(f) in the coming years

다가오는 시기에

이와 같이 시간을 움직이는 물체로 은유화하는 것은 일상어뿐만 아니라 다음 (6)의 예와 같이 문학 작품에서도 많이 찾아볼 수 있다.

(6) (a) Time flies over us but leaves its shadow behind.

— Nathaniel Hawthorne, *The Marble Faun*.

시간은 우리에게 쏜살같이 날아오지만 뒤에 그림자를 남긴다.

(b) Time passed. But time flows in many streams.

— Kawabata Yasunari, *Beauty and Sadness*.

시간은 (나를) 스쳐 지나갔다. 그러나 여러 가지 물줄기(형태)로 흘러가고 있다.

(c) She was aware of ⋯ time draining itself from the scene in a slow leak.

— Alice McDermott, *At Weddings and Wakes*

그녀는 완만한 누수 상태로 서서히 시간이 빠져 나감을 알고 있었다.

(d) Time, drawn by the snail and the hare, / Asleep in his rattling wain

— Edna St. Vincent Millay, *The King's Henchman*, Act 2

달팽이와 토끼에게 <u>이끌려</u> 가는 시간이여 / 덜거덕거리는 마차에서 <u>잠이 드누나</u>

(e) Time is <u>a flowing river</u>, Happy those who allow themselves to be carried, unresisting with the current.

— Christopher Morley, *Where the Blue Begins*

시간은 <u>흐르는 강</u>, 행복한 사람들은 물살에 거스르지 않고 자신을 맡긴다.

(6)의 예문에서 시간을 날아오고 흘러가고 빠져나가고, 끌려가는 물체로 인식하여 표현하고 있다. 그러나 한국어 사용자도 시간에 관하여 영어 사용자와 비슷한 체험을 통하여 이미 유사한 은유 기반을 가지고 있기 때문에 시간에 관한 (6)의 문학적인 영어 문장을 무리 없이 이해할 수 있는 것이다.

[시간 경과는 배경에서 관찰자의 이동]
(TIME PASSING IS AN OBSERVER'S MOTION OVER A LANDSCAPE)

시간을 나타내는 표현 중 많이 쓰이는 또 다른 형태는 시간을 정지된 배경으로 설정하고 그 배경 속에서 관찰자가 움직이는 것으로 서술하는 것이다. 이 경우를 Lakoff & Johnson은 움직이는 관찰자(Moving Observer) 은유라고 하였는데*, 즉, 배경으로 묘사되고 있는 시간을 바

---

* Lakoff, G. and M. Johnson(1999). *Philosophy in the Flesh: The Embodied Mind and Its Challenge to Western Thought*, New York: Basic Books, 141-145.

탕으로 관찰자가 움직이는 것으로 은유화하는 것이다.

(7) (a) We're getting close to Christmas.

우리는 크리스마스에 다가가고 있다.

(b) We passed the deadline.

우리는 마감시간을 넘겼다.

(c) We've reached June already.

우리는 이미 6월에 와 있다.

즉, 위의 예문에서 크리스마스, 마감 시간, 6월 등 시간 개념을 배경으로 깔린 물체로 인식하고 그 정지되어 있는 배경을 기준으로 접근하거나 또는 지나치는 것으로 서술하고 있다.

(5)처럼 움직이는 물체로서의 시간 개념화와 (7)처럼 배경으로 묘사되는 물체로서의 시간 개념은 서로 모순된 것처럼 보이지만 사실은 관점의 차이이다. (5)의 경우는 모니터나 대형 스크린을 통해 멀리서 다가오는 화면을 보는 경우를 떠올리면 쉽게 이해할 수 있다. 일상에서 그와 같은 경험을 통하여 은유 기반이 형성되었을 것으로 짐작되며, (7)의 경우는 몸을 움직여 경험하는 일반적인 현상들을 토대로 은유의 기반이 형성된 것으로 생각된다.

(5)와 (6)의 움직이는 물체로서 시간 개념과는 다른 각도로 시간을 인식하고 표현하는 경우를 살펴보자.

[시간은 물체] (TIME IS AN OBJECT)

움직이는 물체로서 시간을 지켜보는 것도 아니고 또는 배경에 시간을 깔고 우리가 움직이는 경우도 아닌 단순히 정지한 물체로서 시간을 인지하고 개념화하여 표현하기도 한다. 다음의 문학적인 예문에 나타난 의미를 이해할 수 있다는 것은 일반인들도 시간에 대하여 작가와 비슷한 체험을 공유하고 그것을 기반으로 시간에 대한 동일한 개념을 인지하고 있기 때문이다. 다음 예문을 보자.

(8) (a) Time's trap, I'm caught in it.
　　　 － Margaret Atwood, *The Handmaid's Tale*
　　　 시간은 덫이고 나는 거기에 걸려서 꼼짝하지 못한다.

(b) Time was her labyrinth, in which Hunilla was entirely lost.
　　 － Herman Melville, "Norfolk Isle and the Chola Widow"
　　 시간은 빠져 나갈 수 없는 미로인데, 거기서 Hunilla는 완전히 길을 잃었다.

(c) Time is the school in which we learn, /
　　 Time is the fire in which we burn.
　　 － Delmore Schwartz, "For Rhoda"
　　 시간은 우리가 배움을 얻는 학교요, 그로부터 해를 입는 불이기도 하다.

(d) Time is an irreversible arrow …
　　 the man trying to wear youth's carefree clothing,
　　 the woman costuming her emotions in doll's dresses

— these are pathetic figures who want to reverse time's <u>arrow</u>.

— Joshua Loth Liebman, *Peace of Mind*

시간은 돌이킬 수 없는 <u>화살</u> …

남자들은 젊은 시절의 캐주얼을 입으려하고,

여자들은 인형 옷에 기분을 살려 보려 한다.

— 하지만 이것은 시간의 <u>화살</u>을 돌려보려는 감상적 모습일 뿐이다.

(e) Time, as we all know, is sometimes a <u>bird</u> on the wing,
and sometimes a crawling <u>worm</u>.

— Ivan Turgenev, *Fathers and Sons*.

시간은 알다시피 때로는 날개 달린 <u>새</u>이기도 하고

때로는 기어가는 <u>굼벵이</u>기도 하다.

예문 (8)에서 보면 시간과 연관된 것들을 일상에서 경험하게 되는 일반적인 사물과 상황에 비유하여 표현하고 있다. 즉, 바쁜 일상사에서 꼼짝 못하게 얽혀서 빠져나가지 못하는 상황을 경험하고 그로부터 시간을 덫과 미로에 비유하며, 또 오랜 세월을 보내며 학습 과정 속에 시행착오를 통하여 연륜을 쌓고 많은 것을 배우게 됨으로써 시간은 학교와 같은 것으로 인식하고 있다. 또한 시간이란 기분에 따라 때로는 순식간에 빠른 속도로, 때로는 느릿느릿 더딘 속도를 가지고 한쪽 방향으로 단 한 번 지나가는 것으로 경험하면서 그 체험을 통하여 화살, 새, 기어가는 벌레 등으로 개념화 되어 표현되고 있다.

또한, 우리는 시간을 일반적인 사물이 아닌 매우 소중한 것으로 여기는 공통적 경험을 누구나 다 갖고 있다. 이로 인하여 시간에 대하여 다

음과 같은 공통적인 개념화가 형성된다.

[시간은 돈] (TIME IS MONEY)

문명이 발달하고 그 속에서 사회생활을 영위하는 사람들은 시간이라는 매개체에 의해 더욱더 긴밀한 관계를 갖게 되었다. 사람들의 모임 그리고 일의 시작, 진행과 종료 등 모든 것이 시간과 연관되면서 시간은 생활에 있어서 경시할 수 없는 중요한 요소가 되었다. 이러한 연유로 시간은 소중한 것이라는 생각에서 더 나아가 경제활동에서 꼭 필요하며 중요한 것으로 간주되는 돈으로 개념화되어 표현되고 있다. 다음 예를 살펴보자.

(9) (a) We should make more efficient use of our time.
우리의 시간을 좀 더 효율적으로 사용해야 한다.

(b) We must manage our time more effectively.
우리의 시간을 좀 더 효과적으로 관리해야 한다.

(c) We're wasting time discussing this.
이것을 토론하느라 시간을 허비하고 있다.

(d) I've lost a lot of time today in ridiculous meetings.
어처구니없는 회의에서 시간을 많이 낭비했다.

(e) How much time can you spare?
어느 정도 시간을 아낄 수 있니?

(f) Can you <u>give</u> me some time to think about it?

그것을 생각할 시간을 좀 <u>줄래</u>?

(g) This gadget will <u>save</u> time.

이 기계는 시간을 <u>절약시킬</u> 겁니다.

(h) I've <u>invested</u> a lot of time in her.

저는 그녀에게 많은 시간을 <u>들였습니다</u>(투자했습니다).

즉 위의 예문에서 보듯이, 시간을 소중한 돈으로 인지하여 마치 돈처럼 시간을 사용하고, 관리하고, 낭비하고, 아끼고, 남에게 주고, 투자할 수 있는 대상으로 개념화한 결과, 다양한 은유적 표현으로 나타나고 있다. 이와 같이 생활 속에서 점점 더 시간과 밀접하게 얽히다 보니 급기야 시간은 더불어 살아가야 할 개체로 인식되고 그것은 다음과 같은 은유적 표현으로 나타나게 되었다.

[시간은 사람] (TIME IS A PERSON)

나날이 문명사회가 발전하고 사회 구조가 점점 복잡해짐에 따라 시간은 사람들에게 있어서 필수불가결한 요소가 되었으며 마치 생명을 가지고 살아가면서 사람들의 생활을 좌우하는 개체, 더 나아가 마치 더불어 살아가는 사람처럼 느끼게 되었다. 사람들의 의식 속에서 시간이 이와 같이 인식되면서 시간은 언어 속에 사람과 같은 존재로 표현되고 있다.

다음 예문을 살펴보자.

(10)(a) Only time will tell.

단지 시간만이 모든 것을 말해줄 것이다.

(b) Time waits for no man.

시간은 결코 사람을 기다려 주지 않는다.

(c) Time is the great physician.

시간은 가장 훌륭한 의사이다(세월이 약이다).

(d) Time, the subtle thief of youth.

시간, 그것은 젊음을 훔치는 불가사의한 도둑이다.

(e) Time … robber of the best / Which earth can give.

— Amy Lowell, "New York at Night," *A Dome of Many-Coloured Glass*

시간 … 그것은 세상이 주는 가장 좋은 것을 앗아가는 날강도이다.

(f) Time is the thief you cannot banish.

— Phyllis McGinley, "Ballads of Lost Objects"

시간은 쫓아낼 수 없는 도둑이다.

(g) Time is the old justice that examines all such offenders.

—William Shakespeare, *As You Like It*, Act 4, scene 1, line 198

시간은 모든 죄인들을 조사하는 재판관이다.

(h) Time … delves the parallels in beauty's brow, /

Feeds on the rarities of nature's truth, /

- William Shakespeare, "Sonnet 60," line 9

시간 … 미인의 눈썹에 평행선을 <u>파고</u>, 진귀한 자연의 섭리를 먹고 <u>살아간다</u>.

(i) Time is the <u>nurse</u> and <u>breeder</u> of all good.

　- William Shakespeare, *Two Gentlemen of Verona*, Act 3, scene 1, line 243

시간은 훌륭한 것을 키우는 <u>보모</u>이며 <u>보육자</u>이다.

(10)의 예문에서 보듯이 시간은 말할 수 있고, 기다리며 또 살아가고 있는 생명체이며, 게다가 병을 고치는 의사, 소중한 것을 훔치는 도둑, 강도, 잘잘못을 판단해 주는 재판관 그리고 키워 주는 보육자로 은유화되어 표현되었다.

지금까지 시간에 관한 개념적 은유 표현에 관하여 알아보았다. 요약하면, 시간은 주로 이동 및 공간과 연관되어 움직이거나 정지되어 있는 물체, 또는 더 나아가 의인화 되어 사람과 같은 행위자로 인지되어 표현되고 있음을 알 수 있었다.

Ⅲ

공간에 대한 경험은 인간이 접할 수 있는 여러 가지 경험 가운데 가장 원초적인 것이라 할 수 있다. 인지적 발달 과정에 있어서 공간에 대한 개념의 이해가 다른 어떤 개념보다도 가장 우선한다는 것은 이미 입증된 사실이다. 우리의 주변을 둘러싼 공간적 관계가 너무나 기본적인 것이어서 실제로 어떠한 추상적 개념을 나타내고자 할 때 공간에 관련된 표현을 대체하여 구체성을 부여하고 있다. 예를 들어 다음 (11)의 예문들은 일이나 사건의 상태를 공간적인 개념을 빌려서 나타내고 있다.

(11)(a) 그것보다 더 <u>깊은 데서</u> 문제가 빚어지는 겁니다.

(b) 우리의 경쟁력이 <u>높아진</u> 것이지.

(c) 초등학교 아이들이 체격은 커졌는데 체력이 <u>떨어지고</u> 있다.

(d) 노사 양측의 주장은 여전히 팽팽한 평행선을 <u>달리고</u> 있다.

(e) 살인 사건의 수사는 미궁에 <u>빠졌다</u>.

이와 같이 언어에 반영된 공간 표현들은 인간의 보편적 체험과 인지 과정을 통하여 개념화된 가장 기본적인 은유인데 이를 바탕으로 하여 우리는 수직 관계, 그릇 또는 근원-경로-목표 같은 기본적 구도에 의해 서로의 관계를 나타낸다. 그러면 그러한 상응 관계를 차례로 살펴보자.

먼저 언어 사용자들은 어떤 개념을 위-아래 또는 앞-뒤와 같은 공간 지향성과 관련짓고 그 개념을 바탕으로 은유화 하는데 여기서 한 개념이 상향 지향으로 정해지면 그 반대 개념은 하향 지향으로 되어 일관성 있게 개념화 된다. Lakoff & Johnson은 이것을 지향적 은유 (orientation metaphor)라고 하였는데*, 즉 공간에서 위쪽은 좋고, 강

---

* Lakoff, G. and M. Johnson(1980). *Metaphors We Live By*, The University of Chicago Press, 14-21.

하고, 많고 반대로 아래쪽은 나쁘고, 약하고 적은 것으로 개념화 된다. 이와 같은 수직 공간 은유는 위-아래 방향이 갖는 보편적인 사고의 틀에서 비롯되는 기본적인 개념이며 그것에 의해 그와 관련된 여러 가지 개념들을 이해하고 응용하는 것이다. 그러면, 인간의 보편적 인지 과정을 거쳐 개념화된 공간 은유 표현들을 살펴보기로 한다.

[많음은 위](MORE IS UP), [좋은 것은 위](GOOD IS UP); [적음은 아래](LESS IS DOWN), [나쁜 것은 아래](BAD IS DOWN)

(12)(a) Barcelona remains top of the league after beating Real Madrid.

바르셀로나는 레알마드리드를 물리친 후 그 리그의 최고를 유지하고 있다.

(b) Profits are up on last year.

작년에 대비 이익이 올라 있다.

(c) Our aim is to provide the highest-quality service to all our customers.

우리의 목표는 모든 고객들에게 최고 품질의 서비스를 제공하는 것이다.

(d) The Giants are at the bottom of the league.

자이언트팀(성적)은 그 리그의 바닥이다.

(e) The lower animals have fewer cell types.

하등 동물은 세포 타입이 거의 없다.

(f) Tim's been feeling down.

팀은 기분이 내려앉는 것을 느꼈다.

(g) Poor Susan came down with flu just before Christmas.

불쌍한 수잔은 크리스마스 직전 감기로 주저앉았다.

(h) At the end of the first half we were down three points.

전반전 말에 3점 쳐졌다.

(i) Her rapid rise to the top is well deserved.

최고 자리로의 빠른 승진은 그럴 만하다.

(j) As the search went on, Simon began to sink into despair.

수색이 계속되었을 때, 시몬(의 심경)은 절망(상태)으로 가라앉았다.

(k) Another cup of coffee will wake me up.

커피 한 잔 더 마시는 것이 나를 깨어나게 할 것이다.

(l) Speak up, please.

크게 말해 주세요.

(m) Keep your voice down, please.

목소리를 낮춰 주세요.

(n) The island is now under French control.

그 섬은 프랑스 통치 아래 놓여 있다.

위의 예문들은 위-아래라는 공간 개념의 공통적인 체험 기반을 바탕으로 그와 유사한 다른 상황들을 개념화 하고 그것을 토대로 만들어진 은유 체계를 보여준다. Taylor(1989: 138)에 따르면 수량의 많고 적음은 수직적 높이와 관련이 있으므로 [많은 것은 위, 적은 것은 아래] 은유는 그 준거가 되고 그를 토대로 사회문화적, 물리적, 심리적으로 관련된 것들로 확장되어 [건강함은 위(HEALTHY IS UP), 아픔은 아래(SICK IS DOWN)]와 [행복은 위(HAPPY IS UP), 슬픔은 아래(SAD IS DOWN)] 또한 [의식은 위(CONSCIOUS IS UP), 무의식은 아래(UNCONSCIOUS IS DOWN)] 그리고 [통제는 위(CONTROL IS UP), 그 반대는 아래(LACK OF CONTROL IS DOWN)] 등의 개념들을 은유화 하였다.

또한 일상생활의 상황이나 일을 이해하는 데 있어서 장소의 개념은 비유적으로 활용되어 그 결과, 변화를 특정 공간에서의 움직임으로, 목적은 도착 목표 지점으로, 수단은 도착지에 도달하는 길로 표현된다. 그에 해당하는 예들을 보자.

[변화는 공간에서의 이동](CHANGES ARE MOVEMENT);
[발전은 앞으로 이동](PROGRESS IS MOTION FORWARD)

(13)(a) Getting ahead at work is the most important thing to her at the moment.
직장에서 앞으로 나아가는(승진하는) 것이 현재 그녀에게 가장 중요한 일이다.

(b) We are no further forward in solving the crime.

우리는 범죄를 해결하는 데 있어서 더는 진전이 없다.

(c) The President is backtracking on his promise to increase healthcare spending.
대통령은 의료비 지출을 늘린다는 그의 약속에서 뒤로 물러서고 있다.

(d) The new measure are seen by some as a major step backwards.
새로운 조치는 주로 뒤로 물러서는 방안으로서 여겨지고 있다.

위의 (13)에서 보듯이 일이나 상황의 변화를 공간에서의 물체 이동과 연관지어 나타내고 있다. (13a)처럼 잘 되어 가는 일은 앞쪽으로 이동으로, (13c)와 (13d)처럼 퇴보하거나 부정적인 방향으로의 움직임은 뒤로의 이동으로 개념화 하였고 진척이 없는 것을 (13b)처럼 이동이 없는 것으로 은유화하여 표현하고 있다. 또 다음의 경우를 보자.

[수단은 길](MEANS ARE PATHS)

(14)(a) He can keep the team on the road to success.
그가 그 팀을 성공에 이르는 길에 올려놓을 수 있다.

(b) Marriage is not the only route to happiness.
결혼은 행복에 이르는 유일한 길이 아니다.

(c) She has explored all the available avenues for change.

그녀는 변화를 위해 이용할 수 있는 모든 길을 살펴보았다.

(d) This job isn't a <u>path</u> to riches.

이 일은 부자로 가는 통로가 아니다.

(e) She did it the other <u>way</u>.

그녀는 그것을 다른 <u>방도</u>(방식)로 했다.

(14)에서 보는 바와 같이 일을 도모하는 수단을 결과에 이르는 연결 통로 또는 길과 연관지어 개념화함으로써 목표물로 이어지는 길은 곧 수단을 나타내는 것으로 은유화 하고 있다.

또한 (15)에서는 목표물에 이르는 과정에 돌출하는 어려움이 길을 가는 도중에 놓인 장애물에 비유되어 구체화 되는 것을 보여주고 있다.

[어려움은 장애물](DIFFICULTIES ARE IMPEDIMENTS)

(15)(a) The issue is still a major <u>roadblock</u> in the negotiations.

그 문제는 여전히 협상에 있어서 주된 <u>장애물</u>이다.

(b) I've hit a brick <u>wall</u> in solving the problem.

나는 그 문제를 해결하면서 <u>벽</u>에 부딪혔다.

[목적은 도착지점](PURPOSES ARE DESTINATIONS)

> (16)(a) He finally reached his goals.
>
> 그는 마침내 그의 목표점에 도달하였다.

> (b) He could have achieved his ends by peaceful means.
>
> 그는 평화적 수단에 의해 그의 목표물을 쟁취할 수 있었을 것이다.

(16)의 예문은 일을 도모하고 또 그것을 진행시키려는 목적을 물체나 사람의 이동에 있어서 최종 도착지로 개념화 하였다. 즉, 일의 목적과 성취 목표를 이동 후에 도착하게 되는 도착 목적지로 은유화하여 표현하고 있음을 알 수 있다.

Ⅳ

앞에서 시간과 공간에 관한 표현들은 서로의 연관성에 의해 밀접하게 연결되어 있음을 살펴보았다. 즉, 시간에 관련된 추상적 개념이 공간과 연관된 구체적인 사물의 움직임이나 상태의 서술처럼 은유화되어 표현되고 있다. 이러한 시간적 개념과 공간적 개념의 연관성은 모든 언어에서 공통적인 현상이다. 어떠한 언어에서도 시간이라는 보다 추상적인 개념을 공간이라는 보다 구체적인 것에 의해 기술하려는 표현을 즐겨 사용하는 경우가 많이 발견되는데 그 이유는 모든 언어 사용자들이 추상적이고 낯선 개념을 구체적이고 친숙한 개념으로 개념화하여 은유적으로 표현하기 때문이다. 이것은 Piaget의 인지발달 이론의 주장, 즉 구체적인 공간 개념에서 시간과 같은 추상적인 개념을 이끌어낸다는 사실로도 설명이 가능하다. 그리고 시간과 공간이 분리되는 것이 아니라 시간과 공간이 결합된 것만이 독립된 실체임을 주장하는 현대물리학의 주장을 굳이 빌리지 않더라도, 일상적인 생활을 영위하는 언어 사용자들이 주변의 물체를 대할 때 시간과 공간을 분리해서 인식하기 힘들고 따라서 이와 같은 사실이 자연스럽게 언어에 반영되어 시간과 공간 개념이 얽힌 표현들이 모든 언어에 공통적으로 많이 사용되는 결과를 초래한 것으로 생각된다.

더 읽을 거리

Lakoff G. & M. Johnson(1980)의 *Mataphors We Live By* 는 인지언어학에서 다루는 은유를 현대적 관점으로 설명하는 은유에 관한한 대표적 고전이다. 일상적인 은유의 개념화 과정을 근원영역과 목표영역에 연관시켜 체계적으로 기술한 책이다. Gibbs(1994)의 *The Poetics of Mind: Figurative Thought, Language, and Understanding*는 Lakoff G. & M. Johnson에 이어 근원영역과 목표영역 등 개념적 은유의 이해에 필요한 사항을 풍부한 예와 함께 잘 설명해 주고 있는 은유의 기본서이다. Kövecses(2002)는 헝가리의 언어학자로 은유에 관한 일련의 연구와 저술 끝에 초보자도 쉽게 이해할 수 있는 유명한 저서를 내놓았는데 그것이 바로 *Metaphor: A Practical Introduction* 이다. 은유에 관한 기본적인 설명뿐만 아니라 여러 언어의 은유를 비교 연구하면서 은유의 편재성과 또한, 신체 부분이나 기본 감정, 특히 화(anger) 같은 것에 있어서 나타나는 은유의 보편성을 언급하였다. 은유에 관하여 전반적으로 소개하고 있는 책은 최근 Murray Knowles & Rosamund Moon(2006)이 펴낸 *Introducing Metaphor*이다. 또한 인간의 공통적인 인지 과정이 지구상의 언어에 반영되어 있는 사실을 밝혀주는 Bernd Heine(1997)의 *Cognitive Foundations of Grammar*는 개별 언어를 뛰어 넘어 은유의 기반이 되는 인간의 공통적인 인지 과정을 설명하고 있다.

국내 저서로서는 임혜원(2004)의 『공간 개념의 은유적 확장』이 공간 개념에 관한 은유를 이동, 그릇, 척도 도식으로 설명해 준다. 또 은유에 관한 전반적인 이해는 김진우(2005)의 『은유의 이해』를 통하여 접근해 볼 수 있다. 또한 정희자(2004)의 『담화와 비유어』는 은유뿐만 아니라 환유에 관한 상세한 설명과 예를 제시하여 은유와 환유에 관한 이해를 돕고 있다.

 **생각해 보기**

1. '앞으로 두 달 뒤에 주어진 임무를 완수하고 다시 만나자'라는 문장에서
   나타난 시간 표현의 개념적 은유를 논해 보자.

2. '사회가 점점 산업화 되어감에 따라 지방으로 내려오는 사람보다 서울로
   올라가는 사람이 훨씬 더 많아졌다'라는 예문에서 '서울로 올라가고, 지
   방으로 내려온다'에 나타난 공간 개념과 개념적 은유를 생각해 보자.

3. 고상한 품격, 저질 방송, 비열한 수단, 가격 하락세, 감독 교체 후 성적
   바닥, 높은 기상, 의기소침 등의 예를 가지고 지향적 은유를 논해 보자.

4. [건강은 위]와 [아픔은 아래]라는 개념적 은유는 어떤 체험적 기반에 근
   거를 두는지 논의해 보자.

1. 문학적 공간에 주목해야 하는 이유

"어떻게 하면, 책을 재밌게 읽을 수 있죠?"

"이 소설에서 작가가 말하고자 하는 바는 무엇이죠?"

"왜, 하필, 주인공은 그런 곳에 있을까요?"

이와 같은 질문을 종종 받을 때가 있다. 어떻게 보면, 소박하고 단순한 질문 같은데, 이 질문에 답하기란 그렇게 쉬운 일이 결코 아니다. 사실, 이 일련의 질문들은 책을 창조적으로 읽어내는 방법, 즉 비평의 길을 묻는 것이어서, 비평의 다양한 길을 선뜻 제시하는 일은 말처럼 쉬운 일이 아니다. 동서고금을 통해 다양한 비평의 길이 제시되고 있듯, 어떤 하나의 비평을 만능척도인 양 자신있게 제시해 줄 수 없기 때문이다. 적절한 비유가 될지 모르겠지만, 다양한 음식을 많이 먹어본 자가 미각을 저절로 발달시킬 수 있는 것처럼, 우선 다양한 책을 다양하게 읽은 자가, 다양한 비평을 자유자재로 구사할 수 있다. 자신도 모르는 새 어떠한 책을 손에 잡더라도 그 책에 걸맞는 독서 방식을 자유롭게 취사선택할 수 있는 능력을 발휘할 수 있다.

여기서 문학평론가로서의 필자의 경험이기도 하지만, 필자와 같은 동종업계에 종사하는 다수의 문학인들이 생각을 함께하는 게 있다. 문학책을 읽을 때 작가가 말하고자 하는 바가 무엇인지 강박증을 갖고 읽을 게 아니라 책의 흐름에 자연스레 생각과 느낌을 맡기는 것이다. 그러다 보면, 소설인 경우 작가가 선호하는 공간이 자주 출현하고 있다는 어떤 특징에 주목하게 된다. 어떤 작가의 경우 의식적으로 특정의 공간에 집착을 하는 경우가 있는가 하면, 어떤 작가의 경우는 일부러 그 공간에 집착을 하지 않았는데도, 그 공간이 소설 곳곳에 배치되어 있다는 것을 독자들은 직감할 수 있다. 이유야 어떻든, 그러한 공간은 작품을 흥미롭게 읽어가는 데 안내자와 같은 역할을 하는 셈이다.

기왕 말이 나왔으니 하는 얘기지만, 문학 작품에서 공간은 작가와 작품을 이해하는 데 매우 주요한 몫을 담당한다. 문학적 공간은 어떤 사물이 아무렇게나 놓여 있는 곳이 아니다. 문학적 공간에 놓이는 사물은 어떤 내적 필연성을 지닌다. 그 공간은 작중 인물과 연루된 숱한 사연들과 함께 작품을 제대로 이해하는 열쇠와 마찬가지다. 문학적 공간은 작중 인물의 실감을 보증해내는 곳으로, 인물의 욕망과 이념을 추상화시키는 게 아닌 구체적 형상으로 빚어내는 곳이다. 그 공간에서 인물과 연루된 사연들은 생명성을 띠고 독자들에게 다가온다. 따라서 문학 작품을 잘 읽어내기 위해서는, 문학적 공간에 주목할 필요가 있다. 문학의 주요한 속성 중 하나가 과거를 재현하는 것이라 할 때, 공간의 힘을 빌지 않는 재현이란 존재하지 않듯, 작품 속 숱한 공간들을 가볍게 치부할 게 아니라 그 공간의 가치에 주목한다면, 기존에 보인 그 어떠한 비평의 길보다 창조적인 비평의 길을 개척할 수 있을 것이다.

필자는 이 글에서 김학철, 오상원, 황석영, 임철우 등의 작품 속 공간을 중심으로 문학과 역사(혹은 사회)를 읽어보기로 한다. 일제시대로부터 한국전쟁을 거치면서 1960~70년대의 산업화시대와 오늘에 이르기까지 격동의 현대사에 응전하는 작품 속 문학 공간을 살펴보고자 한다.

2. 문학과 시대현실, 그리고 문학적 공간

2-1. 혁명가로서 거듭나기 위한 성장의 공간: 김학철의 『격정시대』

『격정시대』의 주요한 문학 공간을 온전히 이해하지 않고 『격정시대』를 읽어낸다는 것은 어려운 일이다. 무엇보다 이 소설은 '혁명성장소설'*의 특질을 갖고 있어, 한 혁명가로 거듭나는 과정을 파악하지 않고 이 작품을 제대로 이해할 수 없기 때문이다. 바로 여기서 한 혁명가로서 성숙하기 위해 작중 인물이 구체적으로 놓이는 공간은 중요한 역할을

----

* 우리에게 잘 알려진 성장소설인 경우는 흔히 서구의 부르주아적 성장소설을 지칭하는데, 『격정시대』의 경우 서구의 부르주아적 성장소설과 그 성격이 확연히 다르다. 무엇보다 주인공이 프롤레타리아 계급으로서 민족해방운동에 직접 참여하게 되는 성장의 과정을 통해 한 혁명가로 거듭나는 데 초점이 맞추어져 있어, 부르주아적 계급의 교양을 갖추어 나가며 성장의 통과제의를 겪는 서구의 성장소설과 그 전개과정에서 뚜렷이 구별된다. 특히 '혁명적 낙관주의'를 통해 공동체의 전망을 향해 실천해가는 한 혁명가로 성장해가는 과정은 서구의 성장소설이 비관적 세계인식을 통과하며 개별적 자아의 완성을 추구한다는 점과 차이를 갖는다. 다시 말해 『격정시대』는 프롤레타리아 계급인 유소년이 혁명가로서 성장하는 계기를 보여주는 '혁명성장소설'로서 손색이 없다고 하겠다.

갖는다. 인물이 어떠한 구체적 공간에 놓이는지, 그 공간의 속성들과 인물이 맺는 관계를 통해 그 인물을 좀 더 자세히 파악해야 한다. 그리하여 혁명가로 성장하는 과정에 대한 문학적 형상화를 촘촘히 분석할 필요가 있다.

『격정시대』에서 눈여겨 보아야 할 인물은 선장이다. 일제강점기에 어부의 자식으로 태어난 선장은 역사적 존재로서의 파란만장한 운명을 견디며 혁명가의 모습을 갖추어 나간다. 그런데 혁명가의 모습은 어느날 갑자기 눈앞에 나타나는 게 결코 아니다. 혁명가로서의 자질을 갖추는 험난한 과정을 거칠 때 비로소 혁명가다운 혁명가의 위엄을 갖게 된다. 선장의 경우가 바로 그렇다. 선장은 혁명가로서 거듭나기 위해 다음의 공간을 거치며, 각 공간이 갖는 특성들과 밀접한 관계를 맺으면서 성숙해진다. 선장이 거치는 주요한 공간은 다음과 같다.

① 원산 ----→ ② 경성 ----→ ③ 상해 ----→ ④ 태항산

원산은 선장이 태어난 공간으로, 이곳에서 그는 유년시절을 보낸다. 원산은 선장에게 아름다운 유년시절의 기억을 간직하게 하는 곳이자, 민족사의 소중함을 깨닫게 함으로써 이후 민족적 주체의식을 인식하게 되는 첫 계기를 갖도록 한 곳이다. 그러면서 편협한 민족주의에서 벗어나 국제주의자로서의 성숙의 계기를 만나는 곳이기도 하다. 원산에서 선장의 성숙에 중요한 역할을 맡은 인물은 씨동이와 한정희라는 선장의 이웃 형들이다. 이들은 처음에 무정부주의자로서 공산당원들과 대립·갈등의 시각을 보이지만, 서로 다른 이념의 투쟁으로 인해 정작 부딪치

고 극복해야 할 일본제국주의의 만행을 간과할 수 있다는 판단을 갖게 되면서, 민족 내부의 이념적 갈등에서 벗어나고자 한다. 이러한 민족 내부의 이념적 갈등은 원산부두노조파업이 일어나면서 봉합된다.*

조선의용군 마지막 분대장 김학철이 태항산에서
일본군을 상대로 싸운 격전지에 세운 항일문학비

---

* 한정희와 씨동이는 무정부주의자와 공산당원들 사이의 충돌이 있은 후 향후 대책을 논의하는 자리에서 민족내부의 이념 차이로 인한 갈등보다 일본제국주의에 맞서는 민족해방운동의 중요성을 인식한다. "시비를 가리거나 앙갚음을 하거나 하는 따위는 다 일본놈들을 몰아내구 나라가 독립을 한 뒤루 미루자는 거지. 한마디루 말해서……우리의 급선무는 왜놈들부터 몰아내는 거란 말이다, 모두들 힘을 합쳐서."(김학철, 『격정시대』, 실천문학사, 2006, 159쪽) 이후 『격정시대』의 본문을 인용할 경우는 별도의 각주 없이 본문에서 실천문학사에서 발행한 소설의 권수와 면수만을 괄호 안에 넣어 밝히기로 한다.

작가 김학철은 이 원산부두노조파업을 통해 원산이란 곳이 갖는 문제 의식, 즉 일본제국주의의 식민지 자본과 맞서는 노동자의 해방운동이야 말로 일국(一國) 중심의 민족해방운동으로 자족할 게 아니라 인류사회 에서 노동자가 직면한 민중의 현실적 문제들에 맞서는 싸움이라는 것을 선장에게 인식시키고 싶었던 것이다. 가령, 원산부두노동자들의 파업 행위에 대해 일본 선원들이 지지를 보내온 것은 '한국/일본'이라는 민족 문제의 차원이기보다 협소한 민족주의를 초월한 노동자계급의 국제적 연대를 보여준 것인데, 어린 선장이 그 맥락을 온전히 이해하기 힘든 게 사실이다. 하지만 원산에서 본 이 충격적인 장면은 선장이 훗날 배타 적 민족주의를 넘어서서 국제주의자로서의 참다운 세계인식을 획득하 는 데 결코 가볍게 넘길 수 없는 성장의 주요한 계기임에 틀림없다.

이제 선장은 원산을 떠나 식민지 근대의 한복판으로 이동한다. 그곳 은 경성이다. 경성에서 그는 온갖 식민지의 근대적 문물을 "난생처음" (1권, 286) 접한다. 경성의 근대적 문물들(상가에 전시된 온갖 상품들, 전 차라는 교통수단, 근대적 목욕 시설, 근대적 교육 제도, 영화 등)은 선장에게 모두 낯선 것이며 새로운 것이다. 그는 이 경성에서 양가적 세계를 경험 한다. 하나는 원산에서 경험하지 못했던 근대적 생활세계이며, 다른 하 나는 경성의 보성고보에서 받는 근대적 교육을 통해 민족의 현실을 자 각하게 된 것이다. 그런데 사실 이 두 가지는 식민지 근대라는 한 뿌리 를 두고 있다. 경성의 근대적 문물과 제도는 표면적으로 볼 때 봉건적 삶의 속박에서 벗어나도록 하는 역할을 맡고 있으나, 그것의 본래 의도 가 일본의 식민지 속국으로 만들기 위한 억압적 제도의 일환이라는 사 실은 선장이 다니는 보성고보에서 일어난 민족주의적 각성을 촉구하는 일련의 움직임과 밀접한 맥락을 이룬다. 경성은 선장에게 원산과 달리 식민지 근대라는 구체적 현실에 대한 인식과 함께 그것의 문제성을 실감하고, 적극적으로 그 문제성을 극복하고자 하는 행동을 표출시키는 저항적 공간으로 인식된다. 비록 선장이 아직까지는 주도적으로 저항적 행동을 보이지는 않지만, 보성고보에서 그가 학생들과 함께 동참한 교장 퇴출운동은 행동적 지식인의 표상을 그 스스로 발견하게 되었다는 점에서 간단히 지나칠 수 없는 성장의 계기다.

필자가 이 대목에서 주목하게 된 것은 식민지 내부에서 식민지를 극복하는 저항적 공간의 속성이다. 선장과 보성고보 학생들은 분명 식민지 근대의 혜택을 받되, 그것에 만족할 수 없으며, 식민지 근대라는 것이 반민족적·반민중적 억압 이데올로기인 터에 식민지 지배질서를 더욱 공고히 하기 위한 것이라는 점을 명백히 인식하고 있다. 그리하여 그들은 이러한 식민지 지배질서를 부정하는 움직임을 보이는데, 그것은 바로 식민지 지배질서를 공고히 하는 데 동원되는 근대적 학교 교육의 내부에서 이 교육을 부정하는 저항적 행동을 과감히 보이고 있다는 사실이다.

작가 김학철은 바로 이 점을 주목하고 있다. 경성이 식민지 지식인으로 하여금 식민지 근대의 문물을 제공받게 해주는 공간이되, 김학철과 같은 혁명가에게는 그곳이 식민지 근대를 전복시킬 수 있는, 즉 식민지 내부에서 식민지를 해체시킬 수 있는 저항적 공간으로도 인식하고 있음을 알 수 있다. 다시 말해 작가 김학철은 경성을 식민지 근대의 수혜자적 입장에서 인식하는 게 아니라 식민지 근대의 문제점을 극복해야 할 저항적 공간으로 인식하여, 이러한 식민지 근대를 부정하고 극복해야 할 혁명가에게 근대의 야만과 폭압을 생활세계에서 경험하도록 하고 있다는 점이다. 식민지 근대를 극복할 혁명가는 이렇게 식민지 근대의 생활세계를 구체적으로 부딪치는 가운데 형성되는 것이지, 관념적 인식에 의한 성급한 행동주의자로서는 혁명가의 자질을 제대로 갖출 수 없다.

이제 선장은 경성의 식민지 근대가 갖는 본질적 문제점을 인식하는 가운데 윤봉길 의사의 폭탄투척 사건 소식을 접하고, 경성을 떠나 항일 독립운동에 직접 가담하기 위한 각오를 다진다.

선장은 임시정부가 있는 상해를 찾아간다. 중국의 상해는 이미 서구 열강의 근대적 침탈로 인해 각국의 이해 관계 속에서조차 지역으로 나뉘어 있었으며, 중국의 국민당정부와 공산당 사이에 대립·갈등이 진행 중에 있었다. 상해는 경성과 달리 근대의 복잡다기한 측면이 한층 뒤엉켜 있는 곳이다. 상해에서 선장은 동아시아의 근대적 세계를 접촉하면서 그토록 욕망하던 항일독립운동의 최전선에 뛰어들 준비를 착실히 하게 된다. 특히 이곳에서 선장은 마르크스주의를 공부하면서, 세계에 대한 과학적 인식을 통해 협소한 민족주의의 경계를 벗어나게 된다. 상해 그 자체가 근대 전환기 무렵부터 일국(一國) 중심의 민족주의에서 벗어나 세계 여러 나라의 이해 관계가 맞물리는 국제적 관계가 팽배한 곳임을 고려해 볼 때 선장은 상해에서 이후 조선의용군*의 이념인 마르크스

---

* 조선의용군은 그 전신이 조선의용대로부터 비롯되었는데, 조선의용대 건립에 대해 김학철은 그의 자서전『최후의 분대장』(문학과지성사, 1995)에서 다음과 같이 술회한다. 그 주요 몇 대목을 소개하면 다음과 같다. ①"조선민족혁명당이 중심이 돼가지고 조선청년전위동맹·조선혁명자연맹·조선해방동맹 등 반일 단체들과 제휴해 조선의용대(조선의용군의 전신)를 건립한 것은 1938년 10월─물정이 소연한 한구에서였다."(186쪽) ②"조선의용대 발대식에 참가한 사람의 수가 모두 합하면 한 200명가량 됐으나 실

주의에 대한 과학적 인식을 갈무리한다는 점에서 매우 의미심장한 공간
이라 아니 할 수 없다. 상해에서 선장은 마르크스주의와 관련된 사회과
학 서적을 탐독하는 가운데, 특정인을 대상으로 한 테러 활동이 나름대
로 유효한 항일운동임에도 불구하고 그 한계를 성찰하면서 '유물사관'에
토대를 둔 민중적 세계관을 새롭게 인식하게 된다. 말하자면 상해는 원
산과 경성을 거쳐 도달한, 혁명가로서의 이론과 실천을 갈고 다듬어 조
선의용군의 활동을 본격적으로 하기 위한 중요한 성장의 장소라 해도
과언이 아닐 것이다.

선장은 마침내 조선의용군으로서 중국의 태항산을 오른다. 그곳에서
선장은 조선의용군 특유의 '혁명적 낙관주의'*로써 항일독립무장투쟁
을 벌인다. 상해에서는 테러운동의 조직을 통해 항일독립운동에 가담했

....

제로 군복을 입고 대기(隊旗) 밑에 정렬을 한 사람은 150명밖에 안 됐었다."(188쪽)
③"식순의 하나로 전체 대원들의 가슴에 배지(휘장) 하나씩을 달아주는데 거기에는 '조
선의용대'라는 한문 글자 다섯 자와 'Korean Volunteer'라는 영문자 한 줄이 새겨져
있었다." 이와 함께 덧보태자면, 조선의용대 대장인 김원봉 평전에는 "1938년 10월 10
일 저녁, 무한의 중화기독청년회관에서 마침내 최초의 조선인 무장부대인 조선의용대
창단식이 열렸다. 대회 명칭은 '조선의용대 성립 선전 유예(遊藝)대회'였다. 대원들이
정성을 들여 꾸민 무대 좌우에는 '중조 두 민족은 연합하여 일본제국주의를 타도하자',
'동북의 중조항일연군을 옹호하자'라는 현수막이 세로로 걸려 있었다. 객석에는 7백 명
의 관중이 앉아 있고 맨 앞에는 130명의 단원들이 말쑥하게 군복을 입고 앉아 있었다."
(이원규, 『약산 김원봉』, 실천문학사, 2006, 402쪽)라고 그 당시를 기록하고 있다. 조
선의용대 발대식에 참석한 명단과 발대식을 기념하는 사진이 전하는바, 이에 대해서는
『조선의용군 최후의 분대장-김학철』, 김학철연구회 편, 연변인민출판사, 2002, 578-
592쪽 참조.

* 김학철 문학의 '혁명적 낙관주의'에 대해서는 김명인의 「어느 혁명적 낙관주의자의 초상
 -김학철론」, 『창작과비평』 2002년 봄호 및 이해영의 『청년 김학철과 그의 시대』, 역
 락, 2006, 83-99쪽 참조.

조선의용군이 일본군과 치열히 맞서 싸웠던
중국의 호가장 마을 풍경

다면, 태항산에서는 조선의용군의 일원으로서 일본군을 상대로 무장투
쟁을 벌여나간다.* 태항산은 선장에게 회피와 침묵 혹은 소극적 참여
의 공간이 아니라 선장이 직접 총칼을 들고 싸워야 하는 전장터다. 돌이
켜보면, 원산에서 민족적 각성의식을 갖고, 경성에서 식민지 근대의 문

---

* 조선의용군의 치열한 투쟁 의지에 대해 작가 김남일은 다음과 같은 사실을 기록하고
  있다. "그들(조선의용군-인용자)은 일제의 파시즘이 최후의 발악을 하던 1940년대에
  도 줄곧 흔들림 없이 싸웠던 거의 유일한 무장투쟁 조직이었다. 그 당시 국내의 독립
  운동은 이미 지하로 다 들어간 뒤였고, 상해임시정부 역시 남경을 떠나 겨우 명맥만
  유지하고 있었다. 만주를 중심으로 강력한 투쟁을 전개하던 김일성의 동북항일연군 또
  한 1941년 이후 소련령으로 한 걸음 물러섰다."(김남일, 「시계종이에 쓴 역사」, 『실천
  문학』 2002년 겨울호, 422쪽) 태항산에서의 조선의용군의 항일무장독립투쟁에 대해
  서는 김학철의 「태항산」, 『최후의 분대장』에서 세밀하게 기록되어 있다.

제점을 인식하고 그것을 해결하기 위한 저항에 참여하고, 상해에서 혁
명가로서의 이론과 실천을 착실하게 준비하던 선장은, 마침내 태항산에
서 항일독립무장투쟁을 벌이는 조선의용군의 위엄을 갖추게 된다. 비록
태항산이 한반도를 벗어난 중국에 위치해 있는 곳이어서 태항산에서의
무장투쟁이 일제의 식민지 예속 상태에서 한반도를 직접 벗어나게 할
수는 없지만, 일본 제국주의를 직접 대상으로 한 무장투쟁이 적극적으
로 전개되었다는 사실은 태항산의 존재를 결코 가치 폄하할 수 없는 것
이다.* 이 점은 작가 김학철뿐만 아니라 조선의용군이 마르크스주의적
이념으로서 국제주의자적 면모에 관심을 가질 것을 요구한다. 말하자면
태항산은 선장뿐만 아니라 조선의용군에게 민족해방투쟁의 진지이면서
항일독립운동사에서 망각되어서는 안 될 독립운동의 주요 격전지로서

---

* 비록 조선의용군이 한반도의 바깥에서 항일무장독립투쟁을 벌였지만, 그 역사적 가
치를 결코 폄하할 수 없다. 김학철을 비롯한 조선의용군 대부분의 장교들은 중국 국
민당의 중앙군관학교에서 공부하였고, 이후 중국 공산당원으로서 항일무장투쟁을 벌
였다. 말하자면 조선의용군은 조선적 중국 공산당원으로서 항일무장투쟁을 벌였는
바, 이것은 중국의 민족해방투쟁을 통해 조선의 민족해방투쟁을 동시에 달성하려는
조선의용군의 국제주의적 민족해방투쟁의 성격을 띤 것이다. 여기서 조선족 문학의
연구자인 이해영의 언급은 경청할 만하다. "김학철은 조선국적을 가지고 국민당의 중
앙군관학교에서 공부했고 후에는 조선국적을 가지고 중국공산당에 가입했다. 훗날
김학철이 '조선의용군의 골간을 이룬 것은 조선적의 중공당원들이었다'고 지적한 것
은 음미될 필요가 있다. 조선공산당의 존재기간은 1925년에서 1928년까지이다. 프롤
레타리아국제주의의 이념 아래에서 코민테른 제6차 대회(1928)가 확인한 것은 '일국
일당의 원칙'이었는데, 이 때문에 국가가 없는 조선공상당은 일본공산당이나 중국공
산당에 흡수되지 않으면 안 될 운명에 놓여졌다. 중국 지역의 마르크스·레닌주의자
들이 중국공산당으로 당적으로 옮기거나 신규 가입할 수밖에 다른 도리가 없었는데,
이는 곧 프롤레타리아국제주의에 몸을 던지는 것이 막바로 조선민족해방의 지름길이
라 생각한 때문이다. 그러니까 조선민족해방투쟁은 중국민족해방투쟁을 통해서 달성
되는 것이기도 하였다."(이해영, 앞의 책, 94쪽)

의 역사적 가치를 지닌다.

2-2. 닫힌 전망과 전후의 암담한 현실: 오상원의 「황선지대」

「황선지대」의 서사적 의미를 제대로 파악해내기 위해서는 이 소설의 지배적 공간성에 주목해야 한다. 작품의 서두부터 형상화되고 있는 '황선지대'에 대한 공간성을 읽어보자.

> OFF LIMITS YELLOW AREA.
> 여기는 전쟁과 함께 미군 주둔지 변두리에 더덕더덕 서식된 특수지대다. 흡사 곰팡이와 같다. 미국 군인이 먹다 버린 한 조각의 치이즈, 비스킷 귀퉁이, 빵 껍질에도 빈틈없이 시궁창 속 같은 습기와 함께 곰팡이는 무섭게 번창한다. 곰팡이는 살기 위해선 분간을 하지 않는다. 하찮은 조그만 메뉴통 껍질이라도 그들이 충분히 생명을 붙일 수 있는 밑판이 된다. 또 그들은 햇볕을 싫어한다. 그들은 태어나는 순간부터 그늘진 어둠을 즐겨 사랑한다. 그들은 더럽고 추한 곳일수록 삶의 의욕을 느낀다. (중략) 큰길 건너 저쪽에는 그 거리의 구조처럼 질서정연한 도시가 누워 있다. 그곳에는 누구나가 불러 험찮은 이름들이 있다. 그러나 큰길 건너 넓은 폐허를 등진 이 변두리에는 이름 대신 약 십 미터 간격으로 담벽 또는 나무판자에 커다란 구형(矩形)의 표지가 붙어 있다. (중략)
>
> OFF LIMITS YELLOW AREA.
> 이 또한 전쟁의 산물이다. 저 도시와 이마를 마주대고 어제도 오늘도 같은 운명 속에 놓여 있으면서도 이 지대는 저 도시에 스스로 등져

야 하는 슬픈 운명을 지니고 있다. 전쟁이 던지고 가는, 꼭 같은 불안
과 상처 속에서 서로 무거운 호흡을 나누면서도 그들은 결코 일치할
수 없는 체온과 생리를 갖고 있다. 저 질서 정연한 도시로부터 온전히
배반당한 이 특수지대……*

위 인용 부분은 「황선지대」의 서두에 있다. 사실상 이 작품을 읽어나
가는 데 결정적인 단서들이 암시되어 있다. 다시 말해 「황선지대」를 이
루는 모든 서사적 요인들을 강하게 규정하고 있다. 큰길을 경계로 '황선
지대/도시'로 나뉘는 것은 단순히 지리상의 조건에 의한 게 아니라 이
두 지역에서 살고 있는 자들의 실존에 따라 나뉜다. 황선지대가 미군
주둔지에 기생하며 생존을 유지해가는 곰팡이와 같은 존재들이 살고 있
는 곳이라면, 그 대척점에 놓여 있는 도시는 '질서 정연한' 조건에 따라
도시가 요구하는 실존들이 있는 곳이다. 이와 같은 '황선지대/도시'의
구분에서 작가가 의도하는 바는 명확하다. 황선지대가 도시에 "스스로
등져야 하는 슬픈 운명"을 지닐 수밖에 없는 원인은 다름 아니라 '전쟁'
때문이라는 사실이다. 한국전쟁이야말로 황선지대를 조성하였으며, 이
곳에서의 삶을 운명적으로 수용하는, 곰팡이와 같은 존재들을 양산시켰
다는 작가의 문제의식이 뚜렷하게 부각되고 있다.
이러한 비극적 운명 혹은 절망적인 현실에 대한 작가의 문제의식은
「황선지대」를 관류하고 있다. 그것은 이 작품의 어느 곳에서도 서두에
서 보였던 공간성의 이미지와 대립되는, 즉 전망을 간직한 공간성이 형

---

* 오상원, 「황선지대」, 『신한국문학전집 28』, 어문각, 1976, 5면; 앞으로 이 작품을 인용
할 경우 본문에서 (면수)만 밝히기로 한다.

상화되고 있지 않다는 데서 여실히 알 수 있다. 여기서 혹자는 이 작품의 제2화에서 지배적인 땅굴이라는 공간성이 전망을 내재한 것으로 파악할 수 있겠다. 물론 땅굴이 어느 면에서는 소설 속 문제적 인물들(때장, 두더지, 곰새끼)에게 황선지대를 벗어날 수 있는 계기를 던져주는 주요한 공간인 것만큼은 분명하다. 미군부대 PX창고로 통하는 땅굴이야말로 그들에게는 "절벅거리는 흙탕 구덩이"(5면)와 "구름이 가득 덮힌 하늘" 아래 있는 황선지대를 벗어나 각자의 꿈을 실현할 수 있는 희망의 터널로 인식되기 때문이다. 하지만 미래에 대한 그들의 꿈은 끝내 좌절된다. 작품의 결미에 이르러 그 실상이 명백해지듯이 그들이 마주친 것은 온갖 물품이 가득찬 창고가 아니라 텅 빈 창고가 아닌가.

한국전쟁 중 미군부대에 몰려온 한국 노무자들

황선지대로 옮겨오면서부터 미래에 대한 일체의 꿈이 상실되었으며, 황선지대에서의 삶 또한 이미 미군부대에 기생하며 살 수밖에 없는 그들에게 어쩌면 이와 같은 결과는 작가가 의도한 자연스런 서사적 귀결인지 모른다. 결국 그들에게 미래를 꿈꾸게 하였던 땅굴마저 전망은커녕 오히려 그들의 절망적인 삶을 더욱 각인케 하는 매개로서의 공간성을 띨 뿐이다. 그들이 파헤쳤던 땅굴의 이러한 속성은 작중 인물인 소년의 시점에 의해 드러난다. 소년은 그들의 노력이 '짜리'의 계략에 의해 헛수고임을 알려주기 위해 그들이 파놓은 땅굴을 기어간다.

> 구름 사이로 햇빛은 있으련만, 구름이 가득 덮인 하늘에도 손바닥만큼한 햇빛이 새어 날 틈은 있으련만 왜 이곳에는 이처럼 캄캄한 어둠뿐일까. 소년은 자기가 어둠 속으로 어둠 속으로 아무리 기어가도 자꾸 그 어둠 속으로 빨려들어가고 있는 것만 같았다.(68-69)

단순히 땅굴의 암전(暗轉)을 나타나고 있는 것으로만 읽을 수 없다. "아무리 기어가도" 소년에게 그들은 보이지 않는다. "자꾸 그 어둠 속으로 빨려들어" 갈 뿐이다. 땅굴은 소년으로 하여금 그들에게 인도해 주는 구실을 하는 게 아니라 오히려 소년을 더욱 절망의 심연으로 인도해 주고 있는 것으로 공간성이 설정되어 있기에 그렇다.

이처럼 「황선지대」의 지배적 공간성은 폐쇄적이다. 어떠한 출구도 존재하지 않는다. 희망이 실현될 수 있는 곳으로 열려 있지 않다. 이것은 작가 오상원이 전후 현실을 대하는 세계 인식에 연유한다. 전후의 현실이 아무리 미국의 무상경제원조와 전후복구를 통해 새롭게 재편되고 있으나, 그것은 여전히 미군부대에 기생하는 것처럼 실질적 자립으로써 미래에의 의지를 실현시킬 수 없다는 절망적 현실 인식이 작가를 짓누르고 있다. 이것은 비단 오상원에게만 국한된 현실 인식이 아니라, 전후 신세대 작가들의 내면의 기저에 자리하고 있는, 1950년대에 대한 지배적 현실 인식이다. 오상원은 이것을 작품의 서두에서부터 분명하게 드러내고 있는바, 따라서 작품의 전체를 관류하고 있는 공간성마저 '황선지대'로 상징되는 음습한 이미지로 채색되며, 전망을 내재한 '땅굴'은 이미 규정지어진 상황으로 인해 전망이 상실될 수밖에 없는 허무의 공간으로 전락된다.

한국전쟁 무렵 미군 기지촌 근처에서 미군으로부터
먹을거리를 건네받고 있는 아이들

2-3. 근대의 미성숙, 중심부에 내재된 변두리 속성

: 황석영의 「이웃사람」

황석영 소설의 공간은 그의 출세작인 「객지(客地)」(『창작과비평』, 1971. 봄)의 제목으로부터 환기되는바 특정 지역에 정착하지 못하고 부유(浮游)하는 나그네의 배회지다. 이러한 공간이 갖는 문제성은 중심인물의 실존적 조건과 밀접한 관계를 맺는다. 황석영 소설의 중심인물은 대부분 도시빈민, 술집 작부, 날품팔이 인부로서 그들의 생활세계는 도시의 변두리다. 물론 이 도시는 1960년대부터 국가발전주의 전략(경제개발계획)에 의해 조성되면서, 1970년대 새마을 운동과 함께 전국토의 개발화에 따라 급속하게 만들어진 것이다. 이렇게 형성된 도시에 대한 사회경제적 맥락을 이해하는 것은 황석영 소설의 공간(성)을 탐구하는 데 토대가 된다. 특히 다음의 작품은 도시빈민이 1970년대의 도시(대표적으로 서울)를 어떻게 체험의 공간으로 인식하고 있는지에 대한 전형을 보여준다.

버스가 번화가를 벗어나 자꾸만 샛길로 빠져 들어가고 울퉁불퉁한 길을 지나 변두리의 종점에 닿았을 때, 나는 난민촌 비슷한 수라장의 한가운데에 서게 되었던 겁니다. 나는 종점을 지나 누구 아는 이라두 찾겠다는 듯이 어슬렁대며 이곳 저곳을 돌아다녔읍니다. 취해서 길가에 늘어진 놈이 없나, 대가리가 깨져라구 싸우는 놈들이 없나, 길은 똥 오줌으로 범벅된 질척한 진탕입니다. 애새끼들이 아랫도리를 벗은 채루 맥없이 집 앞 양지쪽에 서 있구요. 부인네가 봉지쌀을 사들구 골목 한 옆에 조그맣게 오그라들어 가지구 지나갑디다. 천막 안에서 주정뱅이가 마누라를 패는지 죽여라, 살려라, 악쓰는 소리가 들리데요. 그래두 이게 동네려니 생각하니까 다정한 느낌이 들었어요. 서울이 보이질 않아요. 갑자기 세상에서 없어져 버린 것 같더군요. 버스를 부리나케 타고 되돌아오면 요사스런 거리가 분명히 그 자리에 있었어요. 생각속에만—아, 서울—하며 있는 게 아니라 서울은 분명히 그 수많은 사람들 하구 함께 있었지요. 그런데두 한편으론 서울은 상상 속에만 있었습니다. 다시 다른 버스를 탔죠. 또 종점에 이르러 보면 거긴 내가 가려던 곳이 아니죠. 되돌아 시내로 돌아와두 그렇군요. 몇달 전에 고향을 떠나서, 또 며칠전에 피를 팔면서까지, 조금 전에 버스를 타구 달아나려구 했던 바로 그곳에 돌아와 있는 겁니다. 나는 하루종일 버스를 타구 종점에서 중심가로 오락가락하면서 그곳은 바로 내자신이란 사실을 깨달았습니다.* (강조-인용자)

장황하게 인용된 윗 부분은 서울에 올라와 온갖 생계유지 수단을 통해 삶을 지탱해온 '나'가 버스를 타고 종점까지 다니면서 바라본 서울의 안팎 풍경이다. 월남전에서 돌아온 후 새로운 삶을 살기 위해 고향을 떠난 '나'는 서울에서의 희망찬 삶을 누리기는커녕 "피를 팔면서까지" 목숨을 부지해야 하는 극한 상황에까지 이른다. 그리하여 '나'는 이러한 실존적 환경으로부터 능동적으로 벗어나기 위해 버스를 탄다. 버스 여정에서 '나'가 목도한 풍경은 서울의 외곽으로서 "난민촌 비슷한 수라장"이다. 그런데 '나'는 이 변두리 풍경에 대해 친연성을 갖는다. 이 작품에서는 구체적으로 형상화되어 있지 않지만, '나'는 월남전 참전 병사로서 난민촌의 비참한 실상을 생생하게 체험한 것으로 유추해 볼 때,

* 황석영, 「이웃사람」, 『객지』, 208-209쪽. 이하 본문의 작품 인용은 본문에서 (면수)만 표기.

또다시 이러한 난민촌의 이미지를 떠올리면서 친연성을 갖는 것은 쉽사리 납득이 가지 않는다. 그럼에도 불구하고 '나'는 "이게 동네려니 생각"하고 "다정한 느낌"의 감정을 유발시킨다. 그렇다면 '나'로 하여금 이러한 감정을 갖도록 동인(動因)화 한 서울의 변두리에 대한 작가의 형상적 사유는 무엇일까?

1970년대 판자촌 길가 풍경

'나'가 고향을 떠나 서울로 올라온 이유는 "자수성가해서 남부럽지 않은 사람이 되어 식구들을 호강시키"(199)는 데 있다. 때문에 '나'는 변두리가 아닌 중심의 생활세계를 지향한 것이다. 그러나 '나'가 맞닥뜨린 중심의 생활세계(서울)는 근대화의 일상성에 적응하지 못한 인간을 부익부 빈익빈으로 수렴되는 근대의 폭력-근대의 미성숙에 의해 변두리로 추방시킨다. 이제 더이상 '나'에게 서울은 현실의 풍경이 아니라, 가

공할 만한 비현실의 풍경인 셈이다. 상상 속에서만 존재하는 '중심의 생활공간'이다. 왜냐하면 지금껏 '나'에게 인식되어온 서울이란 공간은 변두리의 제반 조건(상부구조와 하부구조)과 변별되는 현실적 공간이었음에 반해, 서울에서의 직접 생활체험을 통해 '나'는 서울이란 생활공간으로 틈입하여 적응할 준비가 제대로 갖추어 있지 않거나 그러한 준비를 하지 못하도록 작동하는 서울의 메커니즘으로 인해 서울을 비현실적 공간으로 받아들이기 때문이다. 다시 말해 '나'는 "서울이 극도의 삶의 긴장감을 체계적으로 양산하는 공간"*이란 실체를 간과하고 있다. 뿐만 아니라 아직까지 '나'가 서울에 적응하며 자신의 꿈을 성취하기 위해서는 서울의 공간성을 정복하는 것, 즉 "공간 정복은 먼저 그것이 사용 가능하며 가소성이 있으며, 인간행동을 통한 지배가 가능하다"**는 인식에 도달해야 하는데, '나'는 이러한 세계인식에 이르지 못하고 있다. 때문에 아이러니컬하게도 서울에서 벗어난 변두리는 '나'가 그토록 증오하던 세계와 다를 바 없는 곳으로, 변두리야말로 도시빈민들의 황폐화된 삶이 지배하고 있는 것인바 서울의 중심부에서 이미 밑바닥 삶을 체험하고 있는 '나'의 실존적 환경과 상동성을 띠고 있는 곳으로 인식된다. 결국 버스를 타고 서울의 중심부와 변두리를 왕래하면서 '나'는, '나'의 현실을 훼손시키는 세계로부터 능동적으로 벗어나고 있으나, 가는 곳마다 마주치는 환경은 변두리의 낯익은 세계이며, 따라서 그 세계에서 만나는 타자란 바로 '나'와 동일성을 공유하는 인물인 셈이다. 이렇듯이

---

* 강내희, 「서울이란 텍스트」, 강내희 외 편, 『문화분석의 몇 가지 길들』, 문화과학사, 1994, 56쪽.
** 데이비드 하비, 『도시의 정치경제학』, 초의수 역, 한울, 1996, 227쪽.

우리는 '나'에게서 '서울(중심가)=변두리'의 등가 관계를 맺는 공간성의
인식을 도출할 수 있겠다.

1970년대 판자촌 골목 풍경

요컨대 황석영 소설에서 형상화되고 있는 변두리의 공간성은 중심가
와 대척점으로 파악됨으로써 소외된 지역의 비극적 실상을 사실적으로
형상화해내는 데 초점을 둔 게 아니라 중심가가 내재적으로 갖고 있는
변두리적 속성을 예각적으로 묘파해내는 데 있다. 근대화론에 의해 조
성된 도시(중심가)는 「이웃사람」의 '나'를 비롯한 도시 빈민의 실존적 조
건을 변화시키기는커녕 더욱 도시의 생활공간으로부터 소외시킴으로써
도시의 변두리로 내몰기 때문이다. 이 문제를 추상화시키면 작가는 세
계의 중심부를 지향하는 인물을 그곳에서 정착시키려고 하지만, 이미
그곳은 작중인물에게 현실이 아닌 비현실적 공간으로서 인식되는데, 그

것은 바로 중심부가 조장해내는 근대성의 유형무형의 폭력 때문이다. 따라서 작중인물은 중심부로부터 변두리로 내몰리거나 벗어남으로써 세계를 배회하게 된다. 변두리 역시 그들이 정착할 곳이 아니기 때문이다. 결국 황석영 소설의 공간성에서 주목되는 변두리는 세계의 중심에서 소외된 자들이 안주(安住)한 채 정주(定住)하는 곳이 아니며, 어디로인가 또 다시 떠나기 위해서 잠시 머무는 곳에 불과하다.

2-4. 4.3문학의 이산(離散), 한국현대사의 상처 치유
: 임철우의 『백년여관』

필자는 4.3문학의 갱신을 논의하는 기회가 있을 때마다 "제주와 연대 가능한 국내의 다른 지역의 역사와 문학에 대한 인적 교류를 활발히 모색함으로써 4.3이 제주의 문제만이 아닌 전국적인 그것으로, 그리고 일국적 경계를 벗어나 제3세계적 모순을 보이는 세계의 그것으로 심화·확대의 길을 모색"*해야 할 것을 강조한다. 여기에는 4.3이 자칫 제주의 지역성에 갇힘으로써 4.3의 역사적 진실에 대한 문학적 탐구가 협소해질 수 있기 때문이다. 다시 강조하건대, 4.3에 대한 국가의 지배권력의 잘못이 인정된 이후 4.3문학은 새로우면서 진전된 문학적 대응을 펼쳐야 할 것이다.

임철우의 장편 『백년여관』(한겨레신문사, 2005)은 4.3문학이 새 단계로 어떻게 접어들고 있는지를 가늠할 수 있는 문제작이다. 4.3을 다룬

---

* 고명철, 「이념의 장벽을 넘어선 4.3소설의 새로운 지평」, 『비평의 잉걸불』, 새미, 2002, 347쪽.

기존의 작품들 대부분에서 주요한 공간이 제주로 설정되어 있는 반면, 『백년여관』에서는 '영도(影島)'라는 섬이 주요 공간으로 설정되어 있다. 이 문제적 공간에서 4.3은 새롭게 탐구된다. 제주도와 다른 공간에서 탐구되는 4.3은 공간의 위상 변화에 따라 그곳에서 살고 있는 사람들의 역사적·실존적 의미의 섬세한 차이를 생성해낼 수밖에 없기에, 제주의 지역성에 국한된 4.3문학과 차이를 갖는다.

무엇보다 임철우의 『백년여관』에서 주목해야 할 것은 '영도'라는 문제적 공간이 한국현대사에서 지울 수 없는 역사의 상처를 고스란히 간직하고 있다는 점이다. 6.25전쟁 전후 남한 전지역에서 자행되어온 보도연맹원들에 대한 집단학살, 4.3기간(1948. 4. 3-1954. 9. 21) 동안 역사의 광기에 의해 무참히 죽임을 당한 제주 민중의 비극, 미국의 용병으로 베트남전쟁에 참전한 군인이 겪고 있는 육체적·정신적 고통, 유신체제 붕괴 이후 신군부의 국가권력 찬탈의 희생양이 되어버린 광주의 참극 등이 '영도'에서는 서로 긴밀한 관계를 맺고 있다. 말하자면 '영도'는 한국현대사에서 미증유의 역사적 참상을 겪어 살아남은 자들이 마치 약속이라도 한 것인 양 모여든 한국현대사의 최전선이나 다름이 없는 곳이다. 바로 이곳에서 4.3은 한국현대사의 맥락 속에 자연스레 자리한다.

4.3의 화마(火魔)를 피해 고향을 떠난 제주인들은 "반도 서남쪽 영락 없는 토끼의 엄지발톱 자리"*에 위치한 섬-'영도'로 흘러든다. '영도'에서 제주인들은 언어절(言語絶)의 참상을 망각하여 새로운 삶을 살고자

---

* 임철우, 『백년여관』, 한겨레신문사, 2005, 9쪽. 앞으로 이 책에서 인용할 때는 별도의 각주 없이 본문에서 (면수)만을 적기로 한다.

한다. 하지만 '영도' 역시 4.3의 고통을 겪는 제주와 마찬가지로 "미망과 백일몽이 지배하는 허허한 중음(中陰)의 영토"(10) 그 이상도 그 이하도 아니었다. 40여 년 동안 미국에 입양되어 살던 요안이란 인물이 자신에게 망각된 유년시절의 기억을 되찾으면서 거슬러 올라간 '영도'의 과거에서 명백히 알 수 있듯이, 군경토벌대에 의해 자행된 무고한 양민에 대한 집단학살로 점철된 지옥의 섬-'영도'는 4.3의 역사적 광기로 뒤덮인 제주와 동일성을 띤다 해도 과언이 아니다. 그런데 중요한 것은 제주인들이 고향에서가 아닌 타지에서 4.3을 만나는 도정이다. 이것은 '4.3문학의 이산(離散, diaspora)'이란 관점을 제공한다. 그동안 4.3문학이 답보상태에 머물러 있다는 비판에서 자유로울 수 없는 것은 4.3문학 주체의 대부분이 제주란 지역성의 한계를 극복하지 못했다는 점을 냉철히 인식해야 한다. 물론 4.3이 제주에서 유의미성을 갖는 것은 명약관화한 일이다. 하지만 이럴수록 더욱 경계해야 할 것은 4.3문학이 제주란 한정된 공간에 국한됨으로써 자칫 4.3문학의 맹목화와 경직화를 초래할 수 있다는 점이다. 그런 점에서 『백년여관』은 종래의 4.3문학을 갱신시키고 있다. 특히 『백년여관』은 '4.3문학의 이산' 혹은 '이산의 4.3문학'이란 관점을 제공해 주는바, 4.3문학의 공간적 확장을 통해 4.3의 역사적 진실 탐구가 제주란 지역성의 경계를 넘어선 가운데 4.3문학의 새로운 지평을 모색해 볼 수 있도록 한다.

　이러한 측면에서 주목할 만한 인물은 강복수와 조천댁이다. 강복수는 유년시절 4.3의 참상을 생생히 목도함으로써 정신적 내상을 입는다. 그의 목숨은 붙어 있되, 그는 4.3을 겪은 제주인들처럼 "지옥에 끌려 들어갔다가 나온 사람들의 운명"(181)을 지닌, "나머지 절반은 벌써 오래전에 죽어버린 사람들"(180)과 같은 존재로서, "이승과 저승을 함께 보는 눈"(179)을 소유하고 있다. 하여 "복수는 하나의 몸으로 두 개의 세상(이승과 저승-인용자)을 동시에 겪어내야 하는 그 기이한 삶을 받아들일 수밖에 없었"(182)으며, 전국을 떠돌며 자신의 불행한 삶을 달랜다. 고향에 정착하지도 못한 채 발길 닿는 데로 떠돌면서 유년시절 4.3의 비극을 견뎌내야만 하는 복수의 삶이야말로 '4.3문학의 이산' 그 자체를 지칭한다. 복수의 고통은 그 어느 곳에서도 치유되지 않는다. 하지만 복수의 떠돌이 삶에서 쉽게 간과해서 안 될 것은, 복수의 고통이 복수란 개별 인물에 국한되는 게 아니라 한국현대사의 또 다른 역사적 불행을 겪은 타자들과의 만남을 통해 그 개별적 고통들은 한국현대사의 큰 맥락 속에 자리를 하고 있다는 점이다. 여기서 복수와 그의 부인 미자가 운영하는 '백년여관'은 한국현대사의 숱한 고통을 짊어진 개별자들이 제 나름대로의 기구한 사연을 간직한 채 "세상의 벼랑 끝을 찾아 헤매다가 마침내 연어처럼 원점으로 거슬러 돌아"(12)와 그 고통들에서 놓여나는 자기 구원의 성소(聖所)로 기능을 한다.

여기서 우리는 4.3으로 인한 복수의 고통이 제주의 역사로만 귀환하는 게 아니라 4.3을 전후한 한국현대사의 고통들과 서로 맞닿아 있다는 있다는 것을 확인할 수 있다. 왜냐하면 '영도'의 '백년여관'에는 복수 이외에도 요안(토벌대의 광폭함으로 인한 부모의 죽음), 문태(베트남전쟁에서 무고한 양민을 죽임), 소설가(5.18광주에 대한 원죄) 등이 동시에 숙박함으로써 4.3은 이러한 굵직한 한국현대사와 동떨어진 채 존재할 수 없다는 것을 보여주기 때문이다. 이것은 작가 임철우가 4.3에 대해 갖는 역사적 인식을 말해준다. 동시에 '4.3문학의 이산'이 거둔 큰 성과다.

4.3으로 인해 군경 진압군에 의해 학살당한 양민의
유해를 발굴하는 현장

그런데 '4.3문학의 이산'으로서 특기할 만한 성과는 이처럼 한국현대
사의 질곡을 짊어진 개별자의 영혼이 조천댁의 굿을 통해 위무되고 있
다는 점이다. 제주 사람인 조천댁은 복수네처럼 4.3의 참극을 피해 '영
도'에서 이산(離散)의 삶을 살고 있는 무녀인데, 작가는 조천댁을 통해
한국현대사의 맥락 속에서 통한의 죽임을 당한 무고한 원혼들의 넋을
달랜다. 이 역시 '4.3문학의 이산'이 일궈낸 커다란 성과라 할 수 있다.
조천댁은 4.3의 억울한 넋들을 달래준 귀덕녀(강신무)의 딸로서 고향 제
주를 떠나 타지에서 한국현대사 질곡의 통한에 신음하는 산자와 원혼들
을 위한 신명난 굿판을 마련한다. 하여 조천댁의 굿은 저마다의 통한을
간직한 '백년여관'의 사람들과 죽은 자들의 역사적 상처를 치유해낸다.
4.3의 화마(火魔)를 피해 입도한 '영도'에서 4.3과 대동소이한 좌우 이데

올로기 쟁투의 피비린내나는 살육의 광란을 견뎌내야만 했던 복수네, 유년시절 '영도'에서 있었던 끔찍한 살육 장면을 목도한 후 기억상실증과 간질병을 앓고 있는 요안, 6.25전쟁 당시 남편을 따라 '영도'로 피난을 왔다가 보도연맹 사건으로 인해 남편의 죽음을 맞이한 함흥댁, 베트남전쟁 당시 살포된 고엽제로 인한 육체적 고통과 무고한 베트남 양민을 죽인 데 대한 양심적 고통에 신음하는 문태, 1980년 역사의 광기가 지배한 광주에 친구를 남겨둔 채 제 목숨에 연연한 소설가 등과 연루된 모든 존재들의 맺힌 한을 풀어주고 있다. 이 성스러운 역할을 조천댁이 맡고 있다는 것은, '4.3문학의 이산'의 측면에서 복수가 견뎌내고 있는 4.3이 한국현대사의 맥락과 유리된 게 아니듯, 조천댁의 굿 역시 '4.3-6.25전쟁-베트남전쟁-5.18광주'로 이어지는 역사의 참극 속에서 처참히 짓밟힌 산 자와 죽은 자의 영혼을 위무하는 것이라는 점에서 결코 과소평가할 수 없는 작가의 의도인 셈이다. 말하자면 작가는 한국현대사의 비극의 근원에 4.3을 위치짓고 있는바, 4.3의 통한을 견뎌내고 있는 조천댁으로 하여금 한국현대사가 낳은 역사적 상처를 치유하도록 한다. 제주가 아닌 타지, 그곳이 한국현대사의 첨예한 쟁점이 서로 뒤엉켜 있는 곳이라면, 조천댁을 통한 역사적 상처의 치유 행위는 '4.3문학의 이산'으로서 거둔 큰 성과다.

요컨대 필자는 임철우의 『백년여관』을 통해 '4.3문학의 이산'의 관점에서, 새 단계로 접어들고 있는 4.3문학의 갱신에 주목해야 한다고 생각한다. 4.3문학의 공간을 제주가 아닌 타지역으로 확장하여 그곳의 문제와 밀접한 연동을 맺음으로써 4.3문학의 지평은 새롭게 모색될 수 있기 때문이다.

4.3으로 억울한 죽음을 당한 피해자들의 넋을
추모하는 제주 4.3평화 추모공원

3. 성찰의 공간과 전망의 공간

지금까지 김학철, 오상원, 황석영, 임철우의 작품을 문학 공간에 초
점을 맞춰 읽어보았다.

김학철의 장편소설 『격정시대』를 통해 서구의 성장소설의 전통과 확
연히 다른 '혁명성장소설'의 특징을 읽을 수 있다. 어떤 특별한 인물이
처음부터 혁명가적 기질을 갖고 태어나는 게 아니라 직접 부딪치는 공
간의 특수성 속에서 세계에 대한 새로운 인식과 실천의 의지를 구체화
하는 과정을 볼 수 있었다. '원산→경성→상해→태항산'에 이르는 동아

시아의 주요한 공간을 거쳐가면서 한 자연인이 부정한 시대를 견디며, 그 시대를 넘어가는 삶의 진정성을 목도할 수 있었다. 이것은 부르주아 계급의 교양을 통해 개인의 내면적 성숙에 도달하는 데 초점을 맞춘 서구의 성장소설과 뚜렷이 구별되는 점이다. 그런가 하면, 오상원의 단편 「황선지대」를 통해 한국전쟁을 거치면서 피폐화된 전후의 현실에 직면한 인간 군상을 읽을 수 있다. '황선지대'라는 공간이 단적으로 말해주듯, 전후의 현실은 미군주둔지와 그 주변 변두리로 경계가 확연히 나뉘어 있어, 물자가 풍부한 미군주둔지와 그렇지 못한 절대빈곤의 변두리 지역으로 나뉘어 있다. 그 경계지대에 살고 있는 인간들의 생존을 위한 욕망과 그 욕망의 좌절을 예각적으로 그려내고 있다.

여기서 변두리 지역의 공간성은 황석영의 단편 「이웃사람」에서 탁월히 형상화되고 있다. 개발독재의 국가발전주의 전략에 의한 산업화(혹은 근대화)는 중심부로부터 구조적으로 소외되는 변두리를 양산해내고, 그 변두리로 몰려든 사람들은 바로 어느 한 곳에 정착하지 못하는 떠돌이로서의 삶을 살 수밖에 없는 산업예비군들이다. 1960·70년대 산업화의 이면을, 변두리라는 공간성으로 날카롭게 포착해내고 있다.

한편, 임철우는 장편 『백년여관』에서 '영도'라는 섬에 몰려든 사람들의 상처를 치유한다. 그곳의 사람들은 한결같이 한국현대사에서 씻을 수 없는 아픈 상처를 지니고 있다. 특히 4.3의 역사를 중심으로 '한국전쟁-베트남전쟁-5.18광주'로 이어지는 한국현대사의 질곡을 짊어지고 있는 인물들이 마치 약속이나 한 것인 양 '영도'라는 섬에서 만나, 서로의 상처를 보듬어 감싸안는다. 따라서 '영도'는 한국현대사의 아픈 상처를 치유해내는 '성소(聖所)'의 역할을 맡고 있는 것이다.

이렇듯, 우리는 김학철, 오상원, 황석영, 임철우의 작품 속 공간과 마주대하며, 삶에 대한 우리 나름대로의 '성찰의 공간'에 놓인다. 분주한 일상 속에서 망각하고 있던 '성찰의 공간'과 만난다. 이것이 바로 문학 작품의 위대함이며, 작품 속 문학적 공간이 갖는 중요성이다. 빼어난 문학적 공간이야말로 우리들 삶을 되비추는 '성찰의 공간'을 생성해내고, 좀 더 살 만한 세상을 향한 꿈을 꾸는 '전망의 공간'을 만들어내기 때문이다.

더 읽을 거리

1. 김학철, 『최후의 분대장』, 문학과지성사, 1995

김학철의 자서전이다. 김학철의 장편 소설『격정시대』를 좀 더 자세히 이해하기 위해서는 그의 자서전인 『최후의 분대장』을 읽을 필요가 있다. 이 자서전은 그의 성장 환경부터 조선의용대 창설과 그 활동을 실증적으로 보여준다. 무엇보다 우리 역사의 사각지대에 놓인 조선의용대와 관련된 사항들에 대한 중요한 정보를 얻을 수 있다.

2. 황석영, 『객지』, 창작과비평사, 1974

우리 시대의 뛰어난 리얼리즘 작가인 황석영의 초기 작품 세계를 읽을 수 있다. 이 작품집에는 1960·70년대의 산업화 이면의 온갖 문제점들이 날카롭게 그려져 있다. 특히 어느 한 곳에 정처하지 못하는 뿌리 뽑힌 자들의 핍진한 삶을 통해 그 시대의 삶과 현실을 들여다볼 수 있다. 산업화로 인해 소외된 공간의 특성을 뚜렷이 읽을 수 있다.

3. 이성욱, 『한국 근대문학과 도시문화』, 문화과학사, 2004

한국 근대문학에 삼투된 도시문화의 여러 속성들을 탐색하고 있다. 기존의 저서들이 한국 근대문학의 모더니즘의 미적 특성들을 밝혀내는 데 초점을 맞춘 반면, 이 책은 식민지 근대에 의해 형성된 도시문화의 근대성을 근대문학 작품 속에서 꼼꼼히 읽어내고 있다. 이 저서는 문학을 다루되, 문학의 영역에 머무르지 않고 문화사 연구를 포괄한다는 면에서 주목할 만한 책이다. 식민지 도시 공간의 문화를 살펴볼 수 있는 주요한 책이다.

5. 최재봉, 『간이역에서 사이버스페이스까지』, 이룸, 2003

한국 문학 작품에 나타나는 각종 공간들을 필자 특유의 유려한 문체로 재구성하고 있다. 시골 기차 간이역에서부터 디지털 공간에 이르기까지 우리의 일상을 이루는 온갖 공간들이 문학적 공간에 의해 어떻게 변주되고 있는지를 밝히고 있다. 이 책을 통해 시인과 소설가가 일상의 공간을 문학적 공간으로 새롭게 인식하는 모습을 살펴볼 수 있다.

6. 이무용, 『공간의 문화정치학』, 논형, 2005

축제, 관광, 대학 캠퍼스, 도시 경관, 거리 등 도시 문화를 이루는 공간의 각종 특성들을 문화정치학적 관점에서 검토하고 있다. 공간에 대한 문화정치학적 관점을 습득할 수 있는 책이다.

7. 이진경, 『근대적 시공간의 탄생』, 푸른 숲, 1997

근대적 인간의 삶을 이루는 두 축인 시관과 공간에 대한 인식이 어떻게 생성되었는지를 필자의 명쾌한 논리로 밝히고 있다. 지금까지 별다른 고민 없이 파악해 온 시간과 공간에 대한 근대적 관점을 촘촘히 이해할 수 있는 데 도움이 된다.

8. 마거릿 버트하임, 『공간의 역사』, 박인찬 역, 생각의 나무, 2002

디지털 공간에 이르기까지의 인간의 역사에서 출현한 공간을 다방면에서 탐구하고 있는 책이다. 고대, 중세, 현대에 이르는 시기와 함께 예술과 천문학, 물리학에 이르는 광범위한 영역을 포괄하여 공간이 인간과 어떻게 관계를 맺고 있었는지를 살펴보고 있다.

 **생각해 보기**

1. 우리의 생활 속에서 접하는 일상의 공간과 문학 작품을 비롯한 다양한 예술 작품 속에서 접하는 예술적 공간의 차이점을 어떻게 말할 수 있을까?

2. 김학철의 『격정시대』를 읽고 다음의 문제를 생각해 보자.

1) 주인공 선장이는 어렸을 때 원산부두노조파업을 지켜보면서 충격을 받는다. 그 이유는 무엇일까?

2) 선장은 경성으로 유학을 간다. 그곳에서 선장은 '식민지 근대'에 직면한다. 선장은 '식민지 근대'의 이중성을 어떻게 파악하고 있는가?

3) 선장을 비롯한 조선인들이 조선의용대 대원으로서 항일무장투쟁을 중국에서 벌인 이유는 무엇일까?

3. 오상원의 「황선지대」를 읽고 다음의 문제를 생각해 보자.

1) 한국전쟁 이후 1950년대의 현실은 미군기지촌을 중심으로 살펴볼 수 있다. 그 당시의 자료들을 대상으로 미군기지촌의 삶과 현실을 살펴보자.

2) 오상원의 작품의 제목이기도 한 '황선지대'가 갖는 공간의 특성과 그 의미는 무엇인가?

4. 황석영의 「이웃사람」을 읽고 다음의 문제를 생각해 보자.

　1) 1970년대는 산업화 혹은 근대화에 박차를 가하는 시기였다. 그로 인해 이촌
　　향도(移村向都) 현상이 일어났고, 특히 서울에는 도시빈민들이 늘어났다.
　　1970년대 서울의 도시빈민의 삶은 어떠했는가?

　2) 아무리 서울이란 곳이 우리나라의 정치경제문화의 중심이지만, 서울 내부에
　　서도 소외된 공간이 있다. 황석영의 「이웃사람」에서도 이 점을 날카롭게 들
　　여다보고 있다. 중심가 내부의 변두리성은 어떠한 것을 말하는가?

5. 임철우의 『백년여관』을 읽고 다음의 문제를 생각해 보자.

　1) 『백년여관』의 문제적 공간은 '영도'라는 섬이다. 이곳에는 한국현대사의 상
　　처를 짊어진 사람들이 마치 약속이나 한 것인 양 모여든다. 작가가 그렇게
　　한 이유는 무엇일까?

　2) '영도'에 모여든 사람들의 역사적 상처는 작중 인물 조천댁의 굿으로 치유되
　　고 있다. 굿의 역할은 어떤 것일까?

논리공간

김상목

참과 거짓을 가릴 수 있는 문장을 명제라고 한다. 명제들은 서로 합성되어도 다시 참 거짓이 판정되는 명제가 된다. 명제가 아닌 일반 문장들도 합성되고 변형되어 또 다른 문장이 된다. 이러한 문장의 변형과 합성은 말하는 사람의 말하고자 하는 목적을 위하여 수행되어야 하며, 각각의 가치를 담고 있는 문장들은 합성 후에도 원래의 가치가 반영된 책임 있는 문장이 되어야 될 것이다. 이런 문장의 책임 있는 변형과 합성은 특정한 규칙을 따르게 되는데 우리는 이것을 '논리'라고 한다. 논리는 그 모습을 드러내지 않고 뒤에서 문장들을 지배한다. 각각의 문장들이 합쳐지고 나뉠 때마다 논리는 문장의 가는 길을 가르쳐 주고 있는 것이다. 마치 자동차가 길을 나서면 이미 만들어진 도로를 따라 가듯이 논리는 문장들에게 갈 길을 제시하는 것이다.

명제들이 논리라는 물길을 따라 헤엄치고 있는 바다를 상상해 보자. 서로 규칙 없이 약육강식 하는 듯 보여도 물고기들은 보이지 않는 물길을 따라 이동하며 먹이사슬의 일부로 성장하고 생존하면서 바다라는 생태계를 유지시켜 간다. 우리는 이러한 바다를 '논리공간'이라고 정의할 것이다. 논리공간이란 명제들을 구성원으로 하고 논리가 그들을 지배하는 법칙으로 주어지는 공간이다. 게다가, 이러한 논리는 명제가 아닌 일반 문장에도 일반화되어 적용될 수 있으므로 논리적인 문장들의 지배법칙이 되기도 한다.

우리는 이 글을 통하여, 논리공간의 구조의 틀 속에서 논리에 관하여 알아보고자 한다. 이를 위하여 우리는 우선 공간이라는 일반적인 구조를 '요소'와 '지배법칙'에 의하여 정의하고, 이러한 정의가 세상에서 공간이라고 불리는 많은 공간들의 기본원리에 적합한지에 관하여 설명해 보기로 하겠다. 다음으로 위의 공간의 정의에 따라 '요소'가 '명제'이고 '지배법칙'을 '논리'로 하는 '논리공간'을 정의하기로 한다. 이러한 공간이라는 구조의 틀 속에서 수학자들이 가꾸어 놓은 수리논리의 체계를 빌어 그 기본성질들을 '기호화'하여 이해해 보도록 하자. 특히 일상생활에서 발견되는 문장에 기호화를 적용하여 꼬여 있는 애매모호한 의미를 풀어 명확히 함으로써, 기호화된 논리의 실용성을 실감해 보도록 하자. 기호화는 결코 쉬운 것을 어렵게 만드는 것이 아니고 어려운 것을 쉽게 캐내기 위하여 고안된 인간 감각의 또 다른 촉수로서, 우리의 인지의 세계를 넓혀주는 필수불가결한 도구라는 사실을 잊지 말아야 할 것이다.

이제 '공간은 무엇인가?'라는 물음을 시작으로 논리공간을 향하여 여행을 떠나보자.

1. 공간이란?

무엇을 '공간'이라 부르는 것일까? 한문 어의대로, '텅 빈(空)' 바닥에 필요한 만큼의 한계의 금을 그어 놓고 그 경계와 경계 '사이(間)'가 공간이 되는 것일까? 그렇다면 비어만 있고 그것을 구분 짓는 푯대가 없다면 이를 공간이라 부를 수 있을까? 구성원이 없는 텅 빈 구역을 공간이라 칭할 수 있을까?

공간은 존재의 무대이다. 배우는 무대가 있기에 관객과 구분되며 연극은 극장이 있기에 생활과 구분된다. 사막을 가로지르는 낙타와 상인이 쉬어가는 공간을 '오아시스'라 부른다. 한 사람이 태어나고 죽는 생의 자취는 '인생'이라는 공간-시간을 포함한-으로 불리며, 물리가 말하는 우주공간은 존재하는 모든 물질들이 물리의 법칙을 따라 운동하는 장(場)을 뜻한다. 탈놀이 굿이 시작될 때쯤이면, 사람들이 웅성이던 장터 가운데 굿판의 우두머리는 '솟대'라는 막대기를 꽂는다. 이러한 푯대는 현실의 세계에 영혼의 세계(혹은 가상의 세계)가 내려와 뒤섞이는 통로가 된다. 그 경계가 바로 굿판의 무대인 것이다.* 석양으로 뒤섞인 벌건 하늘과 붉게 끓는 바다 앞에 서 있노라면 뭉클 하는 그 무엇은 '가슴'이라 불리는 마음의 공간을 저미게 한다. 점심시간 아이들은 운동장에서 뛰어논다. 방과 후, 텅 빈 운동장은 까맣게 잊고 있던 초등학교시절 우리들의 추억으로 꽉 차 버린다. 또한 내일이면 아이들이 다시 뛰놀 것이다. 때로는 비어 있는 무대도 '무대'인 것이다. 내일 저녁이면 새로운 막이 오르기 때문이다.

---

* 하회별신탈놀이굿 – 서현호

마치 자동차가 길을 나서면 이미 만들어진 도로를 따라 가듯이 논리는 문장들에게 갈 길을 제시하는 것이다. 그림 속의 도로 위에 올려진 자동차는 경로에 상관없이 끊임없이 이어져 그림 속을 맴돌며 밖으로 빠져나가지 못한다. 이렇듯 논리공간은 닫혀 있는 것이다.

우리는 수많은 다른 이름을 가진 각기 다른 공간을 오가며 생활한다. 또한 우리들이 존재한다고 믿는 하나의 우주 또한 인간들의 관점에 따라 수많은 스펙트럼으로 분류되어 인식된다. 이러한 공간들은 대부분 마치 창틀이나 운동장처럼 구조에 의하여 주어진 경계 내의 범위로 결정되거나, 혹은 공간의 구성원의 각각의 활동범위나 목적 혹은 그들의 특성에 따라 분류되고 있다. 어떤 공간은 그것을 인식하는 자신이 태어나기도 전부터 있어 왔기 때문에 앞으로도 있을 것이라고 의심 없이 받아들여진다. 반면에 어떤 공간은 사람들이 그 존재성조차 알지 못하고 일생을 살거나 혹은 선택된 사람들에게만 인지되기도 한다. 예를 들면, 조국이 없던 시절에 살아보지 못한 대부분의 1950년 이후 출생자에게 대한민국은 예전에도 있어 왔고 영원히 존재할 공간으로 무의식중에 인식되어 있다. 월드컵 같은 운동경기가 있을 때만 조국의 존재를 간혹 실감하기도 하지만, 평소에는 마치 물 속에 고기마냥 물의 존재를 잊고 산다. 반면에 평범한 청소년기를 보낸 청년이 입대 후 느끼는 '군대'라는 공간은 복무 중이나 제대 후에도 여전히 인생에 잠시 거쳤다가는 경험으로 남는 특수한 공간으로 인식될 것이다. 사회로부터 얼마 되지 않는 거리임에도 불구하고, 들어가는 순간부터 난생 처음 느끼는 이질감을 매일 실감하게 되며, 일생 동안 술자리의 마지막을 장식하는 무용담이 될 만큼 특수한 기억으로 남는 것이다.

이러한 각 공간의 일반성과 특수정의 차이에도 불구하고 그 구분에 있어 공간은 한 가지 공통점을 가지고 있다. 공간이란 그 공간을 이루고 있는 구성원이나 성질의 자체의 존재성이나 가치보다는, 그 공간을 주목하는 관심 있는 관찰자들의 공통적 인지도에 의하여 'xx공간'이라는 이름으로 불린다는 점이다. 여기서 말한 '관심 있는 관찰자의 인지'가 사회전체의 통념일 때 그 공간은 '조국'이나 '세상'과 같은 일반적인 공간으로 불릴 것이며, '믿음'이라든가 '꿈', '수감생활'과 같은 개인적인 공간은 몇몇 사람만이 자각하는 특수한 공간이 될 것이다. 대본과 연출에 의해 연극을 하고 있는 배우의 존재를 우리가 인식하고 있기에 배우가 연기하는 공간을 무대공간이라고 부르는 것이며, '연극'이라는 행위가

'연기'로 인식되고 있기 때문에 그것이 일어나는 공간은 '극장'이라고 부르는 것이다. 어떤 배우가 길거리에서 물건을 훔치는 것이 목격되었다면, 아무도 이 배우의 행위를 연기로는 인식하지 않을 것이다. 무대가 아닌 생활공간에서 도둑질을 하고 있는 모습이 목격되었으며, 결국 그는 생활공간의 적용법칙인 형법에 의하여 처벌받을 것이다. 즉, 연극공간과 생활공간 또한, 한 인간이 배우로서 인식되는지 생활인으로 인식되는지의 목격자들의 공감대에 따라 구별되어 불리게 되며 그에게는 출연료와 구별되는 포승이 주어지게 되는 것이다.

이렇듯 공간이란 그 속에 속한 구성원의 특성이 관찰자에게 공통으로 인식됨으로써 그 이름을 갖게 된다. 이러한 관찰자 공통의 인식은 어떤 극한 경우에는 무(無)조차도 비어있음(空)으로 인지함으로써 하나의 공간을 만들기도 한다. 태초에 아무것도 없었겠지만 －실제로 '없다'는 사실을 인식할 존재가 없으므로, '태초'라고 이름 붙은 공간조차 존재하지 않았을 것이지만－ 이러한 비 존재성을 인식하는 순간, 비어있음에 대한 자각은 새로운 존재가 되어 그것을 위한 무대를 만드는 것이다.

실례로, 저명한 수학자 노이만의 '자연수'에 관한 정의를 빌려, 비존재가 공간으로 탄생되는 산실을 훔쳐보기로 하자. '비어있다'는 것은 없다는 것이고 이는 비존재이다. 하지만 비어있다는 사실이 인식되는 순간, 이것은 원소를 하나도 갖지 않는 집합인 '공집합 $\varnothing$'으로 받아들여지며 이 공집합을 0이라는 수로 나타낸다. 즉, '비존재의 존재성'이 인식되는 순간 0이라는 기준이 되는 수(數)가 태어나게 되는 것이다. 다음으로, 숫자 1은 공집합 $\varnothing$ 를 원소로 갖는 집합(즉, $\{\varnothing\}$)으로 정의한다. 계속하면, 숫자 2는 '공집합 $\varnothing$'과 '공집합을 원소로 갖는 집합 $\{\varnothing\}$'을 두 원소로 갖는 집합 $\{\varnothing,\{\varnothing\}\}$ 으로 정의된다. 귀납적인 단계에 따라 이를 구체적인 수학의 기호를 써서 나타내면 다음과 같다.

$$
\begin{aligned}
0 &= \varnothing \\
1 &= \{\varnothing\} \\
2 &= \{\varnothing,\{\varnothing\}\} \\
3 &= \{\varnothing,\{\varnothing\},\{\{\varnothing\},\varnothing\}\} \\
\vdots\ &\ \vdots \qquad\quad \vdots
\end{aligned}
$$

결국, 텅 빈 것에 대한 공통의 인식이 귀납법이 지배하는 자연수의 무대를 만들어 낸 것이다. 마치 '태초에 말씀이 있어…'라는 성경의 시작처럼, 우리가 '무(無)'를 '공(空)'이라는 비존재의 존재양태로 정의하자마자 자연수라는 하나의 공간이 창조되어버린 것이다. 이러한 자연수는 그 대상이 존재조차 하지 않는 상황에서도 공통의 인지 혹은 '약속'에 의하여 공간은 정의될 수 있음을 보여주는 극단적인 예라 할 수 있겠다. 다시 강조하지만, 우리가 일반적으로 말하는 공간의 정의는 공간주체에 대한 절대적인 존재성보다는 그 대상에 대한 관찰자의 '인지'에 의하여 결정된다는 점을 잊어서는 안 될 것이다.

이제 공간에 관하여 좀 더 구조적이고 과학적인 정의를 내려 보기로 하자. 이러한 '공간'이라는 개념 자체에 관한 정의를 내린다는 것은 그것의 서술에 필요한 기본적이고 보편타당한 언어를 필요로 하게 된다. 하지만 그러한 언어체계는 바벨탑 이후 인류에게 허락되지 않았거니와 앞으로도 없을 것이다. 차선으로서, 논리적이라는 이유로 의심 많은 현대인 사이에서조차도 최소한의 보편성은 획득했다고 보이는 수학에 기대어 공간의 정의를 내려 보기로 하자. 거의 모든 수학책에는 각종의 '공간'들이 소개되어 있다. 그런데 조금만 유심히 살펴보면, 공간이라는 단어 앞에는 사람이름이나 혹은 공간의 주체들에 대한 이름이 붙어있는 것을 볼 수 있을 것이다. 예를 들면, 벡터들이 뛰노는 공간은 '벡터공간(vector space)'이라 불린다. 어떤 특성을 만족하는 공간은 그 성질을 규정지은 사람의 이름을 붙여, 예를 들어, 해석학의 힐버트공간(hilbert space), 위상수학의, 하우스도르프공간(hausdorff space) 등으로 불린다. 또한 그 성질을 총칭하는 이름을 따서 '위상공간(topological space)' 등으로 나타내기도 한다. 하지만 광범위한 주제를 다루는 수학이라는 분야에서조차 여전히 '공간'에 관해서는 그 자체를 정확히 정의하고 있지는 않다*. 수학백과사전**을 찾아보면 "공간은, 그 공간을 점유하는 '요소(member)'들과 요소들의 존재양태를 지배하는 '법칙'(additional properties which domain the members)으로 규정된다."라고 비수학적 용어로 정의하고 있다. 하지만 이러한 정의는 수학뿐만 아니라 우리가 개념적으로 떠올리는 거의 모든 공간의 공통적으로 나타나는 속성임을 알 수 있다. 우선 위에 열거한 수학의 공간에서 보면, 어떤 집합 위에서 위상(topology)이라 불리는 법칙을 만족시키는 부분집합들을 '요소'로 하는(이들 요소들을 열린집합이라 부른다) 공간을 위상공간이라 부르며, 벡터들을 '요소'로 하고 이들을 한계 짓는 대수적인 구조를 '법칙'으로

---

* 수학에서 수식어 없이 '공간'이라는 단어는 고전적인 관점에서 유클리드(euclid)공간을 의미한다. 유클리드공간은 고등학교 수학에서도 나오듯이 실선들의 직교좌표로 이루어진 공간을 의미한다. 예를 들어, 마치 2차원 평면에 모기장과 같은 그물망이 무한히 펼쳐져 있어서 이 공간상의 모든 점이 그 위치를 말해주는 좌표를 가지고 있는 공간을 말한다.

** CRC Concise Encyclopedia of Mathematics

갖는 공간을 벡터공간이라 한다. 수학 외의 타 공간들 중에서 '연극공간', '물질공간' 등등도 '요소 + 지배법칙 = 공간'이라는 공간의 정의에 의해 설명된다. 연극공간은, '배우'라는 요소와 '연출' 혹은 '대본'이라는 지배법칙으로 정의될 수 있다. 물리학에서 물질공간은 질량을 가진 존재, 즉 물질을 요소로 하고 물리법칙들(관성의 법칙, 작용반작용의 법칙, 일반상대성이론 등)을 각기 지배법칙으로 가진다. 더 많은 예는 독자의 상상력에 맡기기로 하고, 지금부터 요소들과 그들의 지배법칙으로 규정한 공간의 정의를 받아들이기로 한다. 위에서 지적했듯이, 공간이라는 개념의 해석은 그 정의의 엄밀성에 의존한다고 하기보다는 인간 상호간의 인지적 공감대에 의존한다는 점에서 위와 같은 공간 정의의 일반화는 충분한 근거를 갖는다고 할 수 있다.*

이제 위에서 정의한 공간의 정의 즉, 요소와 지배법칙의 관점으로 기존의 공간들을 재고찰 해보자. 정의에 의하면 요소와 법칙은 요소에 대한 법칙의 지배관계로 상당히 도식적이며 이분법적으로만 이해되기 쉬우나, 사실 그들 간의 관계는 매우 유기체적으로 얽혀 있으며, 각 공간별로 고유 개념을 형성하고 있음을 발견할 수 있다. 또한 공간개념의 무게중심이 어느 쪽으로 쏠려 있는가에 따라 요소와 법칙 사이에 주종관계도 정해짐을 발견하게 된다.

"요소의 존재 유무를 떠나서도 공간은 존재하는가?"** 즉, 한 번도

---

* 비수학적 용어에 의한 개념적 정의라는 점에서 오히려 정의적 해석으로는 한계가 있는 많은 공간에 대한 일반화를 용이하게 하는 면도 있다.

** 참조 : "현상학의 이념 엄밀한 학으로서의 철학" 에드문트 훗설 지음, 이영호 이종훈 역, 2001년 서광사.

배우의 공연이 없었고 앞으로도 없을 텅 빈 무대도 무대라고 불릴 수 있을까라는 질문에 '그렇다'라고 대답될 수 있는 공간이 있는가 하면 '아니다'라고 답하는 공간도 있을 것이다. 또한 이 두 대답 사이를 오가며, 요소와 지배법칙을 지속적으로 변화시키며 진화해 나가는 공간도 있을 것이다. 이러한 세 가지 유형의 공간을 각각 '절대공간', '장(場, field)', '진화공간'으로 이름 붙여보자.

절대공간은, 크게는 '고전물리의 우주'로부터 작게는 '무대(공간)', '칠판(공간)*' 등등으로, 설계된 목적에 따라 구획된 장소로 준비된 공간들을 뜻한다. 절대공간이란 요소가 나타나기 이전부터 준비되어 있었던 '방'과 같은 의미를 갖는다. 고전물리의 세계에서는 공간이란 요소가 있건 없건 상관없이 한없이 펼쳐져 있는 신이 준비한 방으로 여겼다. 물론 우주도 그렇게 생긴 절대공간이라 굳게 믿었다. 절대공간에서 요소란 그다지 중요하지 않다. 여기서의 지배법칙은 '우주'라든가, '칠판'과 같이 이미 크게 공간의 존재성으로 규정되고 있기 때문이다. 수학공식이 쓰여 있든지, 인체해부도가 걸려 있든지, 영어 단어가 쓰여 있든 상관없이 칠판은 칠판이다. 이미 그 공간은 확보되어 있어서 요소는 그 공간을 결정하는 데 큰 힘을 주지 못하고 있다.

반면에 현대로 접어들면서 물리학의 용어를 빌자면, '장(場, field)'의 형태의 공간을 상정하게 되었다. 어떤 요소의 존재성 자체가 그 주위에 '장(field)'이라는 형태의 공간을 부수적으로 만들어 낸다는 개념이다.

---

* 한 번도 사용하지 않은 칠판도 그 생김새나 강의 시 필기의 용도에 의해 칠판이라 불린다는 점에서, 그 명칭은 요소(필기내용)에 의하여 크게 영향을 받지 않는다.

질량이 존재하면 그 질량으로부터 나오는 중력은 주위를 지배하는 중력 장이라는 공간을 만들어 내는 것이다. 전자기장도 마찬가지이다. 중세의 성화(聖畵)에서 발견되는 예수나 성인들의 모습을 보면, 그들의 머리 주위는 한결같이 후광(nimbus)이 빛나고 있다. '장(field)'의 형태의 공간이란, 이런 후광의 모습으로 존재하는 공간을 말하는 것이다. 여기서의 공간은 요소의 존재에 의하여 생성되며, 지배법칙은 인간이 공통으로 인지하고 있는 그 요소의 본질에 관한 논리적 설명이 된다. 장(場)의 개념으로 볼 때, 배우가 있는 주변은 무조건 무대라 불러야 하며(일반적으로 그렇게 부르지는 않지만), 이는 배우가 하는 행위가 무조건 연기로 간주된다는 가정이 선행되어야 한다. '장(場)'의 개념에서는 비어있는 무대란 존재하지 않는 것이다.

마지막으로, 공간의 법칙이 요소를 만들고 그 요소가 다시 공간의 법칙을 만들어가며 상호 유기적으로 변해가는 공간도 생각해 볼 수 있는데, 이를 '진화공간'이라 부르자. 예를 들면, '범법행위'를 요소로 하고 '형법'을 지배법칙으로 하는 공간을 '범죄공간'이라 정의해 보자. 한 가지 법 조항이 생기고 나면, 그것을 피해가는 합법적이지만 반사회적인 행위가 고개를 들기 시작하며, 결국 이런 반사회적 합법행위는 기존형법 조항의 개정 또는 추가를 통하여 범법행위(즉, 범죄공간의 요소)의 범주에 포함됨으로써 사회적으로 견제를 받기 시작한다. 이렇게 법률은 그 수를 늘리며 진화하게 될 것이며, 그 요소 또한 새로운 요소를 더해가고 제거되어 가며 변화하게 될 것이다. 다시 말해서, 가칭 '범죄공간'은 시간을 따라 새로운 범법행위를 포함하게 되며 형법의 불완전한 지배력은 더 많은 형법을 만들어 나갈 것이다. 이렇듯 요소와 법칙 간의 상관관계는 개개의 공간을 보는 관점과 공간자체의 고유 속성에 따라 유기적으로 다양하게 설정되고 있는 것이다.

2. 논리공간을 정의하면

명제라는 물고기가 논리라는 물길을 따라 헤엄치는 바다. 그 바다를 '논리공간'이라고 한다. 공간은 요소와 법칙으로 정의된다. 논리공간은 명제를 요소로 하며 논리를 지배법칙으로 하는 공간이다.

이제 우리의 주제인 논리공간*으로 들어가 보자. 우리는 이미 공간의 정의를 요소와 지배법칙으로 정의했으므로 공간의 한 종류인 논리공간을 정의하기 위해서는 이 공간의 요소와 지배법칙을 각각 정의하기로 한다. 결론부터 이야기하자면, 논리공간은 요소를 '명제'로 하고 지배법칙을 '논리'로 하는 공간으로 정의된다. (여기서, 명제란 참 거짓을 판명할 수 있는 문장이다.) 위와 같이 정의된 논리공간은 정의만을 보면 그 대상이 추상명사인 명제와 논리일 뿐, 그 구조상으로는 여타의 공간과 별반 차이가 없어 보인다. 하지만 논리공간은 여타의 공간과는 차원이 다른 공간이다. 직관적으로 말해서, 논리공간은 '공간의 공간' 즉 '공간의 아버

----

* 여기서 정의한 '논리공간'이란 단어는 'logical space'로 철학자 비트겐슈타인(Wiett-genstein)의 '논리철학논고'에서 매우 드물게 발견된다. 이 두 단어가 동일한 의미로 쓰였는지는 상당한 논증이 필요하므로, 본 글에서는 서로 비교하지 않고 별개의 단어로 쓰기로 한다.

지공간'이라고 부를 수 있다. 왜냐하면, 논리공간의 요소인 명제들은 실제로 그 자체가 각기 다른 공간의 지배법칙이기 때문이다. 이를 논리에 대하여 바꾸어 말하면, 논리공간의 '논리'란 각 공간들을 지배하는 법칙들(이것은 명제들을 의미함)을 지배하는 '법칙들의 지배법칙'이 된다. 조금은 난해한 이야기 같지만 예를 통해 그 의미를 이해해 보자.

쉽게 연상되는 물리적 공간들의 예를 들어보자. 만유인력을 지배법칙으로 하는 물리공간은 소립자의 세계를 제외한 물질을 그 요소로 갖는다. 반면에 양자역학이 지배하는 물리공간은 소립자를 그 요소로 갖는다. 이때, 두 법칙은 각각의 다른 방정식으로 나타나게 되어있으며, 이들 방정식은 각각의 위에 말한 물질이나 미립자 등 해당요소들에 대하여 참인 명제를 의미하고 있다. 이때, 논리공간의 요소는 명제들이므로, 이 두 지배법칙 즉, '만유인력공간'과 '양자역학공간'은 각각 논리공간의 요소가 되는 것이다. 결과적으로, 우리가 예시한 만유인력과 양자역학 등을 포함한 물리법칙들은 각기 다른 공간 하나하나의 지배법칙인 명제들이며 동시에 논리에게 지배당하는 논리공간의 요소들이 되는 것이다.

논리가 위의 물리법칙들을 지배한다는 것은 무엇을 의미하는 것인가? 이것은 두 물리법칙 사이의 상관관계 혹은 인과관계를 설정함을 뜻하는 것이다. 논리에 의하여 법칙A가 성립하는 공간에서는 법칙B가 성립해야만 한다는 사실을 증명한다든가 혹은 법칙A와 법칙B가 동시에 참으로 성립하는 요소들을 한정하여 새로운 공간으로 정의한다든가 하며, 법칙들 상호간의 관계를 조율하고 그들 간의 순위를 매기는 역할을 바로 논리가 담당하는 것이다. 이러한 의미에서 논리는 물리법칙들을 지배하는 '법칙들의 아버지법칙'이라 부를 수 있는 것이다. 굳이 상식선의 예를 찾자면, 각국의 자국법과 국제법과의 관계를 들 수 있을 것이다. 국제법은 자국법의 상위에 있을 뿐만 아니라 각국의 자국법 상호간의 공동적용에 관한 조율의 역할을 하고 있는 것이다. 이와 같이 논리는 각 공간의 지배법칙들인 명제를 지배하고 있는 국제법의 역할을 하고 있는 것이다. 논리와 하부법칙(명제) 간의 구별의 편의를 위하여 명제를 '1차법칙', 논리를 '2차법칙'이라 하면 위의 내용은 다음과 같이 간단히 요약된다. "2차법칙은 1차법칙을 지배한다."

비로소 우리는 명제요소와 논리법칙으로 정의된 논리공간으로 들어설 준비가 되었다. 주로 수학에서 쓰는 '수리논리'를 빌려 '논리'를 이해하기 위한 필수적이고 간단한 기호화 작업을 할 것이다. 보이지 않는 손으로 항상 우리의 이해공간*을 지배하는 논리의 역할과 속성을 우리가 흔히 부딪치는 일상의 문장으로 실감해 보고자 한다. 가급적 복잡한 논리식이나 수학식은 피하도록 할 것이다. 아마도, 지금껏 겪어온 추상적이고 철학적인 논의에 비해 쉽게 이해할 수 있으리라 생각한다.

이제, 명제라는 물고기가 논리라는 물길을 따라 헤엄치는 논리공간의 바다 속으로 다 같이 잠수해 보도록 하자.

---

* 인지적인 측면에서 기술한 논리공간의 동의어로 사용하였음.

3. '명제'라는 물고기, '논리'라는 물길

"우리는 주님을 믿지 않거나 천당에 갑니다." 이렇게 설교를 하는 목사가 있다면 이것은 복음일까? 저주일까? 보통은 뭔가 문법이 틀렸다고 여기며 그냥 넘기려 할 것이다. 하지만 교회에서 세례문답을 하는 젊은이가 세례식을 주관하는 목사 앞에서 이렇게 답하였다면 목사는 당황해 할 것이다. 한 학생이 대학입학 구술면접을 보고 있다. 시험관이 물었다. "$\lim_{n\to\infty} 1/n$ 은 무엇입니까?" 만약 이 학생의 대답이 "1/n이 0으로 가지 않는다면 n은 무한대로 가지 않습니다."라고 답한다면 이 학생은 시험에 붙을 것인가, 떨어질 것인가? (물론 보통의 학생들은 답은 0이라고 대답할 것이다.) 이러한 물음의 답을 논리공간에서 찾아보도록 하자. 우리가 지금부터 다루려고 하는 공간은 무수한 명제들이 서로 합성되고 변형되며 그 합성과 변형의 결과 또한 명제가 되는 소위 닫힌 공간이다.

우선 논리공간의 요소인 명제를 조금 더 확장해 보자. 명제란, 참과 거짓을 판단할 수 있는 문장을 의미한다. 좀 더 유연하게 정의하면, 어떤 조건 하에서 참과 거짓을 판단할 수 있는 문장을 의미한다. 이러한 명제를 '조건명제'라고 부른다. 예를 들면 $x^2 \le 1$ 은 조건명제이다. $-1 \le x \le 1$을 만족하는 실수 x에 대하여 이 문장은 참이고, 이 범위 밖에 있는 모든 실수에 관하여 이 문장은 거짓이다. 이때, 조건명제가 참이 되는 모든 x의 집합을 진리집합이라 부른다. 하여간 논리공간은 그 법칙이 논리이므로 그 요소는 논리적으로 판단이 되는 문장이 되어야 한다. 즉 그 요소는 적어도 조건명제가 되어야 된다는 뜻이다. 흔히 교과서에 나오는 예로서, "나는 아름답다"라든가 "세상은 살 만한 곳이다" 같이 그 진위가 주관적인 문장은 명제가 되지 못하며, 이는 논리공간의 요소가 되지 못한다. 하지만 우리들의 세상에는 무수한 비명제적 문장들이 존재한다. 어제의 인생은 장밋빛이다가 오늘의 인생은 칠흑 같은 어둠이 된다. 인생의 색깔에 대한 문장은 그 진위를 가릴 수 없다. 사실 세상은 비명제적인 문장에 둘러싸여 있다고 해도 과언이 아니며, 이런 이유에서 우리가 다루고자 하는 논리공간은 논리에 의해서만 그 진위가 좌우되는 국소적인 공간임에 틀림없다. 하지만 최소한 과학이라 이름 붙여지는 학문의 영역에서 쓰이는 모든 문장은 논리의 지배를 받는 명제이며, 이 때문에 그 보편타당성을 부여받는 것이다. 또한 논리공간의 요소를 논리로 인지될 수 있는 최대 범위로 확장하면, 전 장에서 잠시 언급한 바와 같이, 명제와 논리 즉 1차법칙과 2차법칙을 포함한 모든 법칙들은 공간의 한계를 설정하며, 이러한 공간의 한계는 '법칙'을 통하여 얻을 수 있는 우리의 인지의 한계를 뜻한다. 역으로, 인지의 한계는 우리가 설정할 논리공간의 한계를 결정하며, 우리는 논리라는 2차법칙을 통하여 명제 상호간의 합성과 변형에 관한 '논리적 인지'라는 보편성을 확보할 수 있는 것이다. 이때 우리는 논리로 인지될 수 있는 공간의 요소를 최대범위로 확장하면 명제가 아닌 일반문장 또한 이를 조건명제로 취급함으로써 종종 논리공간의 요소로 취급된다. 바로 이점에서 우리가 사용하고 있는 논리는 명제를 넘어선 조건명제 사이에서도 합리적으로 통용되며 때로는 일반문장까지도 확장하여 사용될 수 있는 도구가 되는 것이다. 논리가 미칠 수 있는 힘의 한계는 명제의 경우 확실히 닫혀 있으나 일반문장의 공간에까지 확장되어 적용되기도 하는 것이다.

이제까지 설명된 논리공간에 있어서 확장된 요소(명제, 조건명제, 논리의 한계 속에 위치한 일반문장 등)를 가지고, 이들의 합성과 변형을 주관하는 지배법칙-논리의 정의와 적용방식 그리고 그 혜택에 관하여 살펴보기로 한다. 특히 19세기와 20세기 초 '기초수학(the foundation of mathematics)' 분야의 수학자*들에 의하여 광범위하고 정밀하게 정의된 '수리논리(mathematical logic)'를 중심으로 논리의 세계를 엿보기로 하자. 수리논리는 우리의 말이나 문장을 기호와 진리값-참, 거짓-으로 표시함으로써 그 간결성과 정확성을 유지하고 있다. 특히, 체계화되고 기호로 공리화된 수리논리는 현재 컴퓨터연산을 가능하게 하는 기초가 되었다.

3.1 논리의 사주(四柱) - 수리논리의 네 가지 기본정의

명제들은 논리공간 속에서 다음과 같은 특정 법칙을 따라 변신하고 합성된다. 첫째로, 명제들의 변신과 합성의 결과는 항상 참 거짓을 판별할 수 있는 또 다른 명제가 되어야 한다. 마치 자연수 1과 자연수 2를 더하면 그 결과가 또 하나의 자연수 3이 나오듯이(이를 "자연수는 덧셈에 관하여 닫혀있다"라고 표현한다), 논리공간은 닫혀있기 때문에 명제의 합성은 명제가 되어야 한다. 두 번째로, 복잡하게 얽힌 명제들의 합성명제는 각각의 명제들로 환원되거나 혹은 분해되어 해석되어야 된다. 예를 들어,

---

* 프레게(Frege), 칸토르(Cantor), 러셀(Russell) 등.

<u>네 개의 다리를 가진 독수리는 죽어서 박제가 된다.</u>

라는 문장은 다음과 같이 분해될 수 있다.

<u>{(네 개의 다리를 가진 독수리A가 있다.) 그리고 (독수리A가 죽는다.)}</u>
<u>이면 (A는 박제가 된다.)</u>

위의 예는 세 명제가 '그리고'와 '이면' 같은 접속사로 연결되어 하나
의 명제가 되었다. 이를 '합성명제'라고 한다. 이와 같이 합성명제를 여
러 명제의 연결로 분해하게 되면 몇 가지의 기본적인 접속사나 접두사
를 사이에 두고 그들이 서로 연결되어 있음을 알 수 있다. 이러한 접속
사와 접두사 등의 기본연결 기호를 '논리연산자'라고 부른다. 논리의 시
작은, 이런 기본 논리연산자를 통한 합성명제에 어떻게 참과 거짓의 값
을 줄 것인가를 정의하는 것에 있다. 역술가는 점(占)을 볼 때, 사주(四
柱)를 묻는다. 객관적으로 역술이 학문인가는 논란의 여지가 많기는 하
지만, 역술에 있어서 사주는 인간의 운명을 결정하는 네 가지 기본 정보
에 해당한다. 유능한 역술가는 이 네 가지 정보를 풀어내어 한 인간의
운수에 관하여 점을 친다. 논리에도 이와 같은 기본적인 연산자의 정의
가 주어지는데 공교롭게도 다음 네 가지이다.

'그리고', '또는', '이면', '아니다'(And, Or, If then, Not.)

이들 연산자의 정의에 앞서, 명제에 대한 몇 가지 표시를 다음과 같이
약속하기로 하자. 앞으로, 명제는 영문의 소문자 p, q, r, … 등으로 표
시하기로 한다. 이때, 명제 p가 참이면 T(영문 truth의 첫 글자를 따옴)로
표시하고 거짓이면 F(영문 false의 첫 글자를 따옴)로 표시하기로 한다.

명제 p는 유일하게 T와 F 중 하나의 값이 주어지게 되는데 이를 명제 p의 '진리값'이라고 부른다. 참고로, 두 명제 p와 q는 각각 T와 F의 2가지의 경우의 수가 나올 수 있으므로, 이들 두 명제가 합성되면 합성명제는 $2 \times 2 = 4$가지의 경우의 수를 갖게 되며(p, q의 진리값은 순서대로 TT, TF, FT, FF의 네 가지 경우가 생길 수 있다) 각각에 경우에 관하여 합성명제는 유일한 진리값을 가져야 된다. 그러므로 두 명제의 합성명제를 정의하기 위해서는 이 네 가지 각각의 경우에 대한 합성명제의 진리값을 정의해 주어야 할 것이다.(만약 이 대목이 혼란스럽더라도 걱정하지 말기를 바란다. 잠시 후면 알게 될 테니까.)

이제 명제들의 합성을 정확히 정의해 보자. 수리논리에서는 주어진 두 명제 p와 q에 대하여 다음과 같은 네 가지의 논리연산자를 통하여 합성명제를 나타낼 수 있다.

(i) $p \vee q$: p 이거나 q (p or q)

(ii) $p \wedge q$: p 이고 q (p and q)

(iii) $p \rightarrow q$: p 이면 q (if p, then q)

(iv) $\neg p$: p 가 아니다.   (not p)

우리는 위의 네 가지 논리연산자 $\vee$, $\wedge$, $\rightarrow$, $\neg$ 각각을 기호와 진리값으로 정의하려고 한다. 아마도 기호를 처음 접하는 독자들조차도, 'and', 'or', 'if, then', 'not' 등을 나타내는 위의 연산자를 통하여 명제들의 합성이나 부정이 이루어진다는 것은 쉽게 이해할 것이다. 하지만 이들을 각각 정의한다는 말에는 의아해 할 것이다. 하지만, 위에서도 말했듯이, 주어진 명제의 합성은 다시 명제가 되어야 하므로, 위에 있는 하나의 합성기호에 관하여 이들이 일어날 수 있는 각 경우에 대응하는 각각의 진리값들을 정의해 주어야 비로소 하나의 연산자가 정의되었다고 할 수 있는 것이다. 물론 이러한 정의들은 우리가 일상에서 쓰고 있는 통념을 반영하고 있다. 자세한 설명은 나중에 하기로 하고, 다음과 같이 각각의 연산자들에 관한 논리적 정의를 내려보기로 하자. 아래의 정의를 나타낸 표를 '진리표'라 하며, (i), (ii), (iii)의 진리표의 경우, 명제 p와 q는 각각에 대하여 진리값 T와 F를 가질 수 있으므로 이들의 가능한 모든 조합인 TT, TF, FT, FF 각각의 경우에 관하여 그 진리값을 정의한다.

p	q	$p \vee q$	$p \wedge q$	$p \rightarrow q$	$\neg p$
T	T	T	T	T	F
T	F	F	F	F	
F	T	T	F	T	T
F	F	T	F	T	

위에 나타난 표는 그 자체를 정의로 받아들인다. 하지만 수학에 익숙하지 않은 독자의 이해를 위하여 네 가지 정의에 관하여 다음과 같은 설명과 예문을 들어보도록 하자.

(i) $p \vee q$는 p, q 둘 중 하나가 T일 경우에는 T이고, 둘 다 F일 경우에만 F이다.

[예제] (p : 지구는 둥글다.) $\vee$ (q : 총알은 빛보다 빠르다.)

이 합성명제를 다듬어서 다시 쓰면 "지구는 둥글거나 총알은 빛보다 빠르다."이다. p, q의 진리값은 각각 참·거짓(TF)이므로 위의 표에 의하여 이 경우 $p \vee q$의 진리값은 참(T)이 된다.

(ii) $p \wedge q$는 p, q 둘 다 T일 경우에는 T이고, 나머지 세 경우는 F이다.

[예제] (p : 소금은 달다.) $\wedge$ (q : 나는 나이다.)

이 합성명제를 잘 다듬어서 다시 쓰면 "소금은 달고 나는 나이다."이다. p, q의 진리값은 각각 거짓·참(FT)이므로 위의 표에 의하여 $p \wedge q$의 진리값은 거짓(F)이 된다.

(iii) $p \rightarrow q$는, p가 참(T)일 때 q가 참(T)이면 전체는 참(T)이고 q가 거짓(T)일 경우에는 합성명제의 결과가 거짓(F)으로 정의된다. 한편 p가 거짓(F)일 때는 q의 참, 거짓에 관계없이 전체는 참(T)으로 정의된다. (합성명제 $p \rightarrow q$는 조건문이라 부르며 이때, p를 가정, q를 결론이라 한다.) 즉, $p \rightarrow q$는, 가정이 거짓인 문장은 결론의 참, 거짓에 관계없이 항상 참이라고 정의된다.

[예제] (p : 모차르트는 물고기다.) $\rightarrow$ (q : 베토벤은 공룡이다.)

이 합성명제를 잘 다듬어서 다시 쓰면 "모차르트가 물고기라면 베토벤은 공룡이다."이다. 이 경우, p, q의 진리값은 각각 거짓·거짓(FF)이므로 위의 표에 의하여 $p \rightarrow q$의 진리값은 참(T)이 된다.

(iv) 주어진 p에 관하여 $\neg p$는 p의 부정문을 뜻한다. 그러므로 p가

T이면 ¬p는 F로, p가 F이면 ¬p는 T로 정의한다.

[예제] ¬(p : 나는 죽었다.)

이 명제는 "나는 죽지 않았다."이다. 이 경우, p의 진리값은 거짓(F)이므로 위의 표에 의하여 ¬p는 참(T)이다

표로 나타낸 논리연산자의 정의는 위의 예시에서도 보다시피 상식과 거의 일치한다. 하지만 일부 독자의 경우 $p{\to}q$에 대해서는 부자연스럽게 느껴질 것이다. 이들을 위해 일상생활에서 일어나는 한 예문을 들어 조건문(If 문장)의 정의에 관하여 이해해 보도록 하자.* 이때, p를 $p{\to}q$의 '가정'이라 하고 q를 $p{\to}q$의 '결론'이라고 부른다.

어제 토요일 추첨한 로또에서 택수가 산 티켓은 어떤 상금도 받지 못했다. 하지만 택수는 그저께 금요일 친구 영수에게 "로또에 당첨되면 내가 너에게 일요일 아침에 100만 원을 준다."라고 말하였다. 오늘 일요일 아침 당연히 택수는 영수에게 한 푼도 주지 않았다.

이때, 택수가 했던 말은 참인가 거짓인가? 위의 정의에 관한 진리표에 따르면, '로또에 당첨 된다'라는 가정이 거짓이므로 100만 원을 영수

---

* 정의는 정의 자체의 문장이나 기존 정의들 사이에서 논리적 충돌이 일어나지 않는 한 (이를 '잘 정의된-Well Defined'라 부른다) 받아들여야 한다. 그러므로 조건문의 가정이 거짓인 경우 독자의 마음에 와 닿지 않더라도 받아들여야 한다. 하지만 수학을 비롯한 각종 정의는 일반 상식을 잘 반영하도록 '잘 정의되어' 있으므로 왜 이렇게 정의할 수밖에 없었는지 숙고해 보는 것은 무조건 받아들이기 전에 반드시 거쳐야 하는 과정인 것이다.

에게 줬건 안 주었건 상관없이 택수는 거짓말을 하지 않은 것이 된다. 영수가 택수가 한 말을 녹음한 후 영수가 계약을 지키지 않았다고 법원에 고소를 한다고 해도 법원은 택수에게 무죄를 선고할 것이다. 이런 종류의 조건문에 관한 예를 보면, 가정의 사실이 거짓이면 결론의 사실의 진위에 관계없이 전체문장이 참이 된다는 진리값의 정의가 세상과 동떨어지지 않았음을 발견하게 될 것이다.

3.2 항상 참인 명제, 똑같은 명제 – 항진명제와 동치명제

어떤 명제가 주어졌을 때, 항상 참인 명제는 없을까? 예를 들어보자. 택수의 주민번호는 870908-1234312이고, 택수는 현재 진리대학교 철학과 2학년에 재학중인 유일한 남학생이다. 이때, 주민번호가 870908-1234312인 대한민국 국민은 진리대학교 철학과 2학년인 유일한 남학생이다. 또한 진리대학교 철학과 2학년인 유일한 남학생은 주민번호가 870908-1234312이다. 이러한 상황은 마치 '나는 나이다.'라는 문장과 마찬가지로 항상 참인 명제가 될 것이다. 이렇게 항상 참이 되는 명제를 '항진명제'라고 부른다. 명제 p로부터 가장 간단한 항진명제를 만들어보면, $p \rightarrow p$이다. 3.1절의 정의를 이용하여 이것이 항진명제라는 것을 진리표로 증명해 보자.

p	p	$p \rightarrow p$
T	T	T
F	F	T

명제 p는 T와 F의 두 경우가 있으며 위의 조건문에서 가정과 결론이 모두 p이므로, 가정과 결론이 모두 TT와 FF의 두 경우밖에 없다. 그러므로 이는 조건문의 정의에 따라 각각 T가 된다. 이는 이 명제가 p의 진위에 관계없이 항상 참이 됨을 알 수 있다. 즉 위의 표는 $p \to p$가 항진명제임을 진리표에 의하여 증명한 것이다. 위와 같이 항진명제란, 합성명제의 진리값이 모든 경우 참(T)이 나오는 명제를 뜻한다.

이제 동치명제에 관하여 이야기해 보자. '명제 p와 명제 q가 동치명제이다.'라 함은

$$(p \to q) \land (q \to p)$$

가 항진명제가 됨을 뜻한다. 이것을 간단히 $p \Leftrightarrow q$ 혹은 $\leftrightarrow$으로 나타낸다. 가장 간단한 동치명제는 자기 자신이다. 즉, 명제 p와 명제 p는 동치명제이다. 왜냐하면, $(p \to p) \land (p \to p)$ 는 다음 표에 의하여 항진명제가 되기 때문이다. (다음 표에서 위 명제의 진리값은 연산이 제일 나중에 적용된 자리 즉, $\land$ 의 열에 표시된다.)

p	p	$(p \to p)$	$\land$	$(p \to p)$
T	T	T	T	T
F	F	T	T	T

위의 진리표에서 명제의 결론부분의 진리값이 모두 T가 나와야 항진명제인데, 실제로 결론부분은 $\land$ 가 있는 열이며 이 진리값들이 모두 T임을 볼 수 있다.

두 동치명제는 의미상 같은 명제를 뜻한다. 다시 말해서 좌측의 조건문과 우측의 조건문(이를 명제의 역이라 부른다)의 각 경우에 따른 진리값

이 모두 같으면 이것은 $(p{\rightarrow}q) \wedge (q{\rightarrow}p)$ 의 진리값이 모두 T가 나오게 되기 때문이다. 두 명제가 동치명제인지를 가리는 목적은 좌우변의 두 명제가 각각 합성표현은 상이한데도 불구하고 의미는 같다는 것을 보이기 위함이다. 위의 예를 보면 $p{\rightarrow}p$ 는 그 역명제가 본명제와 같기 때문에 각 경우의 진리값이 같아져 자명하게 항진명제가 된다. 하지만 이렇게 당연한 명제('A는 A다'와 같은)에서조차도 그것이 참임을 증명하는 작업은 진리표에 의해서만 가시화 될 수 있는 것이다.

더욱이, 위의 진리표가 자명한 명제에 대한 우리의 직관을 확인할 수 있는 당연한 것만을 제시하고 있다면 이는 자칫 말장난에 지나지 않는다고 여길 수도 있을 것이다. 하지만 이제부터 살펴볼 정리들은, 위와 같은 자명한 명제에 대한 확인이 아니라, 우리의 직관 밖에 있는 두 명제가 동치명제임을 말해 줄 것이며. 또한 이들 정리들에 관한 증명을 명쾌하게 보여줄 것이다.

우리는 위의 절들을 통하여 이미 우리가 잘 알고 있는 사실을 기호화하여 정의하였다. 이러한 우리의 정의가 말장난으로 그치지 않고 그 가치를 가지기 위해서는 이 정의들이 우리의 직관 밖에 있는 대상을 규명할 수 있게 가교 역할을 하여야 할 것이다. 이제 논리전개에 있어서 기본적으로 쓰이는 기본법칙들에 관해서 알아볼 것이다. 이들은 직관으로 보아서는 당연해 보이지 않을 수도 있지만, 진리표에 의하여 자명하게 증명되고 있으며 모든 논리적 표현과 전개에 있어서 기초가 되고 있는 가장 중요한 명제들이 되고 있는 것이다.

3.3 논리전개에 필수적인 기본법칙들

'정리'라 함은 주어진 정의로부터 참이라고 증명이 될 수 있는 명제를 의미한다.[*] 지금부터 다루는 기본정리들은 3.1의 정의로부터 유도되는 항진명제(좌우동치명제)들이다. 이들은 이미 정의된 진리값 산출방식에 의하여 진리표로 증명될 것이다. 독자들은 아래 증명들을 대충 읽지 말고 집중하여 줄 것을 부탁한다. 기호로 말하는 증명은 말로 하는 것보다 짧고 명확해서 이를 처음 접하는 사람들이 만약 깨우치기만 한다면 반드시 신선한 충격을 받을 것이며 논리의 매력에 빠져들 것이라 확신한다.[**]

3.3.1 정리 : $p \Leftrightarrow \neg(\neg p)$

증명

p	$\Leftrightarrow$	$\neg$	$(\neg p)$
T	T	T	F
F	T	F	T
(1)	∴ 항진명제	(2)*	(1)*

---

[*] 참인 명제는, 증명 없이 받아드리는 '정의(definition)'와 이미 주어진 정의로부터 유도되어 증명되는 '정리(theorem)'로 나누어 분류된다. 세부적으로 보면, 정의는 '정의의 선조' 격인 '공리(axiom)'와 일반정의로 구별하며, 정리는 일반정리(theorem), '보조정리(lemma)', '따름정리(corollary)' 등으로 구별해서 부르기도 한다.

[**] 증명으로 제시된 진리표는 ⇔의 좌변의 번호와 우변의 번호*의 순서에 따라 각각 진리값을 구하게 되며, 마지막으로 좌변의 최종번호의 진리값과 우변의 최종번호*의 진리값이 행의 순서대로 정확히 일치하게 되면 증명을 마치게 되는 것이다. ⇔은 →∧←을 한꺼번에 나타낸 것이므로 ⇔의 진리값이 모두 T로 표시된 것은 전체명제가 항진명제임을 뜻하는 것이며 이는 좌우변의 명제들이 동치임을 말해 줄 것이다. 진리표 증명법에 관한 위의 순서를 유념하고 다음 동치명제들의 증명을 음미해 보도록 하자.

명제 p의 진리값 T, F (참고 (1)) 각각에 대하여 ⇔의 우변의 결과는 (2)*의 진리값으로 나타나게 되며, (1)과 (2)*는 정확히 일치한다. 그러므로 ⇔의 진리값은 모두 T가 되어 전체명제가 항진명제임이 증명된다. 그러므로, p와 $\neg(\neg p)$는 동치명제이다.

위의 정리를 말로 풀어보면, "어떤 명제의 부정의 부정은 그 명제 자체와 동치이다."를 뜻한다. 입이 막 트인 아이들은 '아니다'라는 부정어를 배우자마자 얼마 지나지 않아 두 번 부정을 하는 법을 배우게 된다. "너는 바보가 아니지 않지?"하며 말을 하기 시작한 지 몇 달 안 되는 동생을 놀렸던 기억이 있다. "너는 바보가 아니지, 아니지, 아니지, …, 않지?" 한 번 두 번 세 번 반복해서 부정어를 붙이다 보면 결국은 몇 번 했는지 나도 잊어버리고 만다. 이렇게 헷갈리기를 수차례 반복하다 보면 결국, 부정을 짝수 번 붙이면 긍정이 되고 홀수 번 붙이면 원 문장의 부정이 되고 만다는 사실을 깨닫는다. 이런 부정의 원리의 시작은 바로 두 번 부정은 긍정임을 보여주는 위의 정리에서 시작되는 것이다.

3.3.2 정리 : $(p \to q) \Leftrightarrow (\neg q \to \neg p)$

증명

p	q	$(p \to q)$	$\Leftrightarrow$	$(\neg q$	$\to$	$\neg p)$
T	T	T	T	F	T	F
T	F	F	T	T	F	F
F	T	T	T	F	T	T
F	F	T	T	T	T	T
		(1)	∴항진명제		(3)*	(2)*

주어진 p와 q의 일어날 수 있는 진리값의 쌍에 대하여, 좌변(1)과 우변의 결과(3)∗의 진리값이 정확히 일치하므로, 좌변과 우변의 명제들은 동치명제이다. 이때, ⇔의 우변의 명제를 좌변의 명제의 '대우명제'라고 부른다.

재미있는 예를 하나 들어보자. 현대작가 이문열의 연애소설 중에 '추락하는 것은 날개가 있다'라는 소설이 있다. 이 제목을 소설을 읽어보지 않은 사람들에게 보여주면 제목에 대한 두 가지의 상이한 해설을 들을 수 있다. '추락'이라는 단어는 '절망'을 뜻하며, '날개'라는 단어를 '희망'을 뜻한다고 하자. 여기에 우리의 상상력을 조금 붙이면 다음 두 가지의 추측이 가능하다.

(Ⅰ) "절망이 있는 곳엔 희망이 있다."

다시 말해서, "하늘이 무너져도 솟아날 구멍이 있으니 희망을 가져라."라고 희망적이고 교훈적으로 해석할 수 있다.

(Ⅱ) "헛된 야망을 가지지 않았다면, 절망하지 않았을 텐데⋯⋯."

즉, "헛된 꿈을 좇아가면 결국에는 절망의 구렁텅이로 떨어지는 것이 바로 인생이다."라고 비관적인 해석을 할 수도 있다.

어떤 해석을 좋아하는지는 독자의 삶의 자세나 취향의 문제이겠지만, 감정이입 없이 논리적으로 어떤 해석이 옳은지, 그리고 그 근거가 무엇인지를 말하려면 독자는 반전에 반전을 더해가는 소설을 다 읽어야만 된다고 생각할 것이다. 하지만 제목만으로 그 내용을 추측한다면 답은 (Ⅱ)이다. 왜일까? 원 문장의 대우를 살펴보기로 하자. 소설제목을 논리적으로 재구성하면,

추락한다. → 날개가 있다.

이것의 대우명제는

날개가 없다. → 추락하지 않는다.

즉, "날개가 없다면 추락하지도 않는다." 다시 한 번 의역하면, "꿈이 없었다면 절망하지도 않는다." 대우명제와 본 명제는 동치이므로 (Ⅱ)의 해석이 논리적으로 맞다. 실제로, 소설의 속에서도, 신기루를 찾아 안정된 직업도 애인도 버리고 일생을 헤매던 서윤주라는 여인은 결국 오스트리아의 작은 마을의 한 호숫가에서 그녀를 따라온 애인으로부터 총알을 맞고 살해되고 만다. 이러한 소설의 내용을 위의 논리적인 추론과 큰 차이를 보이지 않는 것이다. 이 책의 저자 또한 자신의 작품의 내용을 독일의 여류시인 잉에보르크 바흐만의 시구에서 따와서 표현하였다. 확인할 수는 없겠지만, 이문열 자신이 대우명제를 따져보고 이런 제목을 붙였다고는 하기에는 작가의 상상력과 감각을 너무 폄하하는 것이다. 작가는 논리적인 검증절차 없이도 이제껏 훈련되어온 혹은 타고난 감각으로 의심 없이 적절한 제목을 시구를 빌려 표현하였을 것이고, 이것은 논리적으로도 정확한 표현으로 전달되고 있는 것이다. 다시 말해, 일상의 논리를 바닥에 깔고 있었던 그의 선험적 감각과 대우명제라는 기호의 언어적 해석이 정확히 일치하고 있다는 것을 볼 수 있다. 이렇듯 과학과는 괴리가 있어 보이는 문학적 표현조차도 최소한의 논리적 정합성은 갖추고 있는 것이다. 많은 이들이 수리논리를 기계나 기계 같은 사람들 사이에서 통용되는 딴 세상의 언어로 착각하는 경우를 종종

볼 수 있는데, 이는 오해이며 실제로 세상에서 쓰이는 일반적인 논리의
최소 표현법이라는 사실을 잊어서는 안 될 것이다.

3.3.3 정리 : $(p \rightarrow q) \Leftrightarrow (\neg p \vee \neg q)$

증명

p	q	$(p \rightarrow q)$	$\Leftrightarrow$	$(\neg p$	$\vee$	$q)$
T	T	T	T	F	T	T
T	F	F	T	F	F	F
F	T	T	T	T	T	T
F	F	T	T	T	T	F
		(1)	∴항진명제	(1)*	(2)*	

여기서도 마찬가지로 ⇔좌변의 진리값(1)과 우변의 진리값(2)*가 같
으므로 좌우변의 두 명제는 동치명제임을 알 수 있다.

80년대 초 서슬이 시퍼런 군사통치 시절, 어느 기자가 "xxx 대통령이
물러나지 않는다면 대한민국은 30년 후퇴할 것이다."라 말하고 싶었다
고 하자. 신문의 구석구석을 뒤져서 검열하는 때였던지라 위의 문장 그
대로를 기사로 낸다는 것은 바로 구금이 되어 고문당하는 지름길이라는
사실을 기자는 잘 알고 있었을 것이다. 하지만, 그래도 용기를 내어 굳
이 그런 기사를 쓰고 싶었다면 다음과 같이 쓰지 않았을까? 예를 들어,
"xxx 대통령의 지도력이 건재하거나 대한민국은 30년 쇠퇴할 것이다."
이 정도로 반은 드러내고 반은 숨겨서, 마치 어법에 어긋나는 이상한
글로 기사를 올리게 되지 않았을까? 위의 두 명제는 동치이기에, 논리
에 익숙한 사람이라면, 혼자서 낄낄거리며 통쾌해 했을 것이다. 요즈음

에도 자신의 논의에 자신이 없거나 거짓말하지 않고 사실을 적당히 가리기 위해서 이러한 어법은 종종 사용되고 있다. 물론 위의 예가 너무 허술해 보인다면 거기에 부정을 한두 번 정도 섞고 다음에 소개하는 드모르간의 법칙을 적용하여 동치명제를 만든다면 감쪽같이 위장된 문장이 될 수 있을 것이다.

3.3.4 드모르간(de Morgan)의 정리 :

$$(p \vee q) \Leftrightarrow (\neg p \wedge \neg q)$$
$$(p \wedge q) \Leftrightarrow (\neg p \vee \neg q)$$

증명

p	q	$\neg$	$(p \vee q)$	$\Leftrightarrow$	$\neg p$	$\wedge$	$\neg q$
T	T	F	T	T	F	F	F
T	F	F	T	T	F	F	T
F	T	F	T	T	T	F	F
F	F	T	F	T	T	T	T
		(2)	(1)	∴항진명제	(1)*	(3)*	(2)*

위의 표는 첫째식이 참임을 보여주고 있다. 좌변의 진리값(2)와 우변의 진리값(3)*이 정확하게 일치하므로 드모르간의 정리는 성립함을 볼 수 있다. 한편, 두 번째 식도 마찬가지 방법으로 성립함을 쉽게 보일 수 있다.

드모르간의 정리는 OR($\vee$)나 AND($\wedge$)로 합성된 명제의 역($\neg$)에 대하여 다루고 있다. 이는 명제뿐만 아니라 일반적인 문장에도 적용할 수 있다. 예를 들어, "인생은 짧고 예술은 길다고 할 수 없다."라는 문장은 "인생은 짧다"이고 "예술은 길다"의 전체 부정이다. 그러므로 드모르간의 정리에 의하여, "인생은 짧지 않거나 예술은 길지 않다"와 동치이다. 한 번 더 의역하면, "인생은 길거나 예술은 짧다."가 되며 이는 위의 원문과 동치명제가 된다.

3.3.5 결합법칙 :

$$(p \lor q) \lor r \Leftrightarrow p \lor (q \land r)$$
$$(p \land q) \land r \Leftrightarrow p \land (q \lor r)$$

3.3.6 분배법칙 :

$$p \lor (q \land r) \Leftrightarrow (p \lor q) \land (p \lor r)$$
$$p \land (q \lor r) \Leftrightarrow (p \land q) \lor (p \land r)$$

3.3.5와 3.3.6은 세 명제에 관한 기본정리를 나열한 것이다. 3.3.6의 첫째 명제의 증명을 대표로 소개하고 나머지는 생략하기로 한다. 증명에 앞서 명제 세 개가 합성된 경우 이들 각각에 대하여 참과 거짓 두 가지 경우가 나올 수 있으므로 결국 총 8가지 경우에 대하여 진리값을 구해야 한다. 마치 다른 동전 세 개를 던질 때 나오는 경우를 모두 구하는 것과 같다. 이때, 10원짜리 100원짜리 500원짜리 동전은 각각 명제 p, q, r에 비유되고, 각 동전의 앞면을 T, 동전의 뒷면을 F로 생각할 수 있을 것이다. 증명은, 명제 r이 추가됨으로써 진리값의 경우의 수가 늘어난 것을 제외하고는, 위의 여러 정리들과 유사하다. 아래의 진리표에서 (2)과 (3)*의 진리값들은 행을 따라 정확하게 일치하게 되고, 이는 좌우변의 명제들이 동치임을 뜻한다.

p	q	r	$p \vee$	$(q \wedge r)$	$\Leftrightarrow$	$(p \vee q)$	$\wedge$	$(p \wedge r)$
T	T	T	T	T	T	T	T	T
T	T	F	T	F	T	T	T	T
T	F	T	T	F	T	T	T	T
T	F	F	T	F	T	T	T	T
F	T	T	T	T	T	T	F	F
F	T	F	F	F	T	T	F	F
F	F	T	F	F	T	F	F	T
F	F	F	F	F	T	F	F	F
			(2)	(1)	∴항진명제	(1)*	(3)*	(2)*

위에서 밝힌 정리 외에도 명제의 개수를 늘려감에 따라 혹은 연산의
종류를 바꿈으로써 많은 정리들을 만들어 낼 수 있을 것이다. 더 많고
복잡한 명제의 기본성질은 많지만 이들을 모두 열거한다는 것은 독자들
을 불편하게 할 것이므로 이만 여기서 접기로 하자. 하지만 이 절을 끝
내기 전에 3장 서두에서 잠시 언급한 조건명제의 서술에 관하여 알아보
기로 하자.

3.4 '모든'이나 '어떤'이 붙는다면? – 조건명제와 한정서술에 관하여

생활에서 특히 수학이나 컴퓨터의 프로그램에 있어서, 변수가 정해지
기 전에는 문장의 참과 거짓을 판정할 수 없는 문장을 발견하게 된다.
이러한 문장을 조건명제라 부르며, $p(x)$로 표현된 조건명제에서 x는
변수를, p는 술어(predicate)를 의미한다. 예를 들어 $p(x) = x^2 > 0$는
변수는 실수 x이며 술어는 $x^2 > 0$이다. 또한 $x = 0$이면 $p(x)$의 진리값
이 F이고 $x \neq 0$이면 $p(x)$의 진리값은 T가 된다. 이러한 조건명제는
한정기호(quantifier)라고 불리는 변수의 조건을 종종 동반한다. 일반

독자는 수학적인 명제에 거부감을 가질 수 있으므로 노파심에서, 일상 쓰이는 조건문장을 예로 들어보자.

　모든 인간은 죽는다.

에서와 같이 '인간'이라는 변수를 한정하는 '모든'이라는 수식어가 붙거나,

　어떤 의사는 양심이 있다. (혹은, 양심 있는 의사도 있다.)

를 보면 '어떤'이 '의사'라는 변수를 한정하고 있는 경우를 볼 수 있다. 우리는 이러한 한정수식어에 익숙해 있으므로 별로 새로울 것도 없어 보인다. 하지만 위의 문장이 참임을 증명하다 보면 위의 한정수식어가 주는 의미를 새롭게 이해할 수 있을 것이다. "모든 인간은 죽는다."를 증명하려면, 역사상 인간이라고 불리는 하나하나의 대상이 모두 죽었다는 것과 나를 포함한 미래의 인간 하나하나가 모두 죽을 것이라는 것을 증명하여야 할 것이다. 하지만 "어떤 의사는 양심이 있다."라는 문장을 증명한다는 의미는, 그 많고 많은 의사들 중에 한 사람만이라도 양심이 있다는 것을 밝히면 증명이 되는 것이다. 만약 허준이라는 인물이 우리가 알고 있는 것처럼 양심 있는 의사였다면, "어떤 의사는 양심이 있다."라는 문장은 쉽게 증명될 수 있을 것이다. 명석한 독자들은 눈치 챘겠지만, 위의 예에서 보듯이 '모든'과 '어떤' 사이에는 일종의 반의어의 관계가 있다. 이는 위의 예를 부정해 보면 자명하게 나타난다. "모든 인간은 죽는다."를 부정하면 "어떤 인간은 죽지 않는다."가 되며, "어떤 의사는 양심이 있다."를 부정하면 "모든 의사는 양심이 없다."가 된다.

이제 이러한 한정수식어를 기호화 해 보도록 하자. '모든'은 영어 'For All'의 'A'를 뒤집어서 '∀'로 나타내며, '어떤'은 영어 'Exist'의 'E'를 뒤집어서 '∃'로 나타내기로 한다. ∃은 실제로 'for some'과 같게 쓰인다. 이 기호를 사용하여 한정된 조건명제를 나타내면 다음과 같다.

$\forall x p(x) \Leftrightarrow$(모든 x에 관하여 $p(x)$이다.) $\Leftrightarrow$ *For all x, $p(x)$ holds.*

$\exists x p(x) \Leftrightarrow$(어떤 x에 관하여 $p(x)$이다.) $\Leftrightarrow$ *For some x, $p(x)$.*

$\Leftrightarrow$ *There is an x such that $p(x)$ holds.*

또한 각각에 대한 부정은 다음과 같이 나타낼 수 있다.

$\neg(\forall x p(x)) \Leftrightarrow \exists x \neg p(x) \Leftrightarrow$(어떤 x에 관하여 $p(x)$는 아니다.)

$\neg(\exists x p(x)) \Leftrightarrow \forall x \neg p(x) \Leftrightarrow$(모든 x에 관하여 $p(x)$는 아니다.)

3.5 오비이락(烏飛梨落)을 설명한다?
－인지의 한계를 확장하는 수리논리

우리는 지금까지 논리공간을 정의하고 기본논리연산자의 정의와 함께 기본정리들 명제의 한정서술 등을 진리표와 기호로 나타내어 보았다. 기호화된 논리의 법칙을 평어로 이해하는 데는 한계가 있지만 적어도 보이지 않는 손에 의하여 전개되는 논리공간의 기본원리를 어렴풋하게나마 짐작은 할 수 있었을 것이다. 논리에 관한 더 자세한 구조나 성질에 관해서는 글의 끝에 제시한 읽을거리로 미루기로 하고 이제는 논리공간의 가치와 역할에 관하여 몇 가지 정리해 보고자 한다. 우리가 설정한 기호화된 논리는 다음 여러 가지 면에서 우리의 인지의 한계를 넓혀주는 역할을 하고 있으며 이는 논리공간에 가치와 일치한다고 할 수 있겠다.

첫째로, 기호를 사용한 수리논리는 인간의 두뇌작용만으로는 그 진위를 알 수 없는 복잡하게 구성된 명제를 단순화된 기호의 규칙으로 표현함으로써 논리공간의 인지의 한계를 넓혀주는 좋은 표현법이 된다. 논리라는 것은 명제를 다루는 것이고 명제들을 이루고 있는 구절 상호관계란 쉽게 머릿속에 그려지는 대상이 아니므로 조금만 문장이 복잡해지면 명제의 진위를 머릿속의 연상만으로는 판단하기 어렵게 된다. 이런 복잡한 문장은 기호화를 통하여 문장을 구성하는 구절 간의 관계를 알아보기 쉽게 나열함으로써 가독 불능의 텍스트를 해석가능하게 단순화시킬 수 있는 것이다. 신문 사설에 나타나는 아주 길고도 복잡한 문장이 있다면 이들을 기호화시켜 보라. 비록 문장의 맛은 사라질지라도 의미는 해석할 수 있을 것이다.

두 번째로, 논리의 기호화는 서로 상관이 없을 것 같아 보이거나 혹은 복잡하게 얽힌 두 명제 간의 인과관계를 밝힘으로써, 논리공간의 한계를 넓혀가는 효과적인 방법이 되는 것이다. 다음은 '렘지(Ramsey)의 문제'로 불리는 유명한 명제이다.

"어떤 파티에 무작위로 초대장을 발부한다고 하자. 이때, 적어도 18명을 초대해야만, 그 중에 서로 모두 면식이 있는 4명의 그룹이 있거나 혹은 서로 전혀 면식이 없는 4명의 그룹이 항상 존재한다."

물론 이 명제의 진리값은 참이다. 하지만 "파티A에 적어도 18명을 무작위로 초대한다."라는 명제와 "파티A에는, 그 중에 서로 모두 면식이 있는 4명의 그룹이 있거나 혹은 서로 전혀 면식이 없는 4명의 그룹이 항상 존재한다."라는 명제간의 인과관계를 알기(증명하기) 위해서는 이들 명제들을 기호화하고 수식화하여 두 명제 사이에 수많은 명제들을 징검다리로 만들어 쉽지 않은 과정을 거쳐야 진리값으로 참(T)을 얻게 된다. 일반적으로 위와 같은 두 명제 간의 인과관계를 우리의 언어로만 규명한다는 것은 결코 쉽지 않은 일임이 틀림없다. 논리의 기호화는 이런 동떨어진 명제 간의 인과관계를 인식가능하게 하는 역할을 한다. 소설 쥐라기 공원에서 말콤 박사는 말한다. "북경에서 나비가 날갯짓을 하면 뉴욕에 허리케인이 분다.(실은, 불 수 있다.)" 이와 같은 연관이 없어 보이는 두 명제들이 기호화된 연산자의 세계를 거치며 서로간의 인과관계를 부여받게 되는 것이다. 오비이락(烏飛梨落)-까마귀 날자 배 떨어진다. 날아가는 까마귀, 떨어지는 배. 어떤 인과관계가 있을까? '날아오른 까마귀'라는 원인으로부터 '떨어지고 있는 배'라는 결과에 이르는 논리의 전개가 언젠가는 가능하리라는 것이 우리의 믿음이다.

마지막으로, 명제의 기호화는 사람의 언어를 기계가 알아듣고 처리할 수 있는 기계어로 표현할 수 있게 한다. 이는 인간의 느린 계산 속도와 작은 두뇌 메모리에서 오는 인지의 한계와 망각의 문제를 극복할 수 있게 하는 방법을 제공하고 있는 것이다. 현재의 컴퓨터계산도 이러한 기호화 된 명제에 논리연산자의 유한적용을 바탕으로 고안되고 발전되어 온 것이다. 현대 정보화 사회를 흔히 디지털의 세상이라고 한다. 우리는 명제와 논리연산을 기호화하여 이산(discrete)적인 전자부호로 처리함으로써 두뇌에 의지하던 처리 속도의 한계를 빛의 속도로 계산 가능하게 된 세상에 살게 된 것이다.

이제 논리공간의 견학을 마치기 전에, 마지막으로 이제껏 경험한 각 정의와 논리의 성질들을 다음과 같은 예에 적용함으로써 이들을 숙달해 보기로 하자. '이상한 나라의 엘리스'의 저자로 잘 알려진 덕슨*은 그의 저서 기호논리학(Symbolic Logic)에서 주어진 세 명제로부터 다음과 같은 추론(Hummingbirds are small.)을 하고 있다.

All hummingbirds are richly colored.
No large birds live on honey.
Birds that do not live on honey are dull in color.
Hummingbirds are small.

1행부터 3행까지의 문장은 가정에 해당하고 4행은 결론으로서, 전체는 하나의 추론을 이룬다. 이제 아래와 같이 조건명제들을 정의하자.

p(x) : 'x' is a hummingbird.　　　q(x) : 'x' is large.
r(x) : 'x' lives on honey.　　　　s(x) : 'x' is richly colored.

위의 조건명제를 이용하여 주어진 원문을 기호화 하면 다음 표의 우

---

* C. L. Dodgson(1832-1898)영국의 수학자이자 논리학자 문학가 그리고 성직자로 살았던 그는 논리학에 관한 저술시 필명으로 Lewis Carroll을 사용하기도 하였다.

변으로 나타난다. 이때, 어의상 ¬q(x) : 'x' is small. 이고 ¬s(x) : 'x'
is dull in color.로 정의하기로 한다.

All hummingbirds are richly colored.	$\forall x(p(x){\to}s(x))$
No large birds live on honey.	$\neg\exists x(q(x){\wedge}r(x))$
Birds that do not live on honey are dull in color.	$\forall x(\neg r(x){\to}\neg s(x))$
Hummingbirds are small.	$\forall x(p(x){\to}\neg q(x))$

이제 마지막으로 증명만을 남겨 놓았다. 위의 세 문장으로부터
"Hummingbirds are small."을 유도할 수 있겠는가? 일단 우측의 기호
화 된 명제 없이 위의 추론이 참이라는 것을 유도하려고 노력해 보자.
많은 사람들이 기호보다는 평문으로 증명하는 것을 선호할 것이다. 하
지만 조금만 시간을 기울여 평문증명을 시도해 보면 극도의 혼란에 빠
지며 증명이 불가능해짐을 느낄 것이며 기호화된 명제의 증명이 최선임
을 깨닫게 될 것이다. 위 표에서 우변의 기호화된 명제 중에서 두 번째
조건명제를 전 절에서 제시된 한정명제의 부정과 드모르간을 적용하여
변형된 동치명제로 바꾸어 나가면 간단히 결론에 도달할 것이다. 단,
아래의 증명을 보기 전에 스스로 풀 수 있는 기회를 가져보면 유익할
것이다.

(추론의 증명) 기본법칙들을 적용하면 두 번째 문장은 다음과 같다.

$$\neg\exists x(q(x){\wedge}r(x)) \iff \forall x\neg(q(x) \wedge r(x)) \quad \text{(한정명제의 역)}$$
$$\iff \forall x(\neg q(x) \vee \neg r(x)) \quad \text{(드모르간)}$$

$$\Longleftrightarrow \quad \forall x(q(x) \rightarrow \neg r(x)) \qquad \text{(3.3.3정리)}$$

$$\Longleftrightarrow \quad \forall x(r(x) \rightarrow \neg q(x)) \qquad \text{(대우)}$$

그리고 세 번째 문장은 다음과 같다.

$$\forall x(\neg r(x) \rightarrow s(x)) \quad \Longleftrightarrow \quad \forall x(s(x) \rightarrow r(x)) \qquad \text{(대우)}$$

그러므로, $\forall x(p(x) \rightarrow s(x) \rightarrow r(x) \rightarrow \neg q(x))$ 이고, 이것은 삼단논법에 의해 $\forall x(p(x) \rightarrow q(x))$ 을 의미한다. 마지막으로 주어진 기호 문장을 치환하면 "Hummingbirds are small."을 얻는다.

논리공간의 세계는 우리가 보지 못하는 곳에서 인간인지의 한계를 넓혀가며 지금도 새로운 명제들을 공간의 요소로 담아나가고 있으며 명제와 명제 사이를 연결해 나가는 수많은 길을 닦아 나가고 있다. 때로는 예전의 명제가 새로운 명제의 먹이가 되어 사라지기도 하고 여러 명제들이 하나의 명제로 진화하여 큰 의미를 가지는 범 우주적 명제가 되기도 한다. 역으로 명제는 논리에 의하여 분화되고 많은 새끼 명제들로 다시 태어나 공간 속에서 성장한다. 한편, 보이지 않는 법칙으로 명제의 생태계를 지배하고 있는 논리 자신 또한 그 내부구조의 견고함을 바탕으로 그 영역을 펼쳐 나가고 있으며 그것을 인식하는 인간들로부터 더 높은 신뢰를 얻어가고 있다.

결론지어 말하면, 논리공간은 진화하는 공간인 것이다. 명제들이 생과 사를 거치며 대를 이어 논리공간에서 생활하고 있으며 논리는 명제의 생태계에 인과관계와 생존법칙을 제공하고 있는 것이다. 논리공간은 살아있는 공간인 것이다.

더 읽을 거리

1. 에드먼트 훗설, 『현상학의 이념, 엄밀한 학으로서의 철학』, 이영호 · 이종훈 옮김, 서광사, 2001

객관적 과학으로 대변되는 칸트의 '순수이성비판'적 관점과 차별화된 '인식비판'에 입각하여 철학적 입장의 본성에 관하여 논하고 있다. 이는 논리적 추론이나 경험의 분석에 의존하지 않는 지향적 분석 혹은 직관적인 방법으로 철학적 입장의 본성을 밝히고 있다. 이러한 훗설의 철학은 현상학이라 불리며, 역자의 서문을 빌려 말하자면, [이 책에서 해결하고자 했던 과제는 "진정한 의미의 철학적 작업이 본래 무엇이냐"는 물음을 현상학적으로 답하는 것이라 하겠다].

2. 루드비히 비트겐슈타인, 『논리철학논고』, 이영철 옮김, 천지, 1994

20세기를 대표하는 철학자 비트겐슈타인의 대표저서이다. 이 글에서 정의한 '논리공간'과 비슷한 "논리적 공간"이란 단어를 몇 차례 발견할 수 있다. 예를 들면 (1.13) "논리적 공간 속의 사실들이 세계이다." (2.201) "그림은 논리적 공간 속에 들어있는 가능한 하나의 상황을 묘사한다." 등등. "이 책은 언어의 가능성에 대한 탐구를 통하여 세계와 사고의 한계들을 해명하고, 우리의 삶에서 진정 중요한 것이 무엇인가를 드러내려고 하고 있다."(옮긴이의 말) 이 책은 간명한 문장과 작은 볼륨을 유지하고 있으나 모두 이해하기에는 매우 난해한 책이다. 시중에 나온 해설서와 함께 읽을 것을 권한다.

3. 레이 몽크, 『루드비히 비트겐슈타인 I, II』, 남기창 옮김, 문화과학사, 2001

천재 철학자 비트겐슈타인의 전기로서, 인간 비트겐슈타인의 삶뿐만 아니라 그의 철학에 관하여 상세히 설명하고 있다. 저자인 레이 몽크는 비트겐슈타인 철학의 대가로서 그의 책은 이 분야의 철학을 연구하는 연구자들에게 비트겐슈타인 본인의 저술을 제외하고는 제일순위로 읽어야 할 책으로 꼽히고 있다. 논리철학논고의 난해함으로 피곤해진 독자들의 좋은 참고서가 될 것이다.

4. 안토니 케니, 『프레게-현대분석철학의 창시자에 대한 소개』, 최원배 옮김, 서
   광사, 2002

프레게의 철학에 대한 최상의 개설서로서 손꼽히는 책이다. 이 책을 따라 읽어
나가다 보면 기호화된 논리에 쉽게 적응할 수 있다. 다양한 예제를 제시하고 있어
자칫 난해할 수 있는 철학적 논리학적 수학적 논의를 쉽게 이해할 수 있게 구성되
었다. 수학기초론에 관한 많은 내용이 쉽게 기술되어 있다.

5. 김광수, 『논리와 비판적 사고』, 철학과 현실사, 1990

논리를 빌려 실제 우리가 직면한 문제를 해결하는, 지은이의 말을 빌리자면 '논
리공학'에 관한 내용에 초점을 두고 있다. 논리는 주장의 내용을 다루지 않는다는
통념에 도전하여 내용을 다루는 시도를 한 점에서 학문적으로 또는 실용적으로 기
여를 했다고 저자 자신이 자평하고 있다.

6. Seymour Lipschutz, 『Set Theory and Related Topics – Schaum's Outline
   Series In Mathematics』, McGraw-Hill Book Company, 1994

수리논리를 포함한 집합론을 다루고 있다. 많은 예제들이 상세히 나열되어 있
으며, 상대적으로 많은 내용을 담고 있음에도 읽기 쉽고 얇은 볼륨을 유지하고 있
다. 전산이나 공대 혹은 언어학을 전공하는 학생들이 원서에 쉽게 적응할 수 있는
짧고 평범한 영문으로 집필되어 있다.

7. 버트런드 러셀, 『수리철학의 기초』, 임정대 옮김, 경문사, 2002

이 책은 수학기초론에 관한 고전으로 손꼽히는 명저이다. 자연수를 페아노공리
에 의한 개념적 수에서 탈피하여 실재적 수로서 정의하고 있어 현대 집합론에 길
들여진 수학전공자들을 당황하게 하기도 한다. 이 책의 후반부에는 수학기초론의
3대 관점인 논리주의 직관주의 형식주의에 관하여 그 개요를 소개한다.

생각해 보기

1. 다음 명제는 항진명제인가?

   $(p \to q) \land (q \to r) \to (p \to r)$

   위의 명제를 삼단논법이라 부르기도 한다.

2. "존재하므로 인식되는가, 인식하므로 존재하는가?" 당신은 어떻게 생각합니까?

3. '시공간(時空)'을 공간의 정의에 따라 요소와 법칙으로 나누어 정의해보라.

4. '모순'과 '역설'의 뜻을 사전을 찾아 각각의 뜻을 이해하고 그들의 차이점이 있다면 설명하고 예시하라.

5. $\lim_{x \to a} f(x) = L$ 는 다음과 같이 기호로 정의된다.

   $\forall \epsilon > 0 \ \exists \delta > 0 (0 < |x - a| < \delta \to |f(x) - L| < \epsilon)$

   위의 한정서술 조건명제를 부정해 보시오.

6. 본문에서 1차법칙을 명제, 2차법칙을 논리로 명명하였다. 만약 3차법칙을 정의하고자 한다면 그것은 어떤 형태의 법칙이 되어야 할까? 이것을 지배법칙으로 하는 공간을 상정하면 요소는 무엇이 되어야 할까?

시간의 ² 상상력

시간은 진정으로 존재하는가

의심되는 시간

최종성

존재하는 것에게 시공간은 인간에게 공기와 같은 존재다. 다른 점이 있다면 공기에 대해서는 많이 알고 있지만 시공간에 대해서는 그렇지 못하다는 점이다. 특히 공간보다 시간은 우리 언어와 생활의 많은 부분을 차지하고 있지만 시간 자체에 대한 질문은 금기사항이다. 하지만 왜 던져져야 하나? 우리가 경험하고 눈에 보이는 것만이 세계의 전부가 아니며 오히려 눈에 보이지 않는 것들이 이 세계를 지배하고 있다. 직면한 현실적인 문제를 빚어낸 근원에의 탐구욕. 그것은 침묵해야 할 것이 아니라 말할 수 있어야 한다. 시간이란 무엇인가라는 질문은 미적분학 문제를 받은 초등학생의 기분과 같은 막막함을 자아낸다. 그 상황은 아우구스티누스(Aurelius Augustinus, 354~430)가 잘 이야기해 주고 있다. '아무도 묻지 않을 때라면 나는 시간이 무엇인지를 안다. 하지만 누가 시간이 무엇이냐고 물을 때면 나는 모른다.' 시간에 대한 우리의 이해는 확실성과는 아직도 크게 동떨어져 있지만 과학의 발전으로 인한 지식의 증가로 이제는 질문을 던질 용기를 가지게 되었다. 수학을 포함한 20세기에 성취한 지식들 중에는 우리를 당황하게 만드는 많은 결과들이 있다. 그 중에는 시간의 존재자체를 의심하는, 쉽사리 무시할 수 없는 주장들도 있다. 옳고 그름을 떠나 탐구욕으로 귀를 기울여 보자. 왜냐하면 진리는 낯선 것이니까.

1. 삶의 양식을 규정하는 척도로서의 시간

중1 때 이사를 하여 약 2년 반 동안 버스로 통학한 적이 있었다. 통학로는 도로사정이 좋지 않은 부산에서도 정체가 심한 구간이어서 아침마다 버스 운행간격 15분의 차이가 그 날의 희비를 결정 낸다. 여유로운 15분은 행복감과 상상의 힘으로 살아있음을 만끽할 자유를 부여하고, 날려버린 15분은 학교-사회에서 시간-약속이라는 엄중한 룰에 대한 불이행을 추궁받게 한다. 대항이란 있을 수 없다. 오로지 복종만이 존재한다. 이런 식으로 우리는 훈육되어 왔다.

공간과 더불어 시간은 우리의 행동, 말과 사고를 통제하고, 절단하고, 채취하는 역할을 한다. 삶의 양식을 지배하는 시간측정과 역할의 기원은 어디에서 온 것일까? 최초의 시간측정은 생성과 소멸을 반복하는 자연의 패턴인식 즉, 자연의 계절적 변화나 해, 달과 같은 천체의 운동을 반영하는 순환적 시간의 측정이었다. 6000년 전부터 달의 주기를 이용한 이집트인들의 달력이나 4000년 전 해, 달과 금성의 변화에 맞춰 만든 마야인의 260일과 365일짜리 달력이 그러한 예들이다.* 이

* Clifford A. Pickover, *Time : A Traveler's Guide*, 구자현 옮김, 『시간여행 가이드』, 들녘코기토, 2004, 46-47쪽.

런 사회에서 력의 관리자, 시간의 관리자는 천문을 보며 점을 치는 점술가들로서 권력에 가까운 자들이었으며 그 사회의 크고 작은 여러 일들에 적절한 날을 잡고 해석하며 미래에의 예측으로 영향력을 행사하는 지배방식을 택하고 있었을 것이다. 점차 정복으로 인한 사회의 팽창, 유지와 자연재해로부터의 체제 보호를 위해 지배층은 권력의 집중화의 확보와 영속성의 보장을 위해 더 적극적 형태의 지배방식으로서의 '역사'를 만들어낸다. 사회는 혈연과 지연으로 더이상 포섭되지 않는 이질적 요소의 유입이 불가피하였을 것이다. 이질적 요소의 포섭과 한층 강력한 사회적 유대감의 요구라는 의미로 역사라는 공통 기억의 발명은 사회의 통일성을 가능케 하고 그 토대 위에서 국가를 탄생시키게 된다. 이때 역사란 과거에 일어난 일들의 집합만을 뜻하는 것이 아니라, 정치권력의 의지가 투영된, 지배이데올로기의 영속화를 정당화하기 위한 사건들의 나열이라는 의미도 가지고 있다. 지배권력에 의해 사건들은 취사선택되고 다시 배열되는 역사의 시간은 피지배층의 기억에 이식되며 이전의 순환성(권력의 생성과 소멸)을 상실하고 직선(영구한 권력의지)이 된다. 이진경의 말을 빌리면 이렇다.

> "결국 역사의 시간이란 역사를 소유한 자들의 시간이고, 그렇지 못한 자들의 기억을 소유한 자들에 일치시키려는 '제국의 시간'이요, '권력의 시간'이다."*

---

* 이진경, 『근대적 시공간의 탄생』, 푸른숲, 2006, 35~45쪽.

동서양의 지배권력들이 새로운 력을 만들어내고 시간 측정의 정밀도를 높이려는 시도는 피지배층의 삶의 리듬을 통제하고 절단하고 채취하는 방식으로 삶의 양식을 포획하여 권력의 영구화를 꾀하려는 것에 다름 아니다. 우리는 각 시대의 지배적 이데올로기가 당시의 기술력으로 시계화된 시간의 모습으로 등장한 사실을 안다. 유럽의 곳곳에 서있는 거대한 성당의 종, 도시 한 복판 광장의 높은 곳에 위치한 시계, 산업혁명시기에 공장에 배치된 시계, 현대인의 신체에 부착된 시계들. 시간은 하나이어야 한다. 이로써 이질적인 시간은 존재할 자리를 잃어가게 된다.

초창기의 시계에 분침이나 초침이 있었을까? 없었을까? 분침은 산업혁명 이후 더욱 정밀한 시간 구분이 요구되면서 등장했다. 따라서 초침은 좀 더 정밀한 시간절단이라는 시대의 요구에 부응하여 등장하였을 것이다. 어떤 지배권력의 요구가 시간분절을 넘어 우리의 신체에까지 시계를 접착시키고 습속화 시켰을까? 자본이라는 거대권력. 산업혁명 시기에는 오로지 생산성의 향상을 위해서 공장에 배치한 시계로 노동자들을 통제했다면 이를 바탕으로 성장한 거대자본은 하나의 생명체와 같아서 공장을 뛰쳐나와 국가와 사회를 장악하고 스스로의 재생산을 위해 모든 인간의 시간을 더 정밀하게 절단한다. 공간적으로는 전 지구에 자본 권력의 영향력을 발산해 가는 과정을 묘사한 것이 우리가 배운 제국열강의 세계사이며 현대사이다. 자본의 힘에서 우리가 주목해야 할 점은 자아와 시간마저도 화폐화 시키는 데 성공했다는 점이다. 느껴보라 그 무서운 힘을. 우리는 시간을 자신의 의지대로 사용하고 있다고 굳게 믿지만, 그 의지는 실상 자신의 상품가치를 높이려는 욕망에 향해 있다면 지나친 말일까? 본업과 상관없는 일에 투여한 시간에 대한 아쉬움은 동일한 시간을 본업에 임했을 때와의 비교 즉, 시간화폐의 교환성으로부터 나온다는 설명은 충분한 호소력이 있다. 금전출납부를 꼼꼼히 기입하는 행위와 할 일을 촘촘히 적은 하루일과표의 작성은 크나큰 유사성이 있지 않은가? 미래를 위해 정밀한 시간절단의 생활화가 일신우일신(日新又日新)의 측면에서 나쁠 이유야 없겠지만 그것의 근저에는 자본에의 욕망이 없다고 단언할 수 있을까? 눈길을 돌리기보다는 지금 나의 신체와 삶에 자본권력이 어느 정도 작동하고 있는지 숙고해 보는 것도 의미 있는 일이라 생각한다.

2. 시간이 특별한 이유

2.1 시간의 정의와 경험적 특성

시간의 사전적 정의는 "과거로부터 현재를 통해 미래로 움직이는 비공간적인 연속체"*이다. 과거의 정의는 '지나간 때'이며 때의 정의는 '시간의 어떤 순간이나 부분'이다.** 시간을 정의하기 위해서는 시간을 사용할 수밖에 없는 자기명시(자기언급)적인 상황이다. 이는 시간이 수학에서 점, 선과 같은 무정의용어에 해당된다는 말이다. 직관적으로 받

---

* 브리태니커 세계 대백과사전, 한글판, 1994.
** 민중국어사전.

아들이기로 하고 더이상의 언급을 회피하겠다는 소리다. 어떻게 더 파고들 수 있겠는가? 하지만 사고지평의 확대를 위해 철학자들은 도전하고 있다.

칸트(Immanuel Kant, 1724~1804)는 공간과 시간에 대해서 형이상학적 구명(究明)-'선천적(경험과 독립적)으로 주어진' 것으로서의 개념을 명석하게 진술해 내는 것-을 시도하고 있다.* 몇 가지를 들어보자. 첫째, 시간은 어떤 경험으로부터 추상된 경험적 개념이 아니다. 만약 시간이 처음부터 주어지지 않았다면 현상과 존재 등의 지각이 가능이나 하겠는가? 둘째, 시간은 모든 직관의 근저에 있는 필연적인 표상-어떤 대상을 뜻하는 직관적인 의식 내용-이다. 현상을 시간으로부터 제거할 수는 있지만, 역으로 현상에서 시간을 제거할 수는 없기 때문이다. 셋째, 시간은 추론적 또는 일반적 개념이 아니며 감성적 직관의 순수형식이다. 시간은 상이한 여러 시간으로부터 얻어진 개념이 아니라, 하나이다. 상이한 여러 시간이란 동일한 시간의 부분에 불과하기 때문이다. 넷째, 시간의 무한성이란 시간의 모든 한정된 길이가 그 근저에 있는 유일한 시간을 제한함으로써만 가능하다는 사실을 의미할 뿐이다. 상상할 수 있는 모든 길이의 시간이 가능하기 위해서는 무한으로 주어져 있어야 한다.

이러한 형이상학적 구명으로부터 시간은 내적 감관(감성적 직관)의 형

---

* Immanuel Kant, *Kritik der reinen Vernuft*, 이명성 옮김, 『순수이성비판』, 홍신문화사, 2003, 65~91쪽.

식에 불과하며 모든 현상일반의 선천적인 형식적 조건이라는 결론을 내리고 있다. 거의 유사한 논조로 공간에 대해서도 형이상학적 구명을 하며 내리는 결론은 공간은 외적 감관의 형식적 조건이라는 것이다. 즉, 우리 인간은 세계를 시공간이라는 창을 통해서 본다는 말이다. 다른 존재가 우리와 다른 내외적 감관의 형식을 가지고 있다면 세상은 전혀 다르게 지각될 것이라는 것을 시사하고 있다. 하지만 우리는 결코 그것을 경험할 수 없다. 왜냐하면 시공간은 우리가 벗어날 수 없는 그리고 결코 뛰쳐나갈 수 없는, 우리에게 선천적으로 주어진 세계를 바라보는 인식의 틀이기 때문이다. 선천적으로 주어졌다는 말에도 주의를 기울여야 한다. 칸트의 이론은 시간에 대한 경험적 실재성은 인정하지만 절대적 선험적 실재성은 거부하고 있기 때문이다. 칸트의 설명을 들어보자. '변화는 현실적으로 존재한다. 또한 변화는 시간 속에 있어서만 가능하며, 따라서 시간은 어떤 현실적인 것이다.'에 대해서 칸트는 전적으로 승인하고 있으면서도 현실적인 것은 내적 직관의 현실적 형식으로서만 한정한다. 왜냐하면 직관의 형식이 달라지면 변화라는 것이 전혀 드러나지 않는 인식을 주게 될 것이기 때문이다. 다시 한 번 강조하지만, 우리가 기억해야 할 것은 칸트도 시간에 대해 인간 존재와 별개인 절대적 선험적 실재성은 거부하고 있다는 점이다.

여기서 경험과 관련해서 의심의 대가인 흄(David Hume, 1711~1776)과 칸트의 비교는 재미있다. 흄의 회의란 경험의 필연성에 대한 회의다. 흄에 따르면 까마귀가 검다는 사실을 많이 경험해 왔기 때문에 습관에 따라 다음에 보는 까마귀도 검을 것이라고 기대할 뿐이다. 다시 말하면 우리는 까마귀가 검다는 것을 경험할 수는 있지만 '반드시'(혹은 모든 까마귀)를 경험할 수는 없다는 말이다. 수많은 검은 까마귀는 하얀 까마귀의 존재를 부정하지 못한다. 다시 말하면 경험주의자들은 경험만으로는 필연성이나 객관성에 대해 한 마디도 말할 수 없다고 주장한다. 진은영은 재미있는 흄과 칸트의 대화를 들려준다.

> 흄은 칸트에게 한마디 한다. "우리는 정직하게 고백해야 합니다. 경험에는 필연성이 없다고." 그러나 칸트는 이렇게 되돌려준다. "아무도 '반드시'를 경험한 적이 없음에도 그토록 당당하게 우리가 '반드시'를 외칠 수 있다는 사실에는 하나의 진실이 담겨 있음을 고백해야 합니다. 경험에는 '반드시' '항상' '언제나'라고 말할 권리를 주는 선험적 조건이 들어 있다고."*

철학적 이야기를 떠나 경험적 실재로서의 시간이 어떤 특성을 가지고 있는가를 살펴보자. 시간에는 본유적으로 존재하면서 유유히 흐르고 있는 그 무엇으로 파악되는 성질인 '절대성'과 너와 나의 시간은 물론 외계인에게도 모두 같은 것이고 전우주적으로도 하나밖에 없다고 생각되는 특성인 '단일성'이 있다. 또한 시간의 흐름은 연속적인 양으로 파악되는 '연속성'은 그 누구에게도 시간과 시간 사이가 비어있음의 상상을 허락하지 않는다. 그리고 과거와 미래의 두 방향에 대해 무한히 펼쳐져 있는 '무한성'이 있다.** '평등성'이란 그 옛날부터 지금까지 그리고 앞으로도

---

* 진은영, 『순수이성비판, 이성을 법정에 세우다』, 그린비, 2004, 123~124쪽.
** 우주물리학에서는 시간은 빅뱅에 의해서 시작되었다고 주장하는 빅뱅이론이 있다.

아무런 리듬 없이 항상 일정한 비율로 시간이 흘러간다는 성질로서 그렇지 않게 느끼는 경우는 인간의 심리적인 차이일 뿐이라고 우리는 믿고 있다. 이 특성은 많은 이야기의 소재이기도 하다. 나무꾼이 깊은 숲 속에서 신선들이 두는 바둑 한판을 구경하고 돌아와 보니 몇 년이 흘렀더라는, 숨가쁜 시험기간에 떠올리게 되는 스토리. '동일성'은 시간을 직선상의 한 점으로 파악하는 성질인데 과거, 미래와 현재는 본질적으로 전혀 다르지 않다는 성질이다. 과거는 지나가서 없고 미래는 아직 오지 않아서 없고 현재는 눈치 채기도 전에 사라져 버리는데도 말이다. 마지막으로 시간은 절대로 거꾸로 흐르지 않는다는 '일방향성' 혹은 '비가역성'이 있다. 컵에서 쏟아진 물이 다시 모이는 것을 보면 어색하지만 당구대를 가로지르는 당구공은 역방향으로 운동해도 전혀 이상하지 않은 것처럼 물리에서는 가역적 현상과 비가역적 현상을 나누고 있다. 생활에서는 시간의 소중함을 일깨우는 거의 모든 금언은 이 성질에 바탕을 두고 있다.[*]

위에서 소개한 시간의 경험적 특성들은 시간의 모든 특성을 아우른다고 볼 수는 없지만, 우리가 공유하는 생각들임에는 틀림없다고 인정할 만한 사항들이다. 그렇다고 모든 시대의 사람들도 인정할까? 우리는 흄이 싫어한 '객관적'이라는 단어에서 발생하는 많은 오용과 사고의 혼동을 경험한다. 그리고 당연하다고 여기는 많은 경우가 역사적 산물임도 알고 있다. 시간의 특성에 대해서도 마찬가지로 말할 수 있다. 열거된

---

[*] 김용운, 『인간학으로서의 수학』, 우성문화사, 1988, 15-17쪽.

시간의 특성들에 대한 기원 중 하나는 자연의 수학화의 시작으로 등장한 과학혁명의 결과가 사회, 언어에 끼친 결과임을 나중에 설명하고자 한다. 그렇다고 경험으로서의 시간을 물리학적 시간으로 다 환원할 수 있다고 주장하려는 것은 아니고 그 상관관계가 있음을 지적하고자 할 따름이다.

2.2 시간과 공간의 차이

사실, 칸트의 시간에 대한 형이상학적 구명에서 하나 빠진 것이 있다.

> "…… 시간은 1차원만을 갖는다. 즉, 여러 별개의 시간은 동시적이 아니라 계시적(繼時的)이다(마치 별개의 공간이 계시적이 아니라 동시적인 것처럼). …… 이러한 원칙은 그것에 의해서 일반적으로 경험이 가능하게 되는 규칙으로 간주되는 것이며 …… 경험에 의해서 가르쳐주는 것은 아니다."*

즉, 우리는 시간의 계속을 무한히 진행하는 하나의 직선에 의해서 표상한다. 이 선은 공간의 직선과는 다르다. 공간 직선상의 두 부분은 동시적이지만 시간 직선의 두 부분은 동시적일 수 없고 언제나 계시적이라는 점에서. 칸트는 이로부터 선험적 구명으로 나아가면서 변화의 개념 및 이와 더불어 운동의 개념이 시간표상에 의해서만 가능하다고 주장한다. 왜냐하면 오직 시간개념만이 모순대당(矛盾對當) 관계(한쪽이 참이면 다른 한쪽은 반드시 거짓이 되며, 한쪽이 거짓이면 다른 한쪽은 참이

---

* Kant, 앞의 책, 72쪽.

되는 관계)를 이루는 술어를 동일한 대상에 있어서 결합시킬 수 있는 가능성(바로 변화의 개념을 통해서)이 주어진다. 이것을 예를 들어 설명하면 한 장의 잎이 초록색이라는 것과 같은 장소의 그 잎이 붉은색을 띤다는 것이 모순처럼 보이는 이 관계는 오로지 계절적 변화(시간)로 인한 현상(단풍)이라는 것에 의해서 이해될 수 있다는 뜻이다. 1차원적인 시간은 직선이지만, 또한 (공간의) 직선은 아니라는 모순대당 관계(역설)를 가지고 있다고 말할 수 있으며, 시공간의 4차원을 마음속에 그릴 때마다 이 질적인 하나의 축을 염두에 두어야 한다. 하나의 직선에 모든 의미를 담을 수 없는 시간의 특별함을 말이다.

3. 시간 개념의 혁명-동시성의 상대성

아마도 미래의 사람들은 20세기를 과학사에서 혁명의 시대로 간주할 것임에 틀림없다. 아인슈타인(Albert Einstein, 1879~1955)의 상대성이론과 보어(Niels Bohr, 1885~1962), 하이젠베르크(Werner Hisenberg, 1901~1976), 슈뢰딩거(Erwin Schrödinger, 1887~1961) 등에 의한 양자역학의 탄생이 그 이유이다. 대통일이론(자연의 모든 힘을 하나의 이론으로 설명하려는 이론)의 후보로 꼽히고 있는 초끈이론(모든 입자를 진동하는 끈으로 간주하는 이론)은 우아한 수학적 이론으로 한 몸에 주목을 받고는 있지만 이론적 예측에 의한 실험결과가 아직까지는 없어서 조금 더 지켜보아야 한다는 게 중론인 것 같다. 양자역학은 원자규모의 미시세계를 기술하는 역학법칙으로 우리의 생활과 상식을 뒤흔들어 놓았다.

전자의 위치와 속도를 동시에 정확하게 측정할 수 없다는 불확정성원리에 대해 '신은 주사위 놀이를 하지 않는다.'라는 말로 끝까지 받아들이지 않았던 아인슈타인의 반대는 유명한 일화이다. 우리는 뉴턴(Sir Isaac Newton, 1642~1727)으로 대표되는 고전물리학의 시간관의 기원을 살펴보고 아인슈타인의 특수상대성이론에서 나타나는 혁명—동시성의 상대성—을 이해해 보도록 하자.

3.1 고전물리학적 시간관의 탄생

코페르니쿠스(Nicolaus Copernicus, 1473~1543)의 지동설이 받아들여진 진정한 이유는 무엇인가? 당대 천문학의 주류로 인정받고 있던 천동설의 프톨레마이오스(Claudius Ptolemaeos, ?~?, AD 127~145년에 알렉산드리아에서 활동)체계는 당시에 알려진 행성의 운행을 설명하기 위하여 총 77개의 원을 필요로 하였다. 반면에 지구의 공전을 가정하고 태양을 중심으로 움직이는 우주를 상정했던 코페르니쿠스는 '행성들의 전체적인 춤을 설명'하기 위해 필요한 원의 수를 34개로 줄일 수가 있었다. 수학자와 천문학자들이 과감히 지동설로 전환한 이유는 바로 수학적 간명함이었다. 코페르니쿠스 체계의 아름다움과 조화로운 관계에 감동 받은 케플러(Johannes Kepler, 1571~1630)는 스승 브라헤(Tycho Brahe, 1546~1601)의 관찰자료를 통해 단 세 개의 법칙으로 요약되는 우주의 운행법칙을 제시하였다.* 수학을 이용한 이론적 간명함의 극치를 보여준 케플러의 업적에도 불구하고 근대 과학혁명의 선구자로서는,

---

* Morris Kline, *Mathematics and the Search for Knowledge*, 김경화 · 이혜숙 옮김, 『지식의 추구와 수학』, 이화여자대학교 출판부, 1994, 86~99쪽.

뉴턴이 언젠가 자신이 거인들의 어깨 위에 서 있다고 말한 이 거인들 중의 한 사람인 갈릴레이(Galileo Galilei, 1564~1642)(혹은 데카르트 (Rene Descartes, 1596~1650))를 내세우는 것이 관례로 되어 있다. 그 이유는 자연의 규칙을 이해하기 위해서 수학의 역할에 관하여 완전히 새로운 개념이라고 할 수 있는 자연의 수학화에 있다. 수학적 우주로서 의 자연이라는 그의 물리학적 근본사상은 다음에 잘 나타나 있다.

> "철학(자연)이 우리 눈앞에 놓여 있는 바로 이 위대한 책에 씌어 있 다. 나는 우주를 뜻한다. 그러나 우리가 먼저 이 책에서 쓰인 언어를 배우지 않고 기호를 파악하지 못한다면 우리는 이것을 이해할 수 없 다. 이 책은 수학적 언어로 씌어졌고 기호는 삼각형, 원 그리고 다른 기하학적 도형들로, 이들의 도움 없이 이 책의 한 단어라도 이해한다 는 것은 인력으로 불가능하다. 그리고 수학적 언어와 기호가 없으면 우리는 깜깜한 미궁 속을 쓸데없이 헤매게 된다."*

천문학에 빛을 발한 기하학의 명증성은 고스란히 갈릴레이도 전수 받고 있다. 경험적인 물리세계라는 영역에서 천문학에서처럼 기하학이 적절히 사용되는 방법론이 형성되면 세계의 본질적인 주관적 파악의 상 대성을 극복할 수 있다. 왜냐하면 이러한 방식으로 모든 사람들의 동일 한 비상대적인 하나의 진리를 획득하기 때문이다.** 이 과정을 자세히

---

* 갈릴레이, 『별들의 사자』, 1610, Klein, 앞의 책, 122쪽에서 재인용.

** Edmund Husserl, *Did Krisis der europäischen Wissenschaften und die transzendentale Phänomenologie*, 이종훈 옮김, 『유럽 학문의 위기와 선험적 현상학』, 한길사, 2003, 97쪽.

설명하면 이렇다. 공을 떨어뜨리는 자유낙하를 실험한다고 가정하자. 우리는 왜 떨어지는지를 물을 것이다. 갈릴레이는 다르게 생각했다. 이유는 묻지 않고 실험을 관찰할 뿐이다. 떨어지기 시작하는 지점으로부터 공까지의 거리는 시간의 흐름에 따라 증가한다. 이 두 양의 관계에 주목하는 것이다. 그리고는 이 두 양적 관계를 나타내는 공식을 찾고자 하는 것이다. 수학적 언어로 말하면 낙하하는 공의 위치(d)은 시간(t)이라는 변수로 표현되는 함수로 나타내고자 하는 것이다. 즉 운동을 시간의 함수관계로 포착한 첫 번째 사람이 갈릴레이다.

시간은 대수적인 수로 환원되고 계산가능한 양으로 확정되며 그 위에서 시간은 모든 운동의 절대적인 기준으로 삼게 된다. 바로 기하학을 산술화하는 작업이다. 이러한 사고로부터 갈릴레이가 추구하는 것은 다음과 같은 두 가지 원칙이다. 하나는 경험적 물리적 현상세계에 대해 각각의 양들 간의 관계를 기술하는 수학 공식을 찾고자 하는 것이고, 또 다른 원칙은 계량화할 수 있는 것은 측정하고 아직 측정할 수 없는 양은 계량화할 수 있는 것으로 나타내는 것이다.* '계산가능성'은 이제 수학화를 통해 성립한 근대 과학의 가장 중요한 특징이요 목표가 된다.** 여기서 중요하게 지적되어야 하는 점은 수학 공식은 일어난 현상에 대한 묘사이기는 하지만, 인과 관계를 설명해 주는 것은 아니라는 사실이다. 이는 필연적으로 후설(Edmund Husserl, 1859~1938)이 지적하는 것처럼 '어떤 방식으로든 거의 자동적으로 의미의 공동화(空洞化)'

---

* Klein, 앞의 책, 123-125쪽.
** 이진경, 앞의 책, 229쪽.

로 이끈다. 데카르트에 의한 해석기하학이 그러하듯이 기하학적 문제를
대수적인 문제로 환원했을 때 오로지 대수법칙에 의해서 계산이 수행될
수 있다는 이점은 계산 결과에 역방향으로 다시금 기하학적 의미 고찰
에 의해 원래 문제의 해결가능성을 드높이기는 하지만 대수적 계산의
수행에는 항상 기하학적 의미가 비켜나는 공동화가 생기게 마련이다.

　인과 관계보다는 현상을 지배하는 법칙(수학 공식)을 찾기 위해 주력
하는 갈릴레이의 프로그램의 성공은 뒤이은 뉴턴의 활약에 힘입어 수학
적 우주로서의 자연의 이미지를 굳히는 계기를 제공한다. 또한 수학은
곧 진리라는 등식의 성립에도 기여하게 된다. 자연 현상의 훌륭한 설명
의 토대를 제공하는 수학의 역할이 비록 크게 성공하였다 하더라도 모
든 것을 정당화시키지는 못한다. 근대 과학의 형성에서 보았다시피 시
간의 계량화라는 과정에서 시간의 본질은 질문되지 않았다. 이러한 문
제의식 속에서 앞서 살펴본 비가역성을 제외한 시간의 특성들은 진정한
특성이라고 보기보다는, 그리고 시간의 산술화에 포섭되었다고 보기보
다는 오히려 역으로 시간을 공간의 한 축과 동일한 직선으로 간주했을
때 얻어지는 특성들이라고 말할 수 있지 않을까? 근대 과학의 성공이
우리에게 침투하여 우리로 하여금 만들어낸 특성들이라고 주장한다면
지나친 말일까? 물리학의 모든 주요한 법칙을 시사하는 미분방정식(고
전역학에서의 파동방정식, 양자역학에서의 슈뢰딩거방정식을 포함하여)은
모두가 시간 가역적이다. 다시 말하면 시간 변수 t 대신 $-t$를 대입해도
의미를 가진다. 실제로는 일어나지 않는데도 말이다. 이것만 보아도 시
간의 완전한 수학적 취급은 실패하고 있다고 말할 수 있다. 시간의 존재

와 특성에 관한 질문은 여전히 진행형이다.

3.2 상대론적인 시간관-동시성의 상대성

1900년 봄 스위스 연방 공과대학을 졸업한 아인슈타인은 조교의 신분으로 대학에 남기를 바랐었지만 그를 탐탁지 않게 여긴 교수들의 반대로 무산되고 한동안 어렵고 막막한 생활을 해야만 했다. 1902년 6월이 돼서야 친구 아버지의 주선으로 베른에 있는 스위스 특허국에 안정된 일자리를 얻고, 이듬해 동창생인 밀레바와 결혼하였다. 1905년은 뉴턴에 의해 과학사에 빛나는 기적의 해인 1666년과 견줄 만한 해이다. 무명인 특허국 직원이 세계 물리학계를 뒤흔들어 놓을 세 편의 논문을 발표한다. 하나는 브라운 운동에 관한 이론으로서 분자의 존재와 분자의 열운동을 실험적으로 증명할 수 있도록 이론적으로 계산하는 내용이었다. 다른 논문은 '광량자 가설'을 서술한 논문이며 마지막으로 시간과 공간에 대한 통념을 완전히 바꾸어 놓은 특수상대성이론에 관한 논문이었다. 1921년 노벨 물리학상을 타게 한 논문이 광량자 가설에 관한 논문이었다는 것은 아이러니가 아닐 수 없다. 등가속운동에 대한 일반상대성이론은 1915년에 완성되었는데 아인슈타인은 혜성같이 나타나 거대이론을 혼자의 힘으로 완성시킨 뉴턴 이후에 등장한 최고의 수퍼스타임에 틀림없다.

뉴턴에 의해 떠받쳐지고 있던 절대시간 절대공간의 세계를 무너뜨린 동시성의 상대성이란 과연 무엇인가? 먼저 동시성의 개념부터. 물리학에서 서로 다른 사건이 일어나는 시각이 같은 것을 동시성이라고 한다. 1800년대 중반에 맥스웰(James Clerk Maxwell, 1831~1879)은 전기와 자기와 관련된 현상을 집중적으로 연구한 끝에 맥스웰방정식이라고 불리는 4개의 방정식을 유도하였다. 그는 그 방정식으로부터 빛은 전자기파이며 속도는 c(초속 30만km)라는 사실을 알아냈다. 하지만 무엇에 대한 속도란 말인가? 당시 물리학자들은 빛을 매개하는 에테르라는 물질에 대한 빛의 상대 속도이어야 한다고 생각했다. 빛이 에테르에 대해 일정한 속도를 가진다면 지구의 운동과 같은 방향과 수직인 방향으로 잰 속도를 비교해 보면 에테르 속에서 진행하는 지구의 속도를 알 수 있다. 이 실험은 1887년 마이컬슨(Albert Michelson, 1852~1931)과 몰리(Edward Morley, 1838~1923)에 의해 정밀하게 수행되었다. 하지만 결과는 빛의 속도는 관측자나 광원의 운동 상태와 상관없이 항상 c였다. 이에 대한 해석으로 에테르의 존재를 부정하고 광속불변의 원리를 내세운 이론이 특수상대성이론이다. 이것은 빛을 하나의 기준으로 사용할 수 있다는 뜻이다.

다음과 같은 사고실험을 해 보자. 성북역의 플랫폼의 양 끝에 두 개의 램프를 달아두자. 자신은 플랫폼의 중앙에 서 있도록 하고 친구를 지하철의 중앙에 앉도록 해두고 역무원에게는 지하철이 감속하지 않고 등속으로 플랫폼으로 들어올 때, 친구가 내가 서 있는 위치에 진입하면 두 램프에 불을 동시에 켜도록 부탁해 두자. 물론 이 사실은 친구도 알고 있다. 자 이제 실험을 시작한다. 석계역 쪽에서 친구가 탄 지하철이 성북역으로 들어오고 있다. 역무원은 귀찮지만, 탐구열에 불타는 나와 친구를 위해서 성실하게 도와준다. 약속대로 두 램프에 불이 들어왔다. 곧 친구로부터 핸드폰이 울린다. "왜 실험을 예정대로 안하는 거야? '동시에' 불을 켜기로 하고서는 진행방향의 앞쪽 램프를 먼저 켜면 어떡해!" 나와 역무원은 어리둥절할 수밖에 없다. 분명히 '동시에' 불이 들어왔는데……. 자, 그럼 누구의 말이 옳은 것인가? 아인슈타인의 대답은 '둘 다 옳다'이다. 이것이 바로 동시성의 상대성이다. 두 램프에 불을 동시에 켜는 사건도 관측자의 운동 상태에 따라서 다르게 관측된다는 사실이다. 그리고 어느 관측자의 관측결과도 우월성을 내세울 수 없이 평등하다.

이것은 도대체 시간에 관해서 무엇을 말하고 있는 것일까? 운동 상태가 다른 관측자는 다른 시간을 가지고 있다는 것이다. 나의 현재는 너의 미래나 과거일 수 있으며 공통적인 현재란 없다는 소리다. 역사의 커튼 속으로 사라지는 절대시간의 뒷모습이 보이는가? 우리는 '거리=속도×시간'이라는 방정식과 약간의 수학을 동원하면 '시간 팽창'이라는 두 관측자 사이의 시간 관계식을 아래와 같이 얻을 수 있다.

$$t_\text{나} = \frac{t_\text{친구}}{\sqrt{1 - \left(\dfrac{v_\text{열차}}{c}\right)^2}}$$

열차의 속도보다 빛의 속도인 c가 훨씬 크기 때문에 일상적인 생활에서는 시간차는 느낄 수 없지만, 위의 식은 지하철과 같이 운동하고 있는 친구의 시간이 나의 시간보다 느리게 간다는 사실을 알려준다. 매일 달

리기를 하는 사람이 그렇지 않은 사람보다 오래 산다는 상대론적 증명
인 셈이다.

우리는 여기서 분명히 짚고 넘어 가야 할 점이 있다. "과거와 미래의
모든 정보는 현재의 순간에 모두 각인되어 있다"는 것이 고전물리학의
기본이념인데 이 점은 특수 및 일반상대성이론도 마찬가지이다.* 물
론, 상대론적 시간은 한층 더 미묘하게 꼬여있긴 하지만. 결정론적 이
론을 만들어낸 아인슈타인이 입자 상태를 정확히 결정할 수 없다는 불
확정성에 그렇게 항거한 입장을 조금이나마 이해할 수 있다. 결정론적
시각의 극치는 아래에서 볼 수 있는데 이를 라플라스(Pierre Simon
Laplace, 1749~1827)의 악마라고 부른다.

> "주어진 어떤 순간에서 우주를 구성하는 모든 사물의 순간적인 위치
> 뿐만 아니라 자연 안에서 작용하는 모든 힘을 알고 있는 지성은, 그
> 지성이 모든 자료를 다 분석할 만큼 충분히 강력하기만 하면, 이 세상에
> 서 가장 커다란 물체의 운동과 가장 작은 원자의 움직임을 단 하나의
> 공식으로 이해할 수 있을 것이다. 이 지성에게는 불확실한 것이 아무
> 것도 없으며 미래와 과거가 모두 그 지성의 눈앞에 나타날 것이다."**

---

* Brian Greene, *The Fabric of the Cosmos*, 박병철 옮김, 『우주의 구조』, 승산, 2004,
  37-38쪽.
** Klein, 앞의 책, 310쪽.

4. 뇌-기억은 신뢰할 만한가?

칸트가 지적한 대로 시간개념은 변화 개념 혹은 운동 개념과 밀접한 관계가 있다. 변화나 운동은 지각의 지속성에서 이해될 수 있는 것이다. 바로 조금 전의 상황을 우리(정확히 말하면 우리의 뇌)가 알고 있다(기억하고 있다)는 것이다. 이것이 가능한 것은 우리의 뇌가 기억이라는 중요한 역할을 맡고 있기 때문이다. 또한 우리가 다루고 있는 시공간개념의 논의에 참가하는 모든 이의 암묵적 가정은 자기 스스로의 뇌는 잘 작동하고 있다라는 것이다. 하지만 정말로 뇌-기억을 신뢰할 수 있는가? 여기에 눈여겨 볼 만한 몇 가지 사례들을 소개한다.

'현실과 상상을 구분하는 것은 아주 얇은 막 하나이다.'라고 단언하는 심리학자 로프터스(Elizabeth Loftus) 교수는 그 증거로서 '쇼핑몰에서 길을 잃다.'라는 실험을 고안했다. 교수는 추수감사절 휴가 동안 대학생들에게 자신의 형제들에게 가짜 기억을 심어주라고 지시하고 24명의 피실험자들을 모집했다. 그리고는 피실험자들의 가족에게 들은 실제 있었던 어린 시절의 추억 세 가지와 쇼핑몰에서 길을 잃었다는 가짜 기억 한 가지(단 한 문단)를 적은 소책자를 준비했다. 이 소책자를 피실험자들에게 읽힌 후 기억나는 내용을 자세하게 적어보라고 지시했다. 놀라운 사실은 가짜 기억과 관련된 너무나 상세한 묘사였다. 그 상세히 설명한 내용 가운데 조금이라도 미리 암시된 부분은 전혀 없었다.* 우

---

* Lauren Slater, *Opening Skinner's Box*, 조중열 옮김, 『스키너의 심리상자 열기』, 에코의서재, 2005, 242-243쪽.

리의 기억은 공백을 공백으로 비워두지 않는 것을 의미한다. 만약 지난 기억에 결손이 생겨 불완전해지면 그 공백을 스스로의 상상력으로 메워 넣는 것으로 이해할 수 있다. 즉, 변화를 주시하던 뇌에서 어떤 이유로 기억이 손상되면 뇌는 그 부분을 가짜 기억으로 둔갑해 버린다. 이러한 사실이 시간의 존재성에 위협을 주기에는 턱없이 약하지만 가능성만은 제로가 아니다.

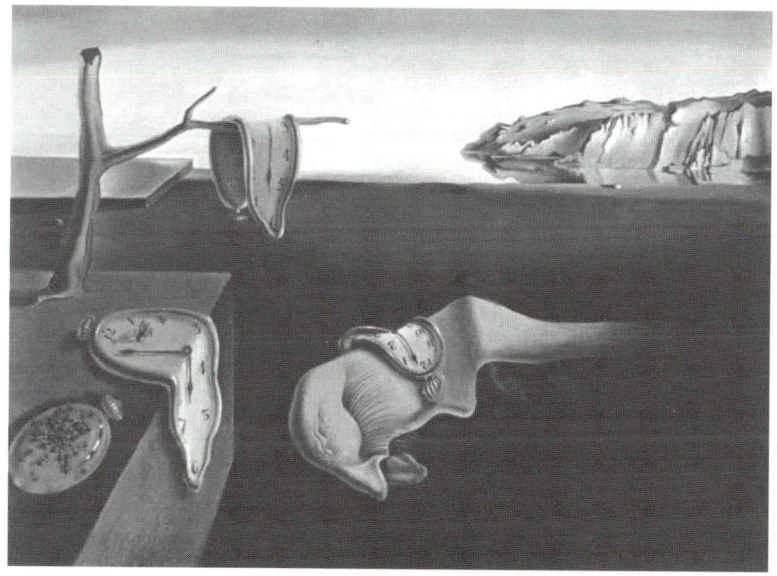

달리, 〈기억의 고집〉, 1931년
분명 시계가 아닌 시간을 그리긴 그렸는데 우리가 시간의 특성이라고 생각되었던 '절대성', '단일성', '평등성', '무한성', '동일성', '일방향성'은 이 그림 어디에서도 찾을 수 없다. 오히려 그런 생각을 버리라고 달리는 우리에게 가르쳐주고 있는 것 같다. 시간의 근엄함은 온데간데 없고 나약함 아니, 초라함마저 느껴진다. 시간의 그 강력한 힘은 없어진 것이 아니라 처음부터 없었던 것은 아닐는지. 그 존재마저도.

최면에 걸린 사람은 정상적으로 깨어 있는 상태에 있을 때보다 더 정확하게 시간을 판단할 수 있다. 최면에 걸린 사람에게 5분 후에 깨어나라고 주문하면, 그는 이 시간을 정상적인 경우보다 더 정확하게 판단할 수 있다. 이런 실험도 있다. 소리를 삑 내고 9초 후에 당신의 눈앞에서 빛을 반짝이는 과정을 반복한다면 뇌는 조건반사를 보일 것이다. 소리를 내고 9초 후에는 빛을 발하지 않아도 뇌파는 자동적으로 바뀔 것이다. 그런데 소리와 빛 사이의 간격을 의식적으로 측정하려면 덜 정확하다.* 이것은 무엇을 보여주고 있나? 의식하지 않는 지각과 의식하는 지각의 시간개념의 차이를 말해 주고 더군다나 의식하지 않는 쪽이 더 정확하다는 결론이다. 외부에 실재하는 시간에 적응해 온 생물적 진화의 결과라고 생각하는 것이 일반적인 설명이 되겠지만 이런 설명도 불가능하지는 않은 것 같다. 원래는 존재하지 않는 시간을 어떤 이유-아마도 효율적인 뇌 활동을 위해-로 인해 뇌가 자체적으로 시간이라는 것을 만들어내도록 스스로 조직해 온 것은 아닐까? 그래서 우리의 뇌 시스템은 칸트가 말하는 선천적 인식의 틀을 갖추게 되었다라고 이야기할 수도 있을 것이다.

눈에 문제가 없는데 2차원과 3차원의 구별하지 못할 수 있을까? 이것이 바보 같은 질문이라고 생각하면 완전한 착각이다. 우리의 지각은 교육과 습관의 결과라는 생각은 칸트 시대에 이미 경험적으로 입증되었다. 1728년 영국 체슬든에서 14세의 맹인소년이 수술을 통해 시력을

---

* Pickover, 앞의 책, 100-101쪽.

회복했다. 그런데 그 소년은 손으로 만져서는 사물이나 거리의 차이를 지각할 수 있었지만 눈으로는 구별할 수 없었다. 그는 보는 학습을 하지 않았기 때문이다. 이 결과, 공간조차도 경험적 학습의 산물이라는 주장이 대두되었다.* 정상적인 시력인데 사물을 지각할 수 없다니! 시간을 지각할 수 있는 어떤 능력이 결여되어 전혀 학습되지 못하다가 정상으로 돌아와서 세상과 마주쳤을 때는 어떨까? 변화와 운동을 지각할 수 있을 것인가? 아, 상상의 어려움이여! 보라, 시간은 공간보다 더 복잡하고 우리를 더 단단하게 구속하고 있지 않은가.

5. 시간을 의심한다

우리는 지금까지 권력 행사의 발산구로서의 삶의 양식을 규정짓는 시간을 보고, 시간의 정의와 개념분석을 칸트를 통해 보았고 경험적 시간의 특성들도 열거해 보았다. 자연의 수학화라는 근대 과학의 성립과정에서 운동을 시간의 함수로 보는 갈릴레이의 혁명적 사고의 일단을 보고 경험적 시간의 특성과의 관계와 시간의 수학화가 포섭 실패라는 측면도 지적했다. 20세기의 상대성이론은 우리에게 동시성의 상대성을 보여주며 전우주적 현재라는 것이 허구임을 보였다. 몇 가지 예를 통해서 시공간을 사고하는 우리의 뇌는 우리가 신뢰하는 만큼 완전하지도 않고 오류가능하다는 사실도 보았다. 이제는 학문적 영역에서 시간을

---

* 진은영, 앞의 책, 122쪽.

의심하는 두 인물을 만나보려 한다. 한 사람은 영어권의 시간론에 불을 지핀 맥타가트이고 나머지 한 사람은 20세기 최고의 수학자 중의 한 사람인 괴델(Kurt Gödel, 1906~1978)이다. 두 사람의 논지를 간단하게 나마 스케치하고 의의를 살펴보려 할 것이다.

5.1 맥타가트

1908년에 영국의 신헤겔학파에 속하는 맥타가트(John Ellis Mctaggart, 1866~1925)는 시간의 비실재성에 대한 논문을 발표한다. 그에 의하면 시간은 과거, 현재, 미래라는 개념에 근거하여 생성 소멸이라는 변화에 주목하는 측면과 시간의 선후 관계로 주목하여 사건이 점유하는 시간 위치라는 두 가지 측면으로 나누어진다. 전자는 '흐르는 지금'으로 이행하는 사건에 주목하며 후자는 '정지하는 지금'으로 사건의 자리매김에 초점을 맞춘다. 전자는 A계열, 후자를 B계열로 부른다. A계열은 직관적 혹은 주관적 시간이라고 볼 수 있으며 B계열은 형식적 혹은 물리적 시간과 상당히 닮아 있다. 각각에 대해 예는 다음과 같다.

1) 최종성은 비밀스럽게 리만가설(Riemann Conjecture)*을 연구해오다 완벽한 증명을 목전에 두고 숨을 거두고 말았다.
2) 리만가설 증명의 핵심 아이디어는 연구시작으로부터 30년이 지난 2036년에 그에게 다가왔다.

---

* $\zeta(s) = \sum_{n=1}^{\infty} \frac{1}{n^s} = 0$ 의 영점이 $Re(s) = \frac{1}{2}$ 을 만족함을 보이는 것이다. 단 s 는 복소수이다. 100만 달러의 현상문제이다.

맥타가트는 B계열은 A계열을 전제하고 있다고 보았다. 즉, 물리적 시간은 직관적 시간을 전제한다고, 자리매김 된 사건 위치는 이행하는 사건을 전제한다고 보았다. 그래서 B계열이 본질적이기는 하지만 A계열이 궁극적이고 기본적이라고 보았다. 그러나 그에 따르면 A계열에서 과거, 현재, 미래라는 시간 양상은 독자성을 가진 것이 아닌 다분히 주관적이다. 즉 선후관계의 A계열에서는 하나의 사건이 과거적인 것일 수도 있고 동시에 미래적인 것일 수도 있다. 그는 이것을 시간의 패러독스라 하고 시간이 비실재적임을 함축한다고 주장한다.

이 패러독스에 대해서는 A와 B 두 계열, 물리적 시간과 직관적 시간 중에서 어느 쪽을 더 근원적으로 보느냐에 따라 두 파로 나누어진다. 어느 누구도 맥타가트의 논지에 쉽게 동의하지는 않을 것이다. 정작 어려운 지점은 두 계열이 서로 어떤 관계에 있는지를 이해하기는 쉽지 않다는 점이다. 맥타가트의 공헌은 시간 표현을 더 정확하게 하였다는 점일 것이다. 각자가 나름대로 이 두 계열의 관계에 대해 입장을 정리해 보는 것은 의미 있는 일일 것이다.

5.2 괴델

2006년은 괴델 탄생 100주년으로 세계 각국에서 기념학회 등이 열렸는데, 국내에서도 '왜, 괴델인가?'라는 주제로 학술행사가 있었다. 괴델에 대해서 노이만(John von Neumann, 1903~1957)은 아리스토텔레스(Aristoteles, BC384~BC322) 이후의 최고의 논리학자로, 오펜하이머(Robert Oppenheimer, 1904~1967)는 이성의 한계를 보여준 사람으로 각각 최고의 찬사를 보냈다. 그의 불후의 작품-불완전성정리-과 위상은 그 심오함과 중요성에도 불구하고 수학자 사이에서조차 제자리를 찾지 못하고 있는 듯 보인다. 불완전성정리를 언급하지 않고 넘어갈 수는 없다. 수학의 많은 분야에 통달한 마지막 거인 힐베르트(David Hilbert, 1862~1943)는 소위 힐베르트 프로그램이라고 불리는, 모든 수학의 기초를 유한 개의 공리들을 바탕으로 완전한 형식체계를 세우려는 꿈을 가지고 있었다. 즉 모든 수학적 진리가 각각 하나의 정리로 번역되고 또 역으로도 성립하는 형식체계였다. 이것이 실현될 수 없는 꿈이라는 것이 괴델의 불완전성정리이다. 자연수를 포함하는 그 어떤 형식체계도 무모순*이라면 그 형식체계 내에서는 반드시 참과 거짓을 구별할 수 없는 명제가 존재한다는 것을 증명하였다. 또 그러한 결정불가능명제의 한 예로 '그 형식체계가 무모순이다.'임을 보였다. 전자의 내용은 증명의 세계보다 진리의 세계의 더 크다는 것을 말한다. 후자는 비유적으로 표현하자면 '내가 미치지 않았다는 것을 나는 증명할 수 없다.'가 될 것이다. 이것으로 수학의 기초는 불완전해진 것은 분명하지만 불가능하다는 것을 말하는 것은 아니다. 다만, 지금과는 다른 새로운 수학의 가능성을 고려해야만 한다는 사실을 강력하게 시사하고 있다.

시간의 비실재성에 관한 괴델의 논증을 따라가 보도록 하자.**

---

* 그 형식체계에서 하나의 정리가 참과 거짓이 동시에 유도되어 나오지 않는 경우를 일컬음.

** Palle Yourgrau, *A World Without Time*, 곽영직·오채환 옮김, 『괴델과 아인슈타인』, 지호, 2005, 7장.

(1) 아인슈타인의 특수상대성이론의 동시성의 상대성에 의하면 객관적이고 세계적인 '현재'가 존재하지 않는다. 이것은 맥타가트의 A계열, 즉 직관적 시간이 존재하지 않는다는 것을 의미한다. 그러면 남는 것은 B계열, 즉 형식적 시간(t)만 남게 된다.

(2) 중력을 일반상대성이론에서는 운동하고 있는 물질의 분포에 의해 결정되는 시공간의 곡률이라고 정의한다. 다시 말하면, 물질의 주변에는 시공간이 휜다는 것을 의미한다(절대공간의 죽음). 따라서 두 지점의 최소거리를 진행하는 빛은 휜 시공간을 따라 진행하게 된다. 시공간 곡률의 극한 형태가 블랙홀이다. 이는 아인슈타인의 장방정식*으로부터 유도되는 사실이다. 관성계만을 다루는 특수상대성이론에서는 어떤 기준계도 우월할 수는 없지만 일반상대성이론에서는 만약 우주 물질의 평균 운동을 따르는 기준계는 다른 것과 구별될 수 있을 것이다. 이는 다시 A계열–직관적 시간으로서 우주 시간을 부활시킬 수 있다.

(3) 괴델은 아인슈타인의 장방정식의 특수한 해를 찾았는데, 1915년에 등장한 이 방정식의 알려진 해는 그리 많지 않다. 그 해는 괴델의 우주라고 불리는 회전하는 우주이다. 물론 현재의 우리 우주는 회전한다는 아무런 증거가 없다. 이 괴델 우주는 우리에게 특별한 사실을 알려준다. 괴델 우주에서는 기하학적 구조가 극단적이어서 우리 세상에서는 생각할 수 없는 시공간 경로를 가지고 있다. 괴델이 증명한 것은 이 우

---

* 우주에 분포되어 있는 물체와 에너지의 분포상태를 표현하는 방정식 $G_{\mu\nu} = (8\pi G/c^4) T_{\mu\nu}$, 좌변은 시공간의 곡률을 나타내는 텐서(tensor)이고 우변은 에너지–운동량 텐서이다.

주에서는 미래를 향해서 달려도 과거로 도달할 수 있는 폐쇄된 시간 경로(Closed Timelike Curve)가 존재한다는 것이다. 이 결과에 대해서 괴델은 돌아갈 수 있는 과거라는 것은 결코 지나간 것이 아니며 이는 직관적 시간이라고 할 수 없다. 즉 괴델 우주에서의 시간여행의 실재성은 시간의 비실재성을 반증한다고 주장한다.

(4) 괴델은 괴델 우주에서의 시간의 비실재성을 우리 우주에서의 비실재성에 대해 다음과 같이 논증한다. 존재할 필요가 있는 것(시간)은 모든 가능한 세상(괴델 우주를 포함해서)에 존재하지 않는 한 전혀 존재하지 않는다. 따라서 우리 우주에서도 시간은 존재하지 않는다. 이 말은 이렇게 바꿀 수도 있다.

(시간은 존재할 필요가 있다∧시간이 우리 우주에 있다)
→ 시간이 괴델 우주에 있다
시간이 괴델 우주에 없다
→ (시간은 존재할 필요가 없다∨시간이 우리 우주에 없다)

독자 중에는 이상한 우주에서 시간이 없는 것이 우리 우주와 무슨 상관이냐고 물을 수 있다. 괴델 우주는 아주 이상해 보이는 것은 사실이다. 하지만, 그것은 특수하게 만들어 낸 것이 아니라 장방정식을 풀어서 나온, 일반상대성이론이 적용되는, 즉 물리적으로는 아무런 문제가 없는 우주임을 강조해 두고 싶다. 그리고 우리 우주에서 시간이 실재하고 모든 존재에 영향을 미치는 정도의 필요성을 가진 것이라면 괴델 우주에서도 존재해야만 한다는 것을 주장하는 것이 (4)의 논증이다. 물론 확정적인 논리라고는 볼 수 없다. 하지만 충분히 음미해 볼 만한 내용임에는 틀림없다고 생각한다. 하지만, 괴델의 시간 비실재성 논증은 물리학과 철학에서 가볍게 다루어지고 있는 것도 사실이다. 불완전성정리처럼은 아니지만, '번뜩이는 지성의 하찮은 작업' 정도로.

우리는 아직도 시공간에 대해서 모르는 것이 너무도 많다. 지금까지 시간의 여러 측면을 부족하게나마 개관해 보았다. 시간 자체에 대한 사유가, 더 나아가 변화 없는 시간을, 시간 없는 변화를 사유하기가 얼마나 어려운지를 겪었다. 불가능해 보이기조차 한다. 조급하게 어떤 식의 결론을 내리려는 것이 아님은 독자도 잘 알 것이다. 다만 인문학과 자연과학이 접하는 이런 주제에 대해서 나름대로의 생각을 갖추려 노력하는 것과 이를 통한 자아발견이 중요하지 않을까 싶다. 요즈음은 사고하는 것조차 미래에 경제적 이익을 위해서 보아야 하는, 눈에 보이지 않는 매서운 감시 속에 살고 있는 느낌을 지울 수 없다. 삶에 대한 상상력의 회복을 위해서라도……

마그리트, 〈백지 위임장〉, 1965년
각 사물의 뚜렷한 입체감이 느껴지는 작품인데 자세히
보면 앞쪽에 위치한 말이 뒤에 있는 나무와 수풀에 가
려져 있는 공간적 갈등. 분명 말이 차지하고 있는 공간
은 연속적이 아니다. 공간의 디지털화! 격렬한 양자적
요동으로 플랑크길이(10^{-33}cm)나 플랑크시간(10^{-43}초)
이상 분할 불가능하다고 즉, 시공간의 최소단위의 존재
를 주장하여 주목받는 한 현대물리이론의 예측을 마그
리트는 예술가의 상상력으로 선취하고 있다.

6. 기대되는 물리 이론들과 맺음말

물리학의 역사는 시공간이란 무엇인가에 대한 탐구의 역사라고 그린 (Greene)은 말하고 있으며, 수학에서도 이 주제는 살아 숨 쉬고 있다. 나날이 발전하는 이론들은 언젠가 답을 돌려줄 것이다. 21세기 물리학 중 하나는 대통일이론이라고들 말한다(나 같은 문외한들은 원래가 거대담론에 매혹되는 법이다). 그 후보로서 루프양자중력이론과 초끈이론이라는 것이 있다. 루프양자중력이론에 따르면 시간과 공간은 연속적이 아니라 불연속(디지털)이라고 주장한다. 마그리트의 '백지위임장'을 보라. 디지털적이지 않은가? 예술가의 상상력은 과학에 비해 절대 뒤처지지 않는다. 초끈이론에서는 시공간이 근원적이 아니고, 무언가에 의해 짜여진 스웨터와 같은 것이라는 의견이 팽배해지고 있다고 한다. 두 이론은 아직까지 확실한 실험적인 검증을 받은 것은 아니다. 하지만 가까우면 10년 이내에도 이들 이론의 예측 검증이 가능할 수도 있다고 하니 시공간이 디지털인지 아날로그인지는 좀 더 기다려야 한다. 이외에도 흥미로운 결과로서 우리를 포함한 우주의 사건들이 우주경계의 사건이 모사된 홀로그램이라는 이론도 나오고 있다(우리는 허상?).

인문학이 위기가 아닌 적이 있었느냐만은 자연과학자의 시각으로도 심하지 않나 싶다. 원인소재를 따지고 싶지는 않지만 인문학이 실용학문이 아니라는 무지의 소산이지 않을까 싶다. 수학도 예외는 아니지만. 인문학적 개념들은 현대 수학과 물리학의 수식보다 훨씬 더 불쌍하다. 사람들은 수식 앞에서 주눅이 들지만 무가치함을 논하지는 않는다. 과학적 사고가 지배하는 세상에서 이 정체불명의 수식이 물질문명에 기여를 하고 있다는 일종의 기대라고나 할까? 인문학적 개념들에 대해서는 냉혹함마저 느껴진다. 가까운 미래에 인문과 자연이 융합할 수밖에 없는 상황이 도래할 것이라고 개인적으로 기대한다. specialist만큼이나 generalist가 우대 받는 사회가 오기를.

🕐 더 읽을 거리

1. 소광희, 『시간의 철학적 성찰』, 문예출판사, 2001

시간에 관한 거의 모든 철학적 접근을 다룬 책으로서 국내에서 나온 출판물 중에서는 단연 으뜸이라고 생각한다. 워낙 방대한 양이라서 시간에 관심이 있는 독자라면 흥미 있는 부분만 발췌해서 봐도 좋으리라 생각된다.

2. 브라이언 그린, 『우주의 구조』, 박병철 옮김, 승산, 2005

초끈이론의 첨단에 있는 물리학자가 일반인을 대상으로 안내하는 시공간의 역사 이야기이다. 되도록 수식을 사용하지 않으면서도 수준 높은 내용을 다루고 있으며 교양도서로서 전 세계적으로 호평을 받은 책이다.

3. 존 캐스티, 베르너 드파울리, 『괴델』, 박정일 옮김, 몸과마음, 2002

이 책은 괴델이라는 인물의 단순 소개를 넘어 그의 업적을 다각도로 다루었다는 점에 높은 점수를 주고 싶은 책이다. 불완전성 정리의 내용과 의미를 잘 파악할 수 있을 것이다.

4. 하오 왕, 『괴델의 삶』, 배식한 옮김, 사이언스북스, 1997

괴델과 각별한 사이였던 저명한 논리학자가 지은 책으로 주로 괴델의 삶에 초점을 맞추고 있다. 전기라서 쉽게 읽힐 수 있는 책이다. 괴델에 관심있는 독자라면 이 책을 먼저 읽어 인간 괴델과 만나보기를 추천한다.

5. 김제완 외 14인, 『상대성이론 그 후 100년』, 궁리, 2005

다양한 전공의 저자들이 보는 상대성이론의 활용과 설명으로 적극적으로 권하고 싶은 책이다. 상대성이론이 사회의 각 부분과 어떻게 연결되고 어떠한 파급효과가 있었는지를 쉽게 알 수 있다.

6. 한스 라이헨바하, 『시간과 공간의 철학』, 이정우 옮김, 서광사, 1986

시간과 공간에 대한 본격적인 철학서적으로 정평이 나 있는 책이다. 초보자가 읽어내기에는 쉽지 않은 내용들이다. 하지만 내용의 깊이로 인해 이를 대체할 만한 책은 찾아보기 힘들다.

생각해 보기

1. 시간은 인간의 발견인가 혹은 발명품인가?

2. '시간은 돈이다'라는 명제에서 어떤 것들을 읽어낼 수 있는가?

3. 변화 없는 시간 혹은 시간 없는 변화는 가능한가?

4. 수없는 혹은 수학 없는 세계는 가능한가?

5. 우리가 수학을 신뢰하는 근거는 무엇인가?

6. 수학은 오류불가능한가?

7. 공리에 바탕을 둔 수학이 완전할 수 있을까?

8. 수학의 시간 취급을 비판하라.

9. 시간 여행 역설에는 어떠한 것들이 있는지 조사해 보자.

1. 문화 공간의 보편성 획득이란?

인류 또는 어느 사회집단이 공통의 문화를 형성해 나간다는 것은 어떤 의미인가? 먼저, 문화라는 말의 개념을 정의해 둘 필요가 있다. 동양과 서양에서의 문화의 개념은 좀 다르지만, 개념의 폭의 차이일 뿐이다. 먼저, 동양의 경우를 보면, '문화' 자체를, 광의적으로 인지(人智)가 깨고 세상이 열리어 밝게 되는 현상으로부터 출발하여, 문덕(文德)으로 백성을 가르쳐 이끄는 행위까지를 문화로 규정*하고 있다. 그러나, 요즈음의 우리들은 영어권의 culture로 한정해서 주로 '문화'라는 단어를 사용하고 있다. 즉, 인간이 자연에 조작을 가해 형성해 온 물심양면의 성과를 일컫는 용어로 사용한다. 이것은 의, 식, 주를 비롯해, 기술, 학문, 예술, 도덕, 종교, 정치 등 생활형성의 양식과 그 내용을 포함하는 개념이다. 문명과 거의 같은 의미로 사용되기도 하나, 서양에서는 인간의

---

* 이희승 편저, 『국어대사전』, 민중서림, 1996.
　新村出 編, 『広辞苑』, 岩波書店, 1998.

정신적 생활에 관계되는 것을 문화로 지칭하여, 기술적 발전이라는 뉘앙스가 강한 문명과는 구별하고 있다. 이런 문화에 관한 광범위한 지식을 쌓아가는 것이 교양이라고 할 수 있다. 온 인류는 이 교양을 쌓으려고 무던히도 애썼고, 현대의 교양 교육은 이를 섭렵하려 또한 고투하고 있다.

한편 시각을 한 개인에게 초점을 맞춘다면, 문화는 그 개인이 삶을 영위하는 패턴들의 모임이라고도 정의할 수 있다. 서로 속한 사회 집단이 틀리면, 서로 다른 삶의 양식을 갖게 되므로, 글로벌 시대에는 상호 간의 문화를 이해해야 하는 필요성이 너무도 절실하다.

이러한 문화는 유구한 역사, 시간 속에서 형성된 인간이라는 요소 사이의 공간이라고 보는 시각도 가능한데, 본 항목에서는 문화 형성과정의 한 예로 고대 일본인들의 시간개념을 화두로 올리려 한다. 문화 공간은 보편성을 획득해야 하는데, 이 보편성의 획득 과정을 시간이 소유한 상징 이미지의 측면에서 접근하자는 것이다.

하루의 시작을 언제로 보느냐 같은 간단할 것 같은 문제도, 세계라는 시야 혹은 역사라는 흐름의 공간에서는 참으로 다양한 입장이 공존한다. 예를 들어, 성경에 나타나는 이스라엘 민족의 경우에는 하루의 시작이 완전히 해가 떠오른 아침 6시에서 출발한다. 이미 자정에서부터 하루의 시작이라고 정한 보편적인 약속 속에 사는 현대의 우리들은 이스라엘의 아침의 개념이 생소하고 신선하다. 이렇게 우리가 누리는 보편성에 서서 다른 집단의 또 다른 보편성을 바라보는 것은 무척 흥미로운 일이 아닐 수 없다.

또, 한 예로 우리나라는 사계절이 있음에 고마워하고, 자랑스러워한다. 일본인들 또한 우리에 못지않게 사계절에 대한 자긍심이 대단하다. 그러나, 이 계절에 대해 느끼는 감각은 한국과 일본이 동일하지 않다. 물론 자연에 대해 느끼는 감흥이라는 것은, 보편성을 떠나 각자가 각양 각색으로 느끼는 것이 더 당연할지 모른다. 하지만, 자연에 대한 감흥이나 이미지가 고착되어 있는 고대일본인들의 문화는, 그 사회집단의 계절감이 개인의 계절감까지 콘트롤하는 놀라운 면모를 보이기 때문에, 한국인인 우리들에게 아주 이색적으로 다가온다. 아니, 오히려 계절이라는 시간에 그 나름대로의 이미지를 설정해 놓는 사회집단의 행위는, 이방인들에게 문화적 이질감에서 오는 작은 충격을 던진다고 표현해야 옳을 것이다. 이러한 작은 충격에 대해 다음의 일본 고전문학 작품을 실마리로 해서 고찰해 보도록 하자.

2. 계절감이라는 상징공간 속으로

(1) 일본인 정서의 대변자 『枕草子』(마쿠라노소시)

일본이 세계에 자랑하는 고전작품 중에는 『枕草子』(마쿠라노소시)라는 것이 있다. 당대의 영재 중의 영재인 清少納言(세이쇼나곤)*이라는 여인이 쓴 수필집이다. 이 작품의 가치라면, 수필문학의 효시라든가 여러 방면에서 평가가 가능하나, 그 중에서도 일본문화의 정수를 전하고

---

* 일본 헤이안시대(平安時代)의 뇨보(女房 : 귀족이나 궁정에 속한 고위급 女官). 가인이 며 수필가. 966년경 출생하여 1020년대 말경 사망한 것으로 추정하고 있음.

있다는 점을 꼽을 수 있을 것이다. 환언하자면, 가장 일본적인 것을 끄집어내어 일본인들에게 수긍 또는 동의를 얻은 작품이라는 것이다. 이 작품의 첫머리는 다음과 같이 시작한다.

春はあけぼの。やうやうしろくなりゆくやまぎは、すこしあかりて、紫だちたる雲のほそくたなびきたる。

봄은 동틀 무렵. 산 능선이 점점 하얗게 변하면서 조금씩 밝아지고, 그 위로 보랏빛 구름이 가늘게 떠 있는 풍경이 멋있다.

夏は夜。月のころはさらなり、闇もなほ、蛍のおほく飛びちがひたる。また、ただ一つ二つなど、ほのかにうち光りて行くもをかし。雨など降るもをかし。

여름은 밤. 달이 뜨면 더할 나위 없이 좋고, 칠흑같이 어두운 밤에도 반딧불이가 반짝반짝 여기저기서 날아다니는 광경은 보기 좋다. 반딧불이가 달랑 한 마리나 두 마리 희미하게 빛을 내며 지나가는 것도 운치 있다. 비오는 밤도 좋다.

秋は夕暮。夕日のさして山の端いと近うなりたるに、烏のねどころへ行くとて、三つ四つ、二つ三つなど飛びいそぐさへあはれなり。まいて雁などのつらねたるが、いと小さく見ゆるは、いとをかし。日入り果てて、風の音、虫の音など、はた言ふべきにあらず。

가을은 해질녘. 석양이 비추고 산봉우리가 가깝게 보일 때 까마귀가 둥지를 향해 세 마리나 네 마리, 아니면 두 마리씩 떼지어 날아가는 광경에는 가슴이 뭉클해진다. 기러기가 줄지어 저 멀리로 날아가는 광경은 한층 더 정취 있다. 해가 진 후 바람소리나 벌레소리가 들려오는 것도 기분 좋다.

冬はつとめて。雪の降りたるは言ふべきにもあらず、霜のいと白き
も、またさらでもいと寒きに、火などいそぎおこして、炭持てわたる
も、いとつきづきし。昼になりてぬるくゆるびもていけば、火桶の火
も、白き灰がちになりてわろし。*

겨울은 새벽녘. 눈이 내리면 덧없이 좋고, 서리가 하얗게 내린 것도
멋있다. 아주 추운 날 급하게 숯을 들고 지나가는 모습은 그 나름대로
겨울에 어울리는 풍경이다. 이때 숯을 뜨겁게 피우지 않으면 화로 속
이 금방 흰 재로 변해버려 좋지 않다.**

이 작품은 각 항목별(章段)로 나누어져 있지만, [봄은 동틀 무렵]이라
고 시작되는 첫머리는, 일본인이라면 누구나가 읊조릴 수 있는 명구(名
句) 중의 명구(名句)라 할 수 있다. 각 문단이 명사형 문장으로 시작되고
있어, 한국인에게는 어쩜 투박하게 느껴질 수 있지만, 그 문단을 다 읽
고 나면, 봄은 동틀 무렵의 아침노을이 가장 아름답다는 이야기구나라
고 알 수 있다.

필자가 대학시절 제반의 지식이 없이 이 작품을 대했을 때는, "어머,
특이하네. 난 봄은 역시 따사로운 햇빛이 눈부신 한낮이 좋은데."하고
일축해 버렸었다. 한국의 여느 수필을 대하듯이 이 작품을 대했던 것이
다. 그러나, 일본 고대인들의 문화코드를 이해한 후에, 『枕草子』(마쿠
라노소시)를 대했을 때는 전혀 다른 차원의 작품해석이 형성되었다.

---

* 松尾聰, 永井和子 校注 『枕草子』(新編日本古典文学全集18, 小学館, 1997)의 원문을
　인용하였다. 이하도 동일함.
** 정순분 역의 『마쿠라노소시』(갑인공방, 2004)의 번역문을 인용하였다. 이하도 동일함.

曙の朝焼け : 여명의 아침노을

즉, [산 능선이 점점 하얗게 변하면서 조금씩 밝아지고, 그 위로 보랏빛 구름이 가늘게 떠 있는 풍경이 멋있는] 봄의 동틀 무렵이라는 것은, 작가 淸少納言(세이쇼나곤)의 개인의 경험에 한정된 지극히 주관적인 계절적 감각이 아니라는 것이다. 당시 일본 고대사회의 보편성이 녹아있는 감흥이라는 것이다. 그렇기 때문에, 인구에 회자된 것이고, 고전작품의 정수라는 위상을 획득했던 것이다. 그러한 사회적 계절감을 꼭 집어낼 수 있었던 것이, 淸少納言(세이쇼나곤)의 천재성이기도 하다. 그러면, 이 천재여인의 재기 넘치는 감각이 길러지는 토대는 어떤 것이었을까?

(2) 뇨보(女房)라는 여성고위공무원과 와카(和歌)의 소양

이 淸少納言(세이쇼나곤)이라는 여인의 학식과 정서를 이해하려면, 먼저 그 무엇보다도 淸少納言(세이쇼나곤)의 직업을 이해해야 한다. 淸少納言(세이쇼나곤)은 이른바 궁중에 출사(宮仕え)하는 뇨보(女房)라는 직업여성이었다. 당시 平安時代(헤이안시대)에 밖에 나가서 일하는 여성의 유일한 존재라고 간주해도 무관할 것이다. 원래는 궁중에 출사하는 여성을 가리키지만, 그 밖의 귀인들의 집에 출사하는 여성도 포함하는 개념으로 보면 된다.

뇨보(女房)의 [房]이라는 것은 글자의 의미 그대로, 궁중이나 귀인의 집에 자신의 거처를 둔 전문직 여성이라고 보면 된다. 平安(헤이안) 당대에 가장 유명한 뇨보(女房)는 지금 소개하는 淸少納言(세이쇼나곤)과 일본이 가장 자랑하는 고전소설 『源氏物語(겐지이야기)』를 집필한 紫式部(무라사키시키부)를 들 수가 있다. 이 두 여성의 이름을 보면 가족 중의 누군가의 관직명(少納言、式部)으로 불리고 있고, 본명은 알 수가 없다. 즉, 淸少納言(세이쇼나곤)의 '淸(세이)'는 淸原(기요하라)라는 가문을 나타낸다. 이 淸原(기요하라)가문은 학문과 가도(歌道)로 유명한 집안으로, 증조부와 부친은 둘 다 유명한 가인(歌人)이었다.

본인 淸少納言(세이쇼나곤)도 중고36가선(中古三十六歌仙)에 들어가는 걸출한 가인(歌人)이며 작가이다. 이러한 집안배경에 의해, 당대의 여성으로서의 최고의 지위에 있는 왕후(后)를 보좌하는 뇨보(女房)로서 출사하게 되는 것이다. 당시는 최고의 귀족들이 서로 앞다투어 자신의 딸을 왕후(后)의 자리에 앉혀 외척세력으로 득세하여 정치 실권을 장악

하는 정치구조였기 때문에, 왕후(后)들은 막강한 경쟁 속에서 천황의
애정을 얻어내야 하는 막중한 임무를 띠고 있는 셈이다. 그리하여, 이
왕후(后)들에게는 여러 방면의 지식이나 교양이 절실히 필요했고, 또
요구되었다. 후견세력인 왕후(后)의 아버지들은 이러한 딸들에게 최고
수준의 교양을 갖추도록 교육했고, 이러한 일련의 과정 속에서 궁중을
중심으로 한 문화살롱이 형성되고, 이 문화살롱을 지키고 화려한 문예
활동이 꽃피울 수 있도록 淸少納言(세이쇼나곤) 같은 재녀들이 출사하
게 되는 것이다. 일반적으로 궁중에 출사하는 여관(女官)과는 좀 다른
개념의 여성고위공무원인 것을 확인해 둘 필요가 있다. 즉, 수령계급의
중류귀족 출신의 여성 중에 귀인의 가정교사 내지는 비서 일을 담당하
는 전문직 여성인 것이다. 淸少納言(세이쇼나곤)도 자신의 직업에 상당
한 프라이드를 갖고 있었고, 『枕草子』(마쿠라노소시) 21단에서 다음과
같이 언급하고 있다.

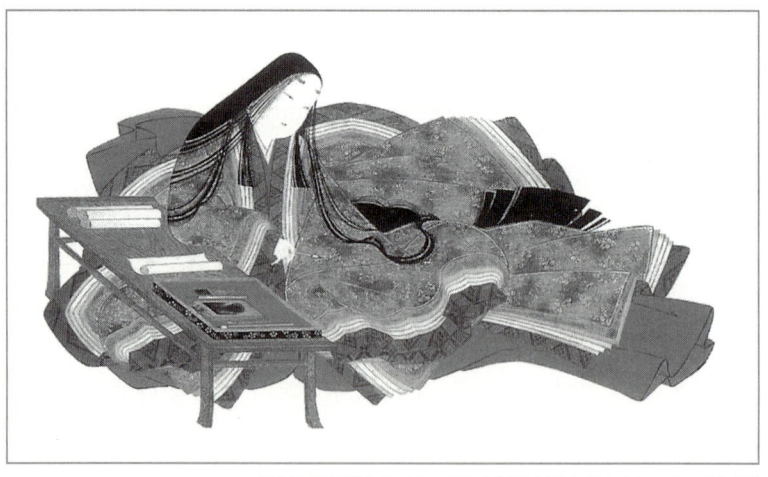

淸少納言(菊池容斎 · 画、明治時代)

生ひさきなく、まめやかに、えせざいはひなど見てゐたらむ人は、い
ぶせくあなづらはしく思ひやられて、なほ、さりぬべからむ人のむす
めなどは、さしまじらはせ、世のありさまを見せならはさまほしう、
内侍のすけなどにてしばしもあらせばやとこそおぼゆれ。

앞날에 아무런 희망도 없이 오로지 남편만을 바라보며 가정을 지키는
것을 행복으로 꿈꾸는 사람은, 적어도 내가 보기에는 한심하기 짝이
없다. 웬만한 신분이 있는 딸이라면 역시 뇨보로 입궐하여 이 세상이
얼마나 넓은지 봐야 하고, 만약 될 수만 있다면 나이시노스케(典侍)*
자리까지 오르도록 해야 한다.

일본의 경우는 입궐 자체가 한 여인으로서의 삶을 포기하는 일은 아
니었다. 다시 말하자면, 왕의 여자가 될 가능성을 전제로, 결혼과 출산
을 포기하고 일생을 바치는 행위는 아닌 것이다. 뇨보(女房)라는 직업은
결혼도 연애도 자유다. 다만 아이가 있을 경우 같이 입궐하지는 않지만,
개인사정에 의해 언제든 그만둘 수 있는 자유가 있었다. 清少納言(세이
쇼나곤)도 첫남편인 다치바나노노리미쓰(橘則光)와 이혼 후 입궐한 경우
이다. 이렇듯 한국의 궁녀나 여관(女官)과는 그 성질이 다르다. 清少納
言(세이쇼나곤)은 뇨보(女房)라는 직업을 전문직이라는 프라이드를 갖고
적극 추천하고 있다.

그렇다면, 이처럼 전문적인 지식을 가진 여성이 왜 필요했을까? 뇨보
(女房)가 섬기는 주인이나 그 집안을 주가(主家)라고 하는데, 清少納言
(세이쇼나곤)의 주가(主家)는 후지와라 집안의 영애 데이시(藤原定子)

---

* 중류 계급의 여성이 오를 수 있는 최고의 관직임. 천황의 가까이에서 주청(奏請), 선전
(宣傳)업무를 담당함.

즉, 후지와라노미치타카(藤原道隆) 일족이다. 앞서 언급한 듯이, 황후(后) 후보인 후지와라노데이시(藤原定子)의 와카(和歌)*실력을 보좌하기 위해 채용되었던 것이다. 그렇다면, 와카(和歌)라는 문학 영역이 당시에 어떠한 위상을 가졌던 것일까?

헤이안시대에는 천황의 배우자가 되기 위해 공부하는 필수과목이 있었는데, 그것은 바로 와카(和歌), 습자(お習字), 음악(音楽)이었다. 이 과목들은 종합교양적인 것으로서, 교양 자체가 사람과 사람과의 관계에 영향을 미친다는 사고방식에서 출발한 것이었다. 자신의 평판관리나 커뮤니케이션에서 큰 영향을 끼치는 [교양]이라는 것을, 와카(和歌), 습자(お習字), 음악(音楽)으로 연마한 것이다. 이는 단순한 취미를 넘어서 삶을 영위하기 위한 방편이었다. 일반귀족들도, 와카(和歌) 없이는 연애도 결혼도 할 수 없는 것이 현실이었다. 또한, 학문의 근본을 이루는 것이었다. 와카(和歌)를 주고받기 위해 습자(お習字)를 연습했고, 음악을 연주하며 읊조리는 가사 역시 와카(和歌)이다. 대표적인 일례로, 무라카미 천황(村上天皇)**의 황후였던 호시(芳子)의 에피소드를 잠시 소개하고자 한다.

옛날 무라카미(村上)천황 시대에 센요덴뇨고(宣耀殿女御)***라는

---

* 와카(和歌) : 일본고유의 산문문학이 나오기 이전부터 존재한 한시(漢詩)에 대응하는 일본고유의 문학형식. 6세기의 만요슈(万葉集)에서 현대까지 이어지는 문학장르. 31(5.7. 5.7.7.)문자로 이루어진 短詩型文学.

** 제62대 천황. 재위기간은 946-967년.

*** 뇨고는 천황의 후궁으로 황후, 중궁 다음의 지위이다. 내친왕이나 여왕, 아니면 섭정 관백, 대신의 딸 가운데 나오는 경우가 일반적이다. 여기서는 센요덴에 기거하는 뇨고라는 뜻으로, 후지와라노호시(藤原芳子)를 가리킨다.

분이 계셨는데, 자네들도 그분이 고이치조(小一条)좌대신(左大臣)님의 따님인 것은 다 알지. 유명한 분이시니 말일세. 그 따님이 입궐하기 전에 그 부친인 대신께서 늘 '첫째는 붓글씨(お習字)를 배우도록 해라. 그리고 둘째는 와곤(和琴)*을 다른 사람보다 잘 칠 수 있도록 할 것이며, 셋째는 『고킨슈(古今集)』** 20권을 전부 암기해서 학문의 표본으로 삼도록 해라'하고 가르치셨네. 천황께서는 일찍이 그 얘기를 들으신지라 모노이미(物忌み)***날이 되자 『고킨슈』를 갖고 뇨고 방으로 납시어 사이에 휘장을 놓고 앉으셨네. 뇨고께서는 평소와는 달리 서먹서먹하신 태도를 이상하게 여기셨지만, 천황께서 『고킨슈』를 펼치고, '아무개 달 어떠어떠한 때에 누구누구가 읊은 노래는 무엇인가'하고 물으시자 아 시험을 치르실 참이구나 하고 눈치채고 재미있다고 생각하셨다네. 그러나 혹 잘못 외우거나 잊어버린 곳이 있으면 어쩌나 하고 걱정을 많이 하셨지. 천황께서는 노래(和歌)에 일가견이 있는 뇨보 두세 사람을 불러 바둑돌로 승패를 셈하도록 하셨는데, 뇨고께 문제를 내시는 용자가 얼마나 멋지고 근사했을지 생각해 보게나. 나는 그때 옆에 대령했던 뇨보들까지 다 부러워진다네. 천황께서 그렇게 문제를 내시면 뇨고께서는 다 안다는 듯이 생색내며 대답하지는 않았지만 단 한 수도 틀리시지 않았네. 오히려 천황께서 틀리는 곳을 못 찾아내면 체면이 서지 않는다고 계속 문제를 내셨지.(枕草子 第20段)

---

* 일본 고유의 현악기로 거문고와 비슷한 6현금.
** 고킨와카슈(古今和歌集)의 약칭. 다이고천황(醍醐天皇)의 칙령에 의해 편찬된 최초의 칙찬와카집(勅撰和歌集). 平安時代의 延喜5年(905年)에 성립. 同年4月18日(5月29日)에 다이고천황(醍醐天皇)에게 주상(奏上)되었다.
*** 음양도에서 귀신의 재난을 피하기 위해 외출을 삼가고 외부와의 접촉을 피하는 일.

村上の御時に、宣耀殿の女御と聞えける小一条の左の大殿の御むす
めにおはしけると、誰かは知りたてまつらざらむ。まだ、姫君と聞え
けるとき、父おとどの教へきこえたまひけることは、『一つには御手
を習ひたまへ。次には琴の御琴を、人よりことに弾きまさらむとお
ぼせ。さては古今の歌二十巻をみな浮かべさせたまふを御学問には
せさせたまへ』となむ聞えたまひけると、聞しめしおきて、御物忌な
りける日、古今を持てわたらせたまひて、御几帳を引きへだてさせ
たまひければ、女御、例ならずあやしとおぼしけるに、草子をひろげ
させたまひて、『その月、何のをりぞ、人のよみたる歌はいかに』と問
ひきこえさせたまふを、かうなりけりと心得たまふもをかしきもの
の、ひが覚えをもし、忘れたるところもあらば、いみじかるべき事
と、わりなうおぼし乱れぬべし。その方におぼめかしからぬ人二、三
人ばかり召し出でて、碁石して数置かせたまふとて、強ひきこえさせ
させたまひけむほどなど、いかにめでたうをかしかりけむ。御前に候
ひけむ人さへこそ、うらやましけれ。せめて申させたまへば、さかし
うやがて末まではあらねども、すべてつゆがふ事なかりけり。

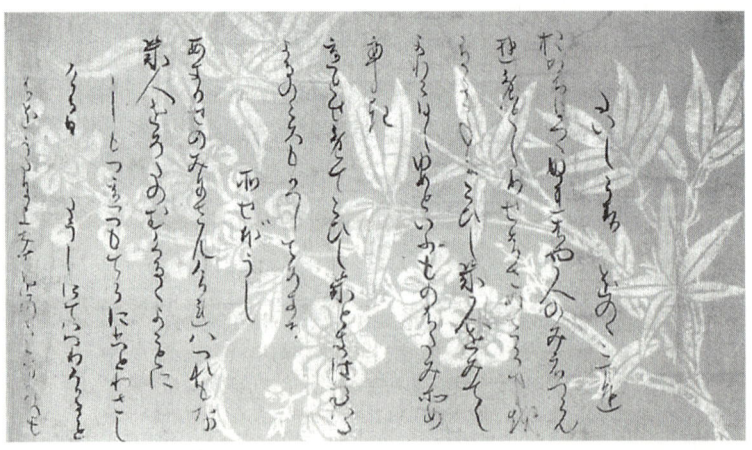

고킨슈

이 에피소드는 입궐 전부터 와카(和歌) 실력을 닦기 위하여 고킨슈(古今集) 20권을 암송했던 호시(芳子)가, 입궐 후 배우자인 무라카미천황(村上天皇)에 의해 테스트를 받는 장면에 관한 것이다. 이는 비단 호시(芳子)의 경우에만 국한되는 이야기는 아니다. 이 이야기를 인용한 淸少納言(세이쇼나곤)의 주가(主家)인 후지와라노데이시(藤原定子)도 거느리고 있는 뇨보들에게 비슷한 테스트하면서 이 이야기를 들려주고 있는 것이다. 당시의 천황을 비롯한 귀족계급에게 요구되는 소양이 어떠한가를 설명해 주는 단적인 예라 하겠다. 이러한 높은 레벨의 교양을 갖추기 위해 뇨보들을 고용하게 되는 것이다. 각 담당분야는 달랐겠지만, 일설에 의하면 후지와라노쇼시(藤原彰子)의 경우는 입궐 당시 40여 명의 뇨보가 보좌한 것으로 알려지고 있다.

(3) 『枕草子』(마쿠라노소시)와 와카(和歌)의 세계

이제 다시, 『枕草子』(마쿠라노소시)의 모두(冒頭)부분으로 돌아가 보도록 하자. 淸少納言(세이쇼나곤)이 수필의 첫머리에 제시한 계절의 인식방법이 와카(和歌)의 세계와 어떻게 이어지는지 알아보고자 한다.

앞서 설명하였듯이, 헤이안시대는 와카(和歌)를 학문의 기초이자 당대의 문화의 근간으로 하고 있다. 당연히, 淸少納言(세이쇼나곤)은 와카(和歌)의 세계에서 배양된 정서의 소유자였을 것이다. 아니, 전문가인(專門歌人)집안 출신으로 일반 귀족보다도 월등히 와카(和歌)적인 환경에 노출되었던 것이다. 따라서, 『枕草子』(마쿠라노소시)가 와카(和歌)의 전통을 어떻게 계승하고 있으며, 또 淸少納言(세이쇼나곤) 자신이 이룩한 독창성의 세계는 어떠한 것인가에 관한 규명은 일찍이 일본 국문학연구자들이 즐겨 채택했던 연구분야였다. 주로, 『枕草子』(마쿠라노소시)의 형식과 와카와의 관계에 관한 것이라든가, 『枕草子』(마쿠라노소시) 속의 와카(和歌)의 전통적인 영법(詠法)과 일치하는가의 여부를 판단하는 것 등이다. 즉, 『枕草子』(마쿠라노소시)의 가장 기본 형식인 유취적장단(章段), 그 중에서도 모두부분과 같이 「~는」으로 시작되는 장단(章段)에 관해서는 『고킨와카로쿠조(古今和歌六帖)』*, 『우타마쿠라(歌枕)』** 등의 와카서(和歌書)의 영향관계가 다수의 논문에서 지적되었고, 또한, 와카(和歌)라는 문학장르는 그것을 읊는 유형과 규칙이 있어, 일반적으로 그 영법(詠法)이 변주곡과 같이 답습되는데, 『枕草子』(마쿠라노소시) 속의 와카(和歌)가 이러한 영법(詠法)을 계승하고 있는가 아닌가에 관한 선행연구들이 활발했던 것이다. 이러한 선행 연구들은 『枕草子』(마쿠라노소시)의 와카(和歌)세계의 계승적인 면과, 와카(和歌)세계에의 도전적인 면을 아주 섬세하게 규명해내고 있다. 그러면, 여기서 독자들에게 너무도 생소한 와카(和歌)의 세계를 잠시 소개하도록 하자.

---

* 헤이안시대 중기에 편찬된 류제와카집(類題和歌集). 와카의 테마별로 노래를 모아 정리한 가집. 편자불명.

** 우타마쿠라(歌枕)란 원래 가학용어(歌学用語)로, 와카에 읊어지는 지명을 뜻하지만, 여기서는 와카에 사용해야 하는 가어(歌語)들을 모아놓은 노인우타마쿠라(能因歌枕) 같은 서적을 가리킨다. 각 지명이나 단어는 고유의 이미지로 정착되어 있다. 예를 들면, 밤 야(夜)라는 단어를 와카에 읊으려면 먼저 무바타마노(むばたまの)라는 말이 먼저 와야 한다는 등의 규칙에 관해 설명해 놓은 가학서(歌学書)이다.

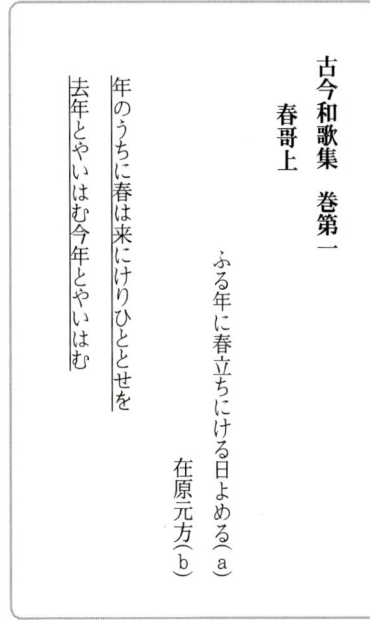
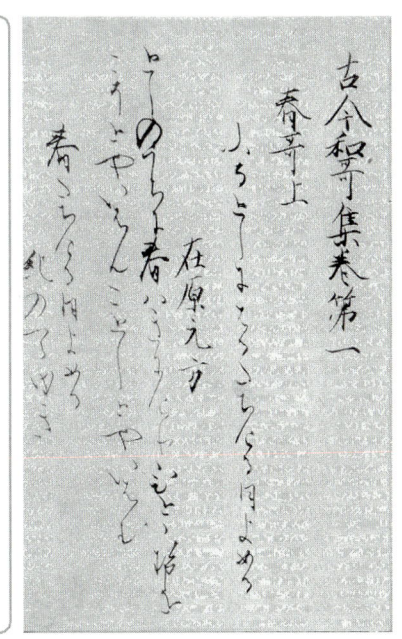

고킨와카슈(古今和歌集)의 권두가(卷頭歌) 아리하라노모토카타(在原元方)의 作

이 작품은, 헤이안시대의 귀족 누구나가 와카(和歌)의 바이블처럼 숭상하며, 그 전통위에 와카(和歌)의 전통을 세워 간 고킨와카슈(古今和歌集)의 첫 번째 노래이다. 상기의 초서체의 사진 옆에 현대 일본의 가나(仮名)문자로 적어놓은 것 중에, 밑줄 친 부분이 바로 와카(和歌)에 해당한다. 그 앞의 (b)부분이 작가명, 그리고 (a)부분은 와카(和歌)가 읊어진 배경들을 설명하는 고토바가키(詞書)라는 부분이다.

이 노래의 배경은 이렇다. 음력의 경우, 윤년이 되면 한 달이 더 생기기 때문에 아직 1년이 다 가지 않았는데, 태양년(太陽年)을 태양의 황경(黃經)에 따라 24등분한 절기상으로는 입춘이 왔다는 것이다. 이를 연내 입춘(年內立春)이라 일컫는다. 400년 만에 한 번 있는 기회에 입춘을 읊은 것이다. 입춘(立春)을 노래한 와카(和歌)로 가집이 시작되는 것은, 계절의 추이를 따라 배열되는 가집편찬 방식에 따른 것이고, 이는 후대의 각 와카집(和歌集)의 모두(冒頭)부분이 이와 같은 입춘노래로 시작한다는 패턴을 낳는다. 이러한 것이 와카의 규칙이고 유형화이다.

아리하라노모토카타(在原元方)의 노래의 해석은 다음과 같다.

12월중에 입춘을 맞이한 날에 읊은 노래

아리하라노모토카타(在原元方)

한 해가 저물기 전에 봄이 와버렸구나.
지나가버린 이 한 해를 작년이라 해야 할까
올 해라 해야 할까?

상기의 와카에서 우리는 가집의 계절추이의 배열방식이라는 편찬 방식의 패턴화를 읽어 냈다. 여기서 시야를 확대하면, 칙찬와카집(勅撰和歌集)이라는 구조물의 큰 골격이, 다소간의 차이는 있으나 춘(春)·하(夏)·추(秋)·동(冬)·사랑(恋)·잡(雜)이라는 기본배열구조로 구속됨을 알 수 있고, 각 노래의 소재(歌材) 또한 한정적임을 알 수 있다. 예를 들어, 봄을 노래하는 소재로서 꽃에 주목해 보자. 지금 현대에 살아가는 우리는 본인이 아름답다고 생각하는 꽃은 다양하게 읊을 수 있다. 개나리도 좋고, 진달래도 좋다. 이러한 꽃들도 기후가 비슷한 일본에도 산과

들에 만발한다. 그러나, 다음의 봄을 노래한 와카의 소재(歌材)에 주목
해 보라. 봄을 노래할 수 있는 가재(歌材)와 가제(歌題)가 얼마나 한정적
인가를 한 눈에 알아차릴 수 있다.

〈八代集*四季歌各季の歌題一覧「春」〉**

〈8대 칙찬집의 사계절의 각 계절별 노래테마 일람「봄」〉

古 今		後 撰		拾 遺		後 拾 遺	
立春	2	元日	1	春霞	4	立春	17
春霞	1	立春	3	鶯	2	鶯	6
春のはじめ	1	子日	6	春雪	3	子日	8
鶯(梅)	2	(松、若菜)		鶯(雪)	2	若菜	6
雪	3	初春の歌	5	梅(雪)	3	霞	4
鶯	2	梅	2	梅	3	蘆	3
谷風	1	月の桂	1	若菜	3	春駒	2
鶯	4	春雪	1	きゝす	1	雉	2
若草	1	春	2	子日	3	春雪	1
若菜	5	梅	11	梅	1	梅	16
春霞	1	鶯	4	若菜		春	2
松の翠	1	ゑぐ	1	梅	5	帰雁	6
野辺翠	1	梅	2	青柳	4	柳	3
青柳	2	鶯	2	山桜	9	桜	51
百千鳥	1	松	2	山田	2	(春上)	(127)
呼子鳥	1	梅	3	花	8	桃	3
帰雁	2	(春上)	(46)	帰雁	2	桜	18
梅	17	梅	1	花	11	さいたつま	1
桜	20	竹鶯	1	山吹	5	躑躅	2
(春上)	(68)	桜	9	花	3	藤	5

* 일본 천황의 칙령에 의해 편찬된 8대 와카집. 고킨와카슈(古今和歌集), 고센와카슈(後
撰和歌集), 슈이와카슈(拾遺和歌集), 고슈이와카슈(後拾遺和歌集), 긴요와카슈(金葉
和歌集), 시카와카슈(詞花和歌集), 센자이와카슈(千載和歌集), 신코킨와카슈(新古今
和歌集).

** 有吉保『新古今和歌集の研究—基盤と構成—』(三省堂、1968) 281페이지에서 인용.

古 今		後 撰		拾 遺		後 拾 遺	
桜散る	21	青柳鶯	1	三月尽	3	山吹	2
花	15	落花	1	(春)	(78)	蛙	1
鶯花	6	帰雁	1			百千鳥	1
花散る	8	桜	4	*左段より		呼子鳥	1
藤	2	なげ木	2	桜	3	三月尽	3
山吹	5	青柳	1	山吹	1	(春下)	(37)
暮春	3	桜	4	落花	3	合計	164
三月尽	6	春の池	1	山吹	1		
(春下)	(66)	花	2	落花	1		
合計	134	春霞	1	花・春雨	1		
		雁		松	1		
		春夜		花	3		
		桜	2	山桜	5		
		桜・呼子鳥	1	藤花	1		
		春雨	1	山吹	2		
		(春中)	(34)	桜	1		
		鶯	1	藤・松	4		
		桜散る	4	花	1		
		惜春	2	藤	2		
		落花	1	玉柳	1		
		菫	1	落花	4		
		落花	4	弥生潤月	2		
		春の池・柳	1	三月尽	10		
		惜花5藤	1	(春下)	(66)		
		*右段へつづく		合計	146		

金 葉		詞 花		千 載		新 古 今	
立春	8	立春	1	立春	4	立春	9
霞	3	霞	2	鶯	2	若菜	6
鶯	5	鶯	1	霞	5	子日	1
梅	5	若菜	2	子日	1	谷風	1
子日	2	子日	2	若菜	2	春雪	5
柳	3	梅	2	梅	16	春の月	2
呼子鳥	1	春駒	3	春雨	3	蘆	2
帰雁	2	柳	3	蕨	1	雪解	2
桜	45	桜	28	春駒	1	鶯	3
蕨	1	山吹	2	帰雁	4	蕨	1

金 葉		詞 花		千 載		新 古 今	
杜若	1	呼子鳥	1	桜	37	春霞	4
春田	3	牡丹	1	(春)	(76)	春曙	2
山吹	4	三月尽	2	桜	29	梅	16
躑躅	1	(春)	(50)	難波春	1	朧月夜	4
藤	8			呼子鳥	1	帰雁	5
三月尽	6			菫	3	春雨	4
(春)	(98)			山吹	7	青柳	8
				藤	3	若草	3
				三月尽	15	桜	20
				(春下)	(59)	(春上)	(98)
				合計	135	桜	59
						山吹	5
						藤	4
						暮春	1
						三月尽	7
						(春下)	(76)
						合計	174

*표의 아라비아 숫자는 노래의 편수를 나타냄.

가장 눈에 띄는 소재의 꽃으로는 일본인이 사랑해 마지않는 벚꽃(桜)과 가장 먼저 봄을 알리는 매화(梅)이다. 그 다음이 황매화(山吹)와 등꽃(藤) 정도이다. 그냥 꽃(花)이라고 되어 있는 것은 전부 벚꽃(桜)을 지칭하는 것이다. 일본인들의 벚꽃예찬의 역사는 이 시대까지 거슬러 올라온다.

그러나, 상기 표 중의 한 가지 특이한 소재로 고슈이와카슈(後拾遺和 歌集)의 복숭아꽃(桃)이 보이는데, 이는 예외적으로 계절감을 나타내는 봄노래의 소재에서 벗어나서, 복숭아꽃의 일본음인 모모(桃)가 백년을 나타내는 모모(百)와 연상되어서, 천황의 치세가 백년이든 삼천년이든 좋은 봄처럼 계속되었으면 좋겠다는 가제(歌題)를 읊은 경우이다. 이후 의 가집에 영향을 미치는 소재로서의 역할을 하지 못한다. 이렇듯 몇

안 되는 꽃이라는 노래 소재만이 사용되는 와카의 세계가 우리로서는
너무 편협하고 일률적으로 보일지 모르나, 이러한 시스템 속에서 많은
수사적(修辞的) 기교를 부려서 완성되는 것이 바로 와카의 세계이다. 그
렇기에, 봄이라는 계절에는 이 4가지 꽃을 둘러싸고 문화 공감대가 형
성되는 것이다. 봄이 되면, 너도나도 매화(梅)·벚꽃(桜)·황매화(山
吹)·등꽃(藤)을 봄노래의 소재로 사용하는 데 비해, 나만의 독창성을
주장하여 개나리나 진달래를 읊지는 않는다는 것이다. 이 와카세계의
약속을 모르면 와카를 읊지 못하기 때문에, 그것을 완전히 체질화하기
위해서, 표준이 되는 고킨와카슈(古今和歌集)를 통째로 암기하는 것 등
이 요구된 것이다.

매화(梅)

황매화(山吹)

벚꽃(桜)

등꽃(藤)

조금 더 나아가 설명한다면, 각 꽃의 이미지도 고정되어 있다. 표를 보면 물리적으로도 단순히 파악이 되는데, 매화(梅)와 벚꽃(桜)은 전반부에, 황매화(山吹)와 등꽃(藤)은 후반부에 위치하고 있다. 이것은 바로, 매화(梅)와 벚꽃(桜)은 봄이 다가오는 환희를 노래하는 소재이고, 황매화(山吹)와 등꽃(藤)은 봄이 저물어가는 아쉬움의 상징이라는 것이다. 결국, 매화가 필 때는 아직 겨울처럼 쌀쌀해서 황매화가 필 때 비로소 진짜 봄을 느껴 환희의 소재로 황매화를 사용하고 싶어도, 와카의 세계에서는 허용되지 않는다.

그렇다면, 이토록 철저한 와카세계의 상징공간 안에서 清少納言(세이쇼나곤)이 자아낸 계절감이라는 것은 어떠한 위상을 차지하는 것일까?

(4)『枕草子』(마쿠라노소시)의 독창성과 문화코드의 형성과정

清少納言(세이쇼나곤)은 봄은 동틀 무렵(春の曙)이 가장 아름답다고 했다.

> 春はあけぼの。やうやうしろくなりゆくやまぎは、すこしあかりて、
> 紫だちたる雲のほそくたなびきたる。
> 봄은 동틀 무렵. 산 능선이 점점 하얗게 변하면서 조금씩 밝아지고,
> 그 위로 보랏빛 구름이 가늘게 떠 있는 풍경이 멋있다.

그러면, 이 동틀 무렵이 가장 아름답다는 시간적 개념은 일찍이 와카 세계에 존재했었는가라는 의문을 던지게 된다. 미리 결론부터 이야기하자면, 와카의 세계를 수용한 것이기도 하지만, 清少納言(세이쇼나곤)의

독자적인 창작세계이기도 하다.

먼저, 전술한 표를 다시 한 번 살펴보자. 봄의 동틀 무렵(春の曙)이라는 가제(歌題)가 존재하는가? 신코킨와카슈(新古今和歌集)에서 두 수를 발견할 수 있다. 와카집의 배열 순서에 따라 번호로 말하자면 37, 38번 노래에 해당한다. 그런데, 문제는 신코킨와카슈(新古今和歌集)는『枕草子』(마쿠라노소시)보다, 후대의 작품이라는 것이다. 신코킨와카슈(新古今和歌集)는 가마쿠라시대(鎌倉時代)인 1205년에 고토바상황(後鳥羽上皇)*에게 주람(奏覧)되어진 것이다.『枕草子』(마쿠라노소시)의 초고의 성립이 996년으로 추정되고 있으니, 시간의 흐름만을 가지고 이야기하더라도, 신코킨와카슈(新古今和歌集)가『枕草子』(마쿠라노소시)의 영향을 받은 것으로 판단해야 마땅하다. 그러므로, 동틀 무렵(春の曙)이라는 가제(歌題)가 와카세계의 전통적인 가제(歌題)는 아니었다는 결론을 얻을 수 있다.

와카에 등장하는 시간을 나타내는 어휘에 관해, 고킨와카슈(古今和歌集)와 신코킨와카슈(新古今和歌集)를 비교한 연구에 의하면**, 아침에 관련된 어휘가 고킨와카슈(古今和歌集)의 사계절 부(部立)***에는 새벽녘을 나타내는 시노노메(しののめ)와 아사보라케(あさぼらけ)뿐이지만, 신코킨와카슈(新古今和歌集)의 사계절 부(部立)에서는 아침(朝), 오늘아

---

* 헤이안말기(平安末期 : 1183년)에서 가마쿠라초기(鎌倉初期 : 1198년)에 걸쳐 재위했던 제82대 천황.
** 谷山茂「古今集・新古今集の自然観」(学燈社「国文学」, 1964, 7)
*** 와카집의 각 항목을 일컫는 명칭. 예를 들면, 계절별 주제별 항목(章)별로 노래를 배열하고 있음.

침(今朝), 아침햇살(朝日かげ), 새벽녘(朝ぼらけ), 아침의 흐린 날씨(朝ぐ
もり), 아침의 누기(朝じめり), 동틀녘(あけ方), 새벽(曉), 새벽녘(しのの
め), 동틀 무렵(あけぼの) 등으로 다양화 세밀화 되어가는 과정을 지적하
고 있다. 이렇듯, 동틀 무렵(あけぼの)은 가제(歌題)나 용어 자체로서도
정통성을 부여받지 못하다가, 신코킨와카슈(新古今和歌集)의 시대에 들
어서 와카의 세계에 흡수된 것이다.

이러한 일련의 과정 속에서, 『枕草子』(마쿠라노소시)의 「봄은 동틀 무
렵」에 촉발된 「春＝あけぼの」의 상징은 점점 와카의 세계에 수용되게
되는데, 이 수용과정을 설명한 것으로는 아리요시타모츠(有吉保)의 설
이 있기에 인용해 본다.

아리요시타모츠(有吉保) 씨에 의하면,
① 오사이인교슈(大齋院御集)*의 32번 33번의 노래에서, 쥬죠(中将)
라는 뇨보와 나카츠카사(中務)라는 뇨보가 봄의 동틀 무렵의 정취가
가을의 깊은 밤의 정취보다 우월하다고 서로 논증하는 부분이나,
② 에이큐4년 백수(永久四年百首)**에 봄의 동틀 무렵(春曙)이라는 가
제(歌材)가 등장하는 것, 그리고, 이것이
③ 겐큐4년6백번우타아와세(建久四年六百番歌合)***의 가제(歌材)로

---

* 센시내친왕(選子内親王 : 964年生. 1035年没)을 둘러싼 궁중 문화살롱의 기록에 해당
하는 와카집.
** 에이큐(永久 : 1113년이 원년)는 연호, 백수(百首)는 와카 영작(詠作) 방법에 의한 분
류호칭. 한 번에 百首의 와카를 한 단위로 완성시키는 방법. 작가는 단독일 수도, 여럿
일 수도 있다.
*** 겐큐(建久 : 1190년이 원년)는 연호, 우타아와세(歌合)는 서로 팀을 나누어 와카의 우
열을 가리는 행사 및 그 기록.

이어져, 겐큐말년(建久)에는 봄의 동틀 무렵(春曙)이 급증해서 성행함을 증명하고 있다.

이에 의하면, 『枕草子』(마쿠라노소시)의 「봄은 동틀 무렵」이 와카의 각각 다양한 영역에서 수용되고, 이것이 칙찬집(勅撰集)인 중세의 신코킨와카슈(新古今和歌集)에서 인정받은 것이라는 것을 알 수 있다.

그러면, 「봄은 동틀 무렵」이라는 감흥은 와카의 어떤 전통과 접목되어 새로이 창작된 것이냐는 의문이 남는다. 이것에 관한 실마리는 신코킨와카슈(新古今和歌集)의 와카 속에서 찾을 수 있다.

摂政太政大臣家百首歌合に、春曙といふ心をよみ侍りける

藤原家隆朝臣

37 霞立つ末の松山ほのぼのと波にはなるる横雲の空

**섭정태정대신집에서 열린 백수우타아와세에서,
봄의 동틀 무렵이라는 정취를 읊은 노래**

후지하라노이에타카노아손*

안개가 피어오르는 스에노마츠야마(지명)가 희미하게 보이고, 옆으로 길게 비낀 구름의 물결이 멀어져 가는 것이 희미하게 보이는 동틀 무렵의 하늘이여.

* 아손(朝臣)은 5품 이상의 귀족의 경칭.

覚法親王、五十首歌よませ侍りけるに

藤原家定朝臣

38 春の夜の夢の浮橋とだえして峰に別るる横雲の空

슈카쿠호신노가, 50수의 노래를 읊게 하셨을 때에

후지하라노사다이에노아손

봄의 밤은 짧아서 무상한 꿈이 (허무하게 빨리도) 끊어지고, 옆으로 길게 비낀 구름이 봉우리에서 멀어져가는 동틀 무렵의 하늘만 보이네.

　　상기의 신코킨와카슈(新古今和歌集)의 두 수를 보면, 언뜻 서경적인 『枕草子』(마쿠라노소시)의 「봄은 동틀무렵」을 그대로 와카로 그려낸 듯이 보인다. 그러나, 이 두 수의 노래는 단순한 서경가가 아니다. 단순한 서경 이상의 상징성과 줄거리를 담고 있는 것이다. 이것이 신코킨시대의 와카의 해석의 어려움이기도 하고, 참매력이기도 하다. 상기의 두 수의 노래는 눈앞에 펼쳐진 경치를 보면서 읊은 것이 아닌 것임을 와카의 배경설명(詞書)에서도 알 수 있다. 어디까지나, 관념의 세계에서 그려지는 봄의 노래이다. 당대의 전문가인(專門歌人)에 의해, 와카겨루기(우타아와세 : 歌合)에 출품된 것이라든가, 오십수(五十首) 백수(百首)라고 하는 정수를 채우는 영작법(詠作法)에 의해 의뢰인의 명령을 받고 그 주제에 걸맞은 와카를 창작한 것이다.

　　또한, 노래의 내용에는 당시의 문화코드를 알아야만 풀리는 몇 가지 개념이 있는데, 첫째로, 봄은 사랑하는 연인이 만나서 사랑을 나누기 시작하는 계절이라는 것, 둘째로, 연애생활이건 결혼생활이건 남녀는 밤에 만나서 새벽녘에 헤어진다는 것*, 셋째로, 와카에서는 자연(自然)과 인간관계(人事)를 함께 오버랩시킨다는 철저한 원칙이다. 이러한, 세 가지의 원칙은, 헤이안시대의 전반에 걸친 상징이고, 생활 풍습이고, 와카창작의 철칙이다. 그러면, 이 두 수의 와카가 상기의 세 가지 원칙에만 근거한다면 어떠한 자의적 해석도 가능하냐 하면, 그것은 또 아니다. 와카에는 변주곡이 많다고 했다. 신코킨와카슈(新古今和歌集)의 노래를 읊조리면 그것의 모티브가 되었을 본 노래(本歌)를 그 누구나가 떠올린다. 이것이 사회구성원의 공동의 환상이요, 상징이다. 물론 그 본 노래(本歌)는 고킨와카슈(古今和歌集)에서 대부분 찾아볼 수 있다. 그러니, 그 본 노래(本歌)에 근거하여 노래를 해석하는 것이다.

그렇다면, 상기의 신코킨와카슈(新古今和歌集)의 와카는 다음과 같은 해석으로 귀결된다. 37번 노래는 고킨와카슈(古今和歌集)의 「그대를 두고(君をおきて)」라는 와카를 근거로 하기 때문에, 스에노마츠야마라는 지명은 연인을 떠나보내는 여인을, 멀어져가는 구름은 남성쪽을 상징하게 된다. 겨울은 밤이 길지만, 연인이 함께 할 수 있는 밤이 짧아진 봄의 새벽녘은 서로가 너무도 아쉬운 이별을 해야 하는 가슴이 찡한 정취를

---

* 헤이안시대의 결혼제도는 지금의 그것과는 많은 차이가 있다. 천황과 같이 특수한 경우에는 배우자와 동거하지만, 상당수의 귀족들은 부부가 동거하지 않는 것을 여러 사료와 문학작품에서 확인할 수 있다. 물론 일부다처제이다. 재산의 상속권도 자식을 키우는 여성 쪽에 있다. 예외적으로, 천황에 준하는 권력과 지위의 소유자의 경우나, 여성 쪽의 후견세력이 없는 경우는 부부가 동거하는 예도 있다. 아직도, 결혼제도의 연구 분야에서는 많은 논쟁과 가설이 존재하고 있다.

자아내고 있는 것이다. 38번 노래도 마찬가지이다. 둘째 구(句)의 「夢の
浮橋(유메노우키하시)」는 덧없음의 의미와 함께 그 유명한 겐지이야기
(源氏物語)의 한 권(卷)의 제목을 연상하게 하는 근거가 된다. 그러면,
겐지이야기(源氏物語)의 스토리를 인간관계로 가져와 해석해야 한다.
그 인간관계란 바로 이별이다. 그러므로, 꿈과 같은 연인과의 밤을 보내
고 깨어나, 사랑하는 그대를 떠나보내는 여인이 봉우리, 그 곁을 떠나는
구름이 남성인 것이다. 이와 같은, 깊은 또한 가슴아리는 정취를 끌어들
인 봄의 동틀 무렵이 바로, 『枕草子』(마쿠라노소시)와 신코킨와카슈(新
古今和歌集)의 동틀 무렵의 이미지인 것이다.

　아니, 어쩌면 淸少納言(세이쇼나곤)의 동틀 무렵은 한 개인의 당시의
문화기반과는 상관없는 독특한 창작이었을 수도 있다. 기실 사랑의 와
카의 규칙을 공부하고 당대에 살았던 淸少納言(세이쇼나곤)이 전혀 그
영향 밖에 있었으리라고는 억측하기 힘들지만 말이다. 그러나, 淸少納
言(세이쇼나곤)이 애초부터 봄의 동틀 무렵이라는 이미지를 연인의 사
랑의 관계에서 유추하여 형성하였건, 그렇지 않았건 간에, 淸少納言
(세이쇼나곤)의 동틀 무렵이 후대의 와카의 세계에 받아들여지고 또 하
나의 상징으로 부각된 것은, 그것이 연인의 연애과정에서 형성된 동틀
무렵의 이미지와 합치되면서이다. 그렇기 때문에, 淸少納言(세이쇼나
곤)의 봄에 관한 시간의 이미지는 전적으로 와카적인 세계를 수용하고
있는 것으로 판단되어, 사회구성원 속에서 보편성을 획득하기에 이르
는 것이다.

3. 글을 마무리하면서

이상, 『枕草子』(마쿠라노소시)의 모두(冒頭)부분에서 봄의 시간의 이미지가 생성되게 된 배경과 단면이기는 하나 헤이안시대의 공통문화공간인 와카(和歌)세계에 고착된 약속과 상징의 세계, 그리고 봄의 동틀 무렵이라는 시간의 이미지가 와카와 어떤 연관을 가지고 수용되어가며 또 하나의 상징공간을 만들어냈는지에 대해 고찰했다.

이 일련의 과정을 보건대, 헤이안시대는 갖가지의 상징공간으로 이루어졌음을 알 수 있다. 그것은 바로 구성원인 인간과 문화코드라는 약속에 의해 이루어지는 공간이었다. 그래서, 교양이라는 이름 아래 그 문화코드를 익숙하게 구사하기 위해 무던히도 노력하고 애쓰고 했던 흔적들을 우리는 와카라는 문학 장르를 통해 엿볼 수 있다. 이러한, 와카세계의 기교와 답습은 세계 어디에서도 찾아볼 수 없는 가장 일본적인 것이다. 비록 자유로운 창작과는 거리가 멀고, 여러 가지 규칙을 알고 그것을 따라야만, 본인의 창작이 가능하고 타인의 와카의 진의 파악이 가능한 복잡한 사정이 있기는 하지만, 그들은 공통된 인식을 가지는 것에 서로 안도하고, 화합을 유지했다. 각각의 지명에도 고유의 이미지를 부여했다. 계절어휘에도, 사물이나 식물에도, 그 어디에나.

현대의 일본인 대부분은 이러한 세계가 있었는지도 잘 모른다. 그들에게서 조상들의 전통성 있는 상징공간은 점점 잊혀져가고 있다. 그러나, 인식을 못할 뿐이지 하나의 시스템을 구축하고, 이렇게 변형해 보고 저렇게 변형해 보고 하는 그들의 습성이나, 완전히 새로운 것을 찾아 온 사회를 뒤흔들기보다는 조그마한 개혁들로 조금씩 조금씩 바꾸어가는 것을 선호하는 그들만의 성격은, 이미 1000년 전으로 거슬러 올라가는 와카의 세계와 일치한다. 와카라는 대상 대신에 일본인들에게 어떠한 사물이나 대상이 주어지더라도 와카의 세계와 같은 상징코드를 그들은 만들어 낼 것이다. 일본에는 종신고용제라는 말이 있다. 회사와 사원간에 암암리에 맺어진 약속이다. 고용계약서에는 그 어디에도 종신고용이라는 문구를 찾아볼 수 없다. 버블경제파탄으로 일시적으로 없어지는 듯 보였던 종신고용제가 다시금 부활하고 있다고 한다.

이 또한, 그들만의 약속공간이요, 상징공간이라 할 수 있다. 독자 여러분에게도 현대의 일본 속에서 이방인은 알기 힘든 그들의 약속이나 상징의 공간들을 찾아보길 권한다. 더 나아가, 우리 한국에는 그러한 문화 상징공간이 어떤 형태로 존재하는가에 대해서도, 깊이 사고해 보길 권면하는 바이다.

더 읽을 거리

❖ 한국어서적

1. 세이쇼나곤, 『마쿠라노소시』, 정순분 역, 갑인공방, 2004

　7년 동안의 궁중생활을 토대로, 자연과 인사(人事)에서 폭넓게 소재를 취해 솔직 담백하게 써내려간, 『마쿠라노소시』의 한글 완역본이다. 헤이안시대의 일본 문화를 근본적으로 이해하는 데 큰 도움이 된다.

2. 정순분, 『枕草子와 平安文学』, J&C, 2003

　『마쿠라노소시』를 동시대의 여러 문학 장르와의 연계성이라는 관점에서 바라본 연구서이다. 『마쿠라노소시』의 총체적 연구사를 파악할 수 있을 뿐 아니라, 헤이안 문학이라는 넓은 테두리 안에서의 『마쿠라노소시』를 바라볼 수 있다.

3. 허영은, 『일본문학으로 본 여성과 가족』, 보고사, 2005

　일본의 고대 혼인 습속과 헤이안시대의 가족제도에 대한 연구서이다. 헤이안시대의 사회를 구성하는 기본 틀이라고 할 수 있는 결혼 제도와 가족관계에 관해서, 여성의 위상을 토대로 면밀히 검토하였다.

4. 한국일어일문학회, 『모노가타리에서 하이쿠까지』, 글로세움, 2003

　일반독자들을 대상으로 일본 문화에 대한 이해를 돕기 위해서, 고전문학 중에서 키워드를 골라 쉽게 문화현상을 풀이하였다. 기존의 문학사의 흐름에 맞춘 문학개요가 아닌, 각 작품의 테마에 집중한 문화관련 작품 해설서이다. 문학 사전처럼 이용하기에도 용이하다.

5. 무라사키시키부, 『겐지이야기』, 김난주 역, 한길사, 2007

　『마쿠라노소시』와 더불어 헤이안 문학의 쌍벽을 이루는 『源氏物語』의 한글 완역본이다. 총 10권으로 구성되어 있으며, 읽기 쉬운 문체로 번역되었다. 당대의 완벽한 남성상의 상징인 히카루겐지라고 하는 남성의 일생을 통해 삶의 희노애락과 총체적인 사회구성원 간의 관계를 그리고 있는 장편소설이다. 일본이 문학과 문화의 원형으로 가장 자랑해 마지않는 작품이다.

6. 양동근·김유천, 『일본의 연애가』, J&C, 2004

일본 헤이안 왕조의 와카와, 근대 단카를 중심으로 연애가의 변천을 설명한 연구서이다. 일본의 연애가의 세계가 그 시대상과 작가의 개성에 따라 어떻게 계승되고 변용되는가에 주목하면서 작품 하나하나에 대한 구체적인 분석과 이해, 감상에 중점을 두었다.

7. 김종덕 외 13인, 『일본문학속의 여성』, J&C, 2006

헤이안시대에서 근대에 이르기까지, 일본문학 속의 여성상을 총괄하여 설명하면서, 문학이란 무엇인가라는 궁극적인 의문에 대한 규명을 시도하고 있다.

❖ 일본어서적

8. 구몬만화고전문학관 『枕草子』, くもん出版, 1991

일본어로 『마쿠라노소시』를 읽기는 매우 어렵다. 고전원문은 물론, 현대어역도 웬만한 일본어 실력으로는 불가능하다. 이것은 일본인에게도 마찬가지인데, 어느 정도의 일본어 실력을 갖추고 있어, 일본어로 『마쿠라노소시』를 읽고 싶어하는 독자에게는 이 책을 추천하고 싶다. 일본초등학교학생을 대상으로 편집된 만화로 된 『마쿠라노소시』이다.

9. 권혁인, 『天暦期の後宮社会と文学』, J&C, 2004

헤이안문학과 문화의 생산지라고 할 수 있는 일본 후궁 문화살롱에 대하여, 와카를 중심으로 한 일본문학과의 연관관계에 관해 규명한 연구서이다. 문화생산의 원동력이 무엇인가를 밝히는 데 한 발 더 접근하고 있다.

10. 김영, 『日本王朝時代の書簡文化ー文付枝を中心に』, J&C, 2005

　헤이안문화의 상징성에 대해, 타인과 주고받는 서간문학을 통해 풀어내고 있
는 연구서이다. 식물이나, 종이와 같은 사물의 상징성에 대해 심도 있게 파헤치
고 있다.

생각해 보기

1. 한국인이라는 사회구성원으로서 살아가기 위해 반드시 습득해야 하는 문화코드에는 어떠한 것이 있는가?

2. 일본의 와카문학 세계에 보이는 상징체계가 우리의 문학 속에도 존재하는가?

3. 일본인들의 상징문화공간은 외국인의 입장에서 바라보면 꽤 배타적일 수 있는데, 일본의 국민성이 형성되는 데 어떠한 상관관계를 가진다고 생각하는가?

4. 세이쇼나곤의 계절감이 보편성을 획득하는 일련의 과정과 같은 것이, 현재의 일본 대중문화에서는 어떤 형태로 나타나고 있는가?

5. 한국인만의 상징공간이 외국에 영향을 미치는 예에는 어떠한 것이 있을까?

박진빈

1. 시간개념은 어떻게 역사적으로 변해왔을까?

불과 몇 년 전까지만 해도 자주 쓰이던 말이 있다. "코리안 타임."
한국의 시간이라니 우리의 이름을 붙일 만큼 특별한 무언가가 있었단
뜻일까? 2002년 월드컵 이후 여전히 사뭇 고취된 민족적 자부심과 자신
감의 분위기 속에서 어쩐지 한국만이 소유한 대단한 시간을 의미하는
것만 같은 이 말은 실은 부정적인 뜻을 가진 말이다. 시간관념이 확실한
서양인들에 비해 흐릿한 개념 때문에 약속을 정확히 지키지 않는 한국
인의 습성을 표현한 것이기 때문이다. 개화기에 한국에 도착한 서양인
들에 의해 짜증스럽게 만들어진 이 조어는 최근까지도 외국인에 의해
서, 그리고 한국인 스스로들끼리도 자조적으로 사용하는 말로 자리 잡
았다.

그러므로 "코리안 타임"이라는 말이 어떤 이의 입에서 발화되는 순
간, 그것은 코리안 타임의 대척점에 존재하는 서양인의 시간관념의 우
월성을 인정하게 된다. 즉, 코리안 타임이라는 말은 그와 달리 정확하게
시간을 지키는 서양의 관습이 있다는 의미를 담고 있는 것이다. 하지만,

과연 서양인들은 언제부터 그렇게 정확한 시간개념을 가지고 있었을
까? 그리고 단지 서양인과 다르다는 이유로 그런 비하하는 표현을 받아
들이는 것이 과연 정당한 일이었을까?

사실 정확한 시간개념이라는 것은 서양에서도 생겨난 지 그리 오래되
지 않았다. 일단 시간을 정확하고도 보편적으로 측정할 수 있는 기계인
시계가 등장한 것이 불과 14세기의 일이기 때문이다. 그것도 처음에는
시계를 발명한 극소수의 천재들과 왕실의 전유물이었으니, 대다수 서양
인들이 이를 접하는 것은 그 이후의 일이다. 그 이전까지는 서양도 동양
과 마찬가지로 해가 뜨고 지는 것을 기준으로 하루를 삼고 자연의 변화
에 기대어 시간의 변화를 가늠하는 상태였다.

잠시 한 평범한 중세 서양인의 하루를 생각해 보자. 서유럽 어느 지역
엔가 살고 있는 농민 아무개는 동틀녘 닭울음소리를 듣고 잠에서 깬다.
멀리 교회의 종소리도 기상시간을 알리고 있다. 밖은 아직 어둑어둑하
고 몸은 뻐근하지만 어쨌거나 몸을 일으켜 하루를 시작해야 한다. 일할
수 있는 시간은 해가 떠있는 시간뿐이기 때문이다. 꾸물대면 해는 언제
나 그렇듯 쑥 올라와 하늘 가운데로 와버릴 테고, 그러면 영주님의 눈
밖에 날지도 모른다.

아무개는 그다지 열심히 일해야 할 필요성을 느끼지는 못한다. 어차
피 일하는 시간은 정해져 있고, 그가 받아갈 분량은 추수가 끝나면 결정
되겠지만 대단치 않을 것임을 알기 때문이다. 눈곱이나 떼고 딱딱한 빵
한 조각을 씹은 뒤 겉옷을 걸치고 슬슬 농장에 나가 일을 시작한다. 지
치지 않게 그러나 게을러보이지도 않게 일하고 있으면 멀리서 교회 종
소리가 들려온다. 휴식을 겸한 점심시간이다! 마침 아무개의 배꼽시계

도 울릴 참이었으니 이때 들리는 교회 종소리만큼 반가운 것도 없다.

중세에 교회 종소리는 일출/일몰, 닭울음과 더불어 가장 중요한 시간 분할을 알려주는 기준을 제공했다. 연구에 따르면 본래 "정오(Noon)"는 오늘날의 오후 2시경이었다가 14세기경에 지금처럼 12시로 변했다고 한다. 이는 농촌보다는 도시에서의 노동시간이 반영된 것으로 보이는 데, 즉 "반일"이라는 단위가 존재했던 도시 노동의 구분선이 농촌까지 번졌다는 뜻이다. 어쨌거나 점심참을 먹으며 휴식을 취하는 일은 중세의 하루에서 중요한 분기점이 되었겠다.*

물론 도시의 작업장에서 일하던 중세인에게는 작업종 소리가 하루 안에서 일과를 구분하는 역할을 했겠지만, 우리는 일단 다시 평범한 농민의 하루로 돌아가 보자. 들판에는 감독관이 치는 작업종 같은 것이 없다. 점심참을 마치면 다시 작업으로 돌아가 다시 일을 한다. 아무개가 일을 마치는 것은 또다시 저녁이 다가옴을 알리는, 그래서 작업을 마감하라는 교회의 종소리가 울릴 때이다. 이미 노을이 지면서 어둑어둑해지고 있을 무렵 들판에 울리는 종소리에 모자를 벗고 고개를 숙이는, 밀레(Jean Francois Millet)의 그림 〈만종〉에서처럼 반드시 그렇게 경건했는지는 알 수 없지만, 아무개는 일과를 마친다.

이제는 위대한 문호 빅토르 위고(Victor Marie Hugo)의 『노트르담의 꼽추』의 첫 장면의 의미를 이해할 수 있을 것이다. 이 대하소설의 첫머

---

* 중세의 시간개념에 대해서는 Jacques Le Goff, Time, Work, and Culture in the Middle Ages(Chicago: University of Chicago Press, 1980), 특히 "Labor Time in the Crisis" of the Fourteenth Century: From Medieval Time to Modern Time (pp.43-52)을 참고했다.

리는 "센 강 가운데 씨떼 섬과 대학과 수도의 거리거리에서 모든 종소리가 요란스레 울려 퍼진… 348년 전의 어느 아침"을 기억한다. 1482년 정월 초엿샛날 "그처럼 이른 아침부터 파리의 종과 시민들을 뒤흔들었던" 이유는 교회종이 칠 때도 아닌데 마치 전쟁이나 특별한 왕의 공지사항이라도 있는 것처럼 울렸기 때문이다. 때맞춰 울려야 할 종소리가 그렇게 아무 때나 소란스레 쳐졌다는 것이 그처럼 충격적인 사건이었다. 자연의 시간과 겹쳐지면서 중세인의 일상의 리듬을 지배하는 교회 종소리의 중요성이 실감나는 대목이다. *

---

* 빅토르 위고, 정기수 역, 『파리의 노트르담』, 민음사, 2005, 19-20쪽.

아직 완전히 끝나지 않은 아무개의 하루로 다시 쫓아가보자. 그가 집으로 돌아가 만찬을 하는 장면에 무언가 대단한 걸 기대할 수는 없다. 고흐(Vincent Van Gogh)의 〈감자먹는 사람들〉의 묘사와 같이 만찬이래야 그저 다시 딱딱한 빵과 삶은 감자 정도일 텐데, 그나마 고흐의 그림은 19세기였기 때문에 기름램프가 천장에 달려있었다. 중세 농민의 집에 조명이 있었을 것이라 기대하기는 어렵다. 노을도 사라지고 부엌 아궁이에 불이 꺼질 때쯤이면 사방은 암흑과도 같다. 중세의 하루는 일몰과 함께 오늘날의 기준으로 보자면 아직 이른 시간에 저물게 된다. 아무개는 내일 이른 새벽에 닭울음으로 하루가 다시 시작되기 전까지 휴식을 청한다.

이와 같은 하루하루가 반복되었을 중세인들에게, 그 하루가 꼭 24시간이라거나 나아가 일년이 365일이라는 것은 큰 의미가 없었을 것이다. 그들에게 시간은 자연의 시계와 일상적인 일과를 통해 지나가는 하루 단위가 있었을 뿐이기 때문이다. 주일에는 일을 하지 않았지만 역시나 미사 시간을 알리는 교회 종소리에 맞춰 하루가 진행되었다. 그들에게 일년은 가끔씩 교회에서 정해 주는 축제일과 안식일들을 지나면서 계절과 절기가 나누어졌을 테고, 그리고 농작물의 파종과 추수를 통해 가늠되는 한 해의 개념이 중요했을 것이다. 그들의 시간을 통제하는 것은 자연과 교회, 그리고 그 둘 모두를 주관하는 것으로 믿어진 하나님이었다.

2. 근대시간: 테일러리즘과 노동통제

그 모든 중세적 시간을 바꾸어 놓은 사건은 다름 아닌 근대적 시계의
출현이었다. 천체의 움직임을 통해 시간을 계산한 인류의 역사는 기원
전 4천년부터 시작되지만, 기계시계가 서양에서 발명된 것은 14세기였
다. 발명되었다고는 하지만, 누가 언제 어디서 만들었는지는 명확치 않
다. 더욱이 기계시계가 탄생한 이후에도 각 시계마다 정확성이 떨어졌
기 때문에 보편적으로 사용되기에는 역부족이었다. 물시계인 자격루를
개발해서 어디서나 똑같은 시간을 측정하고자 했던 우리의 세종대왕은
오히려 서양을 앞서는 선구자였던 것이다.

서양에서 비로소 정확한 시간의 측정이 가능해진 것은 16세기 말, 갈
릴레오 갈릴레이(Galileo Galilei)가 진자(시계추)의 원리를 발견한 이후
였다. 진자가 가운데 축을 중심으로 양쪽을 오가는 데에 걸리는 시간이
변함없다는 사실의 발견은 서양의 시계의 역사에서 중차대한 사건이었
다. 이 발견은 네덜란드 천문학자인 크리스티안 호이헨스(Christian
Huygens)의 조정을 거쳐 17세기 후반에 정확한 진자시계의 탄생으로
발전할 수 있었다.*

대체로 장기간의 항해에 필요한 시간과 위치 파악을 주된 목적으로
했던 새로운 측정 기구였던 시계는, 출현과 동시에 서양인의 생활에 전
반에 걸쳐 엄청난 변화를 초래했다. 자연의 변화에 기대지 않고도 시간
을 더욱 정확히 측정하는 것이 가능해지자 무엇보다 이제 시간은 꼭 지

---

* 스튜어트 매크리디 엮음, 남경태 역, 『시간의 발견』, 휴머니스트, 2002, 204-206쪽.

켜야 하는 것으로 인식되기 시작했다. 이를테면, 예전에 무언가를 구분하는 데에 쓰인 기준은 "닭이 운 다음 교회종이 치기 전까지"라는 다소 모호한 구분이었을 것이다. 이 경우 닭에 문제가 생겨 제시간에 울지 않을 수도 있고, 교회종을 보수하느라 다소 늦게 치는 날도 있을 테며, 고의적으로 닭이나 종을 저지하는 경우도 가능했을 것이다. 다시 말해 중세 시간의 구분은 대체로 느슨한 것이었다고 말할 수 있다. 하지만 이제 "아침 9시부터 오후 1시까지"라는 약속은 어떤 임의적인 요소에 의해 변동 가능한 개념이 아닌 것이다.

산업화, 도시화의 시대 변화와 더불어 시계의 광범위한 보급이 이루어진 산업혁명 시대를 거치면 바로 이러한 시계의 기능이 더없이 중요해진다. 자연적 리듬에 의해 하루를 조절하던 농촌식 생활방식과 달리 근대 세계의 리듬은 시계에 맞추어 정해졌다. 18세기 공장의 평균 노동시간은 1일 15시간–18시간 정도로 규정되었고, 그 시간 안에서는 벨소리를 통해 작업시간과 과정을 통제했다. 아침 5시면 작업의 시작을 알리는 벨로 시작하여, 휴식과 식사, 그리고 작업의 종료 역시 벨소리로 알려졌다. 물론 그 시간에 맞추어 아침 준비를 하고 일터에 나와 작업을 하는 것은 노동자의 몫이었다.

인간과 환경의 자연적 시계에 의존했던 삶의 방식이 기계시계에 의한 통제로 바뀌던 시절, 당연히 이런 변화에 대한 반발이 극심했다. 이는 유명한 역사가 E.P. 톰슨(Tompson)의 고전『영국 노동계급의 형성』을 통해 면밀하게 다루어졌다. 산업화 시기 임금 노동자로 전환되는 농업 및 수공업자들은 이전과는 다른 작업 방식에 대해 극도의 반감을 가지고 있었고, 여기서부터 프롤레타리아 계급 의식을 형성하게 된다는 것이 톰슨이 밝혀낸 것이었다. 그들이 특히 불만을 품었던 부분은 작업 방식이 이전에는 자율적이고 자립적인 결정을 따랐던 데 반해, 공장제 생산의 등장과 함께 일률적이고 중앙통제적인 방식으로 바뀌었다는 점이었다. 이제 그들은 스스로의 작업 속도를 조절할 권위를 상실했고, 공장의 관리자가 정해 주는 시간대로 정해 놓은 분량을 생산해야 하는 지위로 하락했던 것이다.*

이들이 불만을 품은 작업 방식의 변화는 바로 시간에 대한 주도권과 직결되어있는 문제였다. 왜냐하면 이때 새로운 작업 방식은 결국 타율적인 시간 구분과 강요되는 시간의 사용을 의미하는 것이었기 때문이다. 시계와 더불어 시간표, 시간 관리인 등이 등장했고, 이들에 의해 측정되는 단위 시간 내의 생산량에 따라 임금의 지불 또는 삭감이 결정되었다. 이것이 바로 근대적 시간개념의 탄생인 것이다.**

이 근대적 시간개념을 극대화시킨 것이 바로 20세기 초 미국의 효율 전문가였던 프레드릭 테일러(Frederick Taylor)라는 인물이었다. 1870년대 말부터 미드베일과 베들레헴 철강회사에서 일했던 테일러는 "왜 자신이 얼마나 비효율적으로 움직이는지 고민하는 노동자가 없을까?"라는 질문을 가지게 되었다. 즉, 당시 노동현장에서 관행과도 같았던 태업을 생산성을 저하하는 문제라고 파악했던 것이다. 그는 작업에서 필요한 움직임을 최고로 효율화한다면 단위 시간당 생산량은 급증할 수 있을 것이라고 생각했다. 스톱워치를 가지고 각 노동자가 하나의 움직

---

* 에드워드 톰슨, 나종일 외 역, 『영국 노동계급의 형성』, 창작과 비평사, 2000, 특히 상권 328-436쪽.
** 이진경, 『근대적 시공간의 탄생』, 푸른숲, 1997, 66-75쪽.

임을 하는 데에 드는 최소 시간을 계산했다.

이를테면 X부속을 A지점에서 B지점으로 운반하는 노동자 톰과 제리가 있다고 가정해 보자. 이때 필요한 움직임은 다음과 같다. 1. X를 들어올린다. 2. B로 이동한다. 3. X를 내려놓는다. 4. 다시 A로 돌아온다. 테일러는 우선 이 네 가지 동작 이외의 쓸데없는 동작은 모두 제거시킨 뒤, 톰과 제리가 각각의 동작을 하는 데에 소모하는 시간을 1,000분의 1초 단위까지 측정했다. 그리고 둘 가운데 더 적은 시간이 걸리는 사람을 기준으로 다른 모두가 맞추도록 조정했다. 1과 2는 톰이 더 빠르고 3과 4는 제리가 더 빠르다면 제리는 앞의 두 동작을 톰의 속도로 맞추고 톰은 3과 4에서 제리만큼 빨라지도록 하는 것이다. 테일러의 발견을 제네럴 모터스(General Motors)의 사장인 포드(Henry Ford) 씨가 얼마나 경하했을지 상상해 보라!

테일러의 도움으로 생산량이 급증한 것은 당연한 일이다. 하지만 문제는 이 효율이라는 것이 증진될수록 노동자의 노동량 역시 증가한다는 사실이다. 이를테면 전에는 톰과 제리가 하루 8시간 노동에 X 부속을 각각 200개씩 운반했었다면, 테일러에게서 교정을 받은 뒤에는 둘 모두 400개씩 운반할 수 있었다고 생각해 보자. 그들의 노동량이 두 배로 증가한 셈이다. 할당된 시간에 맞추자면 쓸모없는 동작을 하면 안 되므로, 조금 과장하자면 일하다가 이마의 땀을 쏠면서 허리를 펴고 서있을 시간도 없는 셈이다. 노동량의 증가로 누적될 피로와 최대한 빠른 속도로 작업 리듬을 유지해야 하는 고통에 대해서는 더 말할 필요가 없겠다.

게다가 이렇게 열심히 일하지만 임금은 오르지 않는다. 왜냐하면 임금은 노동 시간대로 고정되어 있기 때문이다. 그리고 테일러는 작업도

구를 표준화하여 모든 이에게 적용될 수 있는 작업시간을 연구했다. 그리고 노동자에게 자신의 방법을 실천할 동인을 주기 위해서 성과급제를 도입했다. 회사에서 기준을 정해놓고 더 많은 성과를 올리는 노동자에게 차별적으로 대우를 해주는 성과급제는 오늘날에는 익숙한 개념이지만, 테일러가 이를 착안했을 때만 해도 혁신적인 방법이었다.[*]

테일러리즘은 산업화 시대 근대적 시간개념의 극치를 보여주는 예이다. 그는 시간에 거의 광적으로 집착했기 때문이다. 인간성의 말살이라거나 인간의 부속화라는 공장제 노동에 대한 비판은 이 때문에 나오게 된다. 테일러리즘이 양산한 인간의 문제가 가장 잘 묘사된 것으로 유명한 찰리 채플린(Charley Chaplin)의 영화 〈모던 타임즈(Modern Times)〉의 첫 장면은 바로 거대한 시계다. 그 시계에 초침이 쉴 새 없이 돌아가는 장면이 양떼처럼 몰려나오는 지하철 계단의 인간 떼와 오버랩 되면서 영화는 시작된다.

시계 외에도 이 영화에는 근대적 시간성을 묘사하는 장치들이 여럿 나온다. 그 중 하나는 바로 출근부이다. 노동 시간을 명확하게 구분하고 낭비되는 시간을 없앰으로써 노동자의 행동을 통제하는 역할을 하는 것이 바로 주인공 떠돌이가 작업실에 나드는 시간을 빠짐없이 기록하는 출근부이다. IBM사의 전신이 바로 그 출근부 기계를 생산하던 회사였다고 하니 시간에 대한 통제와 지배는 이렇게 엄청난 효과를 낳은 것이다.[**] 출근부 외에도 관리자 급만이 들여다보는 회중시계라든가, 공장

---

[*] 마르셀 스트루방, 박주원 역, 『노동사회학』, 동문선, 2003.
[**] 김홍국, 『미국의 거장들』, 살림, 2004, 26-29쪽.

노동 속도를 조절하는 타이머와 부저 소리 등은 영화의 전반부에서 중
요한 역할을 담당한다.

영화에서 공장과 유사한 또 다른 근대적 공간인 감옥으로 가면 호루
라기 소리가 공장에서의 부저를 대체함을 알 수 있다. 식사 시간. 호루
라기 한 번에 죄수들은 자기 감방에서 문을 향해 일어선다. 두 번에 제
자리걸음을 시작한다. 세 번에 문이 열리면 방 밖으로 나온다. 네 번에
모두 우향우를 해서 식당으로 향한다. 다섯 번에 걷기 시작한다. 여섯
번에 식탁 앞에서 제자리걸음을 한다. 일곱 번에 멈춘다. 여덟 번에 착
석한다. 여기서 죄수들은 식사 시간이라는 것은 알지만 그것이 몇 시
인지는 알 권리가 없다. 그들은 그저 호루라기 소리에 맞춰 정해진 동작
을 하면 된다. 공장에서 정확히 몇 시인지에 상관없이 부저 소리에 식사
를 시작하면 되는 것과 같은 이치이다.

Charley Chaplin 모던 타임즈(Modern Times)

이렇게 노동자들은 행위의 주체로서 시간에 대한 결정권을 상실하고 기계음과 부호에 의해 강요되는 행동을 하는 존재가 되어 버렸음을 보여준다. 물론 영화는 그에 대한 비판적 시각을 견지한다. 획일화된 시간 통제의 근대적 사회에서 부적응아인 주인공 떠돌이는 도시를 떠나는 장면으로 영화는 끝난다는 것이 이를 대변한다. 그의 옆에는 마찬가지로 통제되는 또 다른 근대적 공간인 고아원에 가기를 거부하는 여자 친구가 동행을 한다. 〈모던 타임즈〉가 풍자하는 것은 바로 테일러리즘이 강화시킨 근대적 시간개념과 그것의 노예가 된 현대인들의 모습이다. 스톱워치까지 동원해서 분초를 다투며 종종걸음을 하지만 알고 보면 누가 왜 어떻게 그것을 조절하고 있는지 질문하지도 않게 된 현대인말이다.

3. 서양시간의 표준화와 세계화

앞장에서 테일러가 작업장 단위에서 근대적 시간개념을 확립하기 위해 고민했다면, 비슷한 시기 미국의 철도산업은 시간의 표준화라는 문제에 직면해 있었다. 19세기말 미국은 비로소 북아메리카 전역에 대한 지배를 공식화하고 본격적인 서부 개발에 열을 올리고 있었다. 이때 개발의 핵심이 된 것이 바로 철도였다. 물류와 인적 자원의 운송로가 확보되지 않는 한 광활한 서부의 정복은 요원한 사업이기 때문이었다. 그렇기에 미국 산업화의 중추적인 역할을 하는 것은 바로 철도사업이요, 당대 최고의 갑부는 철도회사 소유주들이었다.*

----

* 미국 대륙횡단철도의 건설에 대한 자세한 이야기는 다음을 참고하라. 스티븐 암브로스,

그런데 이 철도회사들에게 최대의 당면과제가 있었으니, 그것은 바로 미국의 특성상 주별로 서로 다른 내용을 가지게 된 기준들을 통일하는 문제였다. 우선 철로의 폭이 큰 문제였다. 제아무리 긴 노선이 개통된다 해도, 주 경계선을 넘을 때마다 철로폭이 달라 기차를 갈아타야 한다면 그것은 큰 불편과 비효율을 유발한다. 그와 함께 가장 큰 문제로 떠오른 것은 바로 기차 시간표였다. 당시 미국에는 300가지 이상의 지역시간이 존재했다고 추산되는데, 이는 기차역에 설 때마다 시간을 새로 맞추어야 하는 불편함을 야기하는 심각한 문제였다. 실제로 1870년에 만들어진 한 팸플릿에는 미국 철도에 존재하는 80개의 서로 다른 표준시간을 기록하고 있다.*

us time zones

손원재 역, 『대륙횡단철도 : 시간과 공간을 정복한 사람들의 이야기』, 청아출판사, 2003.
* 스티븐 컨, 박성관 역, 『시간과 공간의 문화사, 1880-1918』, 휴머니스트, 2004, 43-44쪽.

정확한 시간의 운용 없이 장거리 기차 운행을 한다는 것은 엄청난 혼선과 착오를 초래할 것이 너무도 분명한 상황이었다. 시카고에서 오후 2시에 출발한 기차가 새크라멘토에 도착하는 것은 몇 시인가? 그 기차가 출발한 시각은 도착지의 몇 시인가? 중간에 기차를 갈아타려면 어디서 몇 시에 떠나는 기차를 찾아야 하는가? 이런 질문에 대한 확실한 대답이 불가능하다면 기차 여행은 공포소설이 될 지경이었다.

충분히 복잡다단한 문제들이 발생한 뒤 철도회사는 기준 시간제를 만들어야 한다는 필요성을 절감했다. 그렇게 해서 만들어진 것이 바로 오늘날에도 존재하는 시간변경대이다. 미국은 그 당시 철도운용 시간을 기준으로 네 개의 시간대를 만들었다. 하와이와 알래스카를 제외한 미국 전역은 지금까지도 동부(Eastern), 중부(Central), 마운틴(Mountain), 서부(Pacific)라는 시간대로 나뉘어져 있는데, 바로 이것이 19세기말 대륙횡단철도의 개통과 더불어 만들어진 것이다. 각각 1시간씩 차이가 나는 이 기준에 따라 전 지역이 함께 시간을 계산하게 됨으로써 장거리 노선은 혼란 없이 운행을 계속할 수 있었다.

미국에서 시작된 이 시간의 표준화 작업은 곧 전 세계로 전파되었다. 각각의 국가 내부에서 요구되었던 표준화는 더 넓게는 전 세계적인 필요성이 개진되었기 때문이다. 〈시카고 발 새크라멘토 행 기차〉나 〈뉴욕 발 런던 행 선박〉 모두가 더 많은 사람과 화물을 혼란 없이 운반하기 위해서는 표준화된 시간이 절대적으로 필요했다. 1884년 미국의 수도 워싱턴 DC에서는 서양 여러 국가들의 대표가 만나 세계적인 표준시간제를 도입할 것을 결정했다. 그때 영국의 그리니치 천문대를 세계시간의 기준점으로 삼았던 것은, 영국 항해술의 발달과 더불어 14세기 이래

천문학적 측정 성과를 축적해 온 성과를 인정받았던 탓이었다.

영국은 20세기 초까지 전 세계에 식민지를 보유한 국가로서 표준시의 필요성을 더욱 감지하고 있었을 것이다. 영국의 세계정복의 자신감과 정당성을 문학적으로 표현한 『80일간의 세계일주』의 저자는 프랑스인 쥘 베른(Jules Verne)임에도 불구하고 주인공을 영국인으로 내세운 것은 그 때문이다. 이 책이 출판된 1873년 당시 그와 같은 "세계여행"을 할 수 있는 국적자는 영국인뿐이었다. 이 말은 무슨 뜻인가? 『80일간의 세계일주』는 사실 세계일주가 아니다. 주인공 일당이 지구 한 바퀴를 돌며 들르는 곳은 영국, 수에즈운하, 인도, 중국/일본, 미국, 영국뿐으로, 즉 모두 영국의 식민지이거나 식민지였거나 아니면 조차지인 지역들이다. 이곳에는 영어가 공용어로 통하고, 영국 공권력에 의해 통치되며, 따라서 주인공 일행이 여권에 도장을 받고 영국왕의 보호를 받을 수 있다.*

이처럼 지극히 서양(영국) 중심적인 세계여행의 성공에서 공간의 정복만큼 중요한 것은 바로 시간의 정복이었다. 『80일간의 세계일주』에서 가장 충격적인(특히 출판된 시기에) 부분은 바로 제목에 쓰인 80일이라는 시간이었다. 지금이라면 "아니 세계일주 하는 데 무슨 80일이나 걸려?"라고 놀라겠지만, 1873년의 독자들은 "80일밖에 안 걸리는 세계여행이 가능하다고?"라고 소리치며 책을 집어 들었을 것이다. 그리고는 책을 읽으면서 불과 4년 전인 1869년에 수에즈 운하와 미국 대륙횡단철도의 개통이라는 역사적인 사건이 있었기에 그런 여행이 정말

---

* 쥘 베른, 김석희 역, 『80일간의 세계일주』, 열림원, 2003.

가능할지도 모르겠다고 생각했을 것이다. 그만큼 80일이라는 시간은 당시로서는 서양이기에 가능한, 거의 공상과학적인 수준의 짧은 시간을 의미했다.

또한 여행을 제한된 시간 내에 마무리하기 위해서는 영국을 기준으로 하는 시간의 계산이 필수적인 과제였다. 때문에 주인공 필리어스 포그는 항상 회중시계를 앞주머니에 차고 다니며 시간을 확인하고, 영국을 기준시로 하는 날짜계산에 골몰하는 것이다. 도착과 더불어 내기에서 질 뻔했던 해프닝, 이른바 날짜변경선에 관한 일화를 통해서 드러나듯이 여행의 의미는 시간과의 싸움, 특히 서양인, 그 중에서도 대영제국의 시민이 세계를 시간으로 정복할 수 있는가에 있는 것이다. 영국을 중심으로 편재된 세계시간의 적용의 현실성을 측정하는 문제이다. 물론 포그는 이에 성공을 거둔다. 때문에 『80일간의 세계일주』는 팽창하는 서양의 제국주의의 자화상이자 근대적 시간개념으로 세계를 제패하려는 그들의 의도에 대한 은밀한 고백이다.

서양에서 근대적 시간의 기준이 통일되자, 이들이 정복하고 있던 지역들에는 서양의 기준이 지켜질 것이 요구되었다. 19세기 말~20세기 초는 서양 열강들의 제국주의 팽창기에 해당했기 때문에 이것이 가능했다. 따라서 서양 이외의 지역에서 근대화 자체가 그러했듯 시간개념 역시 서양의 기준이 세계적으로 통용되는 결과가 초래되었다. 우리나라 역시 그리니치 천문대를 기준으로 하는 세계시간의 일부가 되어 있다. 글의 서두에 언급한 "코리안 타임"이라는 단어에는 이와 같은 서양 시간의 일방적 세계화라는 역사적 맥락이 숨겨져 있는 것이다.

1988년 서울 올림픽 당시에는 서양에서 실시하는 서머타임제, 즉 일광절약시간제를 도입하기도 했었다. 일광절약제는 18세기말 미국의 정치사상가이자 발명가, 교육자였던 벤자민 프랭클린(Benjamin Franklin)에 의해 처음으로 주창되었다고 한다. "오늘 할 일을 내일로 미루지 말라."는 격언으로 유명한 프랭클린은 여름이면 빨리 뜨는 태양을 십분 활용하기 위해 일찍 일과를 시작해야 하는 것이 좋다고 제안했다. 프랭클린의 시대에 당장 받아들여지지 않았지만 서머타임제는 그 후로 인정되어 오늘날까지 미국과 유럽에서 실시되고 있는 제도이다.

단 한 시간의 일광이 아까워 시간대를 바꾸는 번거로움도 감수해야 한다고 생각했던 프랭클린은 효율의 극단적 광신도라는 면에서 프레드릭 테일러의 정신적 스승이 아니었을까 생각될 정도이다. 그가 남긴 더욱 유명한 격언, "시간은 돈이다"에 부끄럽지 않게 프랭클린은 촌음을 아껴 성실하고 근면하게 일했던 인물이었다. 동시대인인 철학자 존 러스킨은 "시간은 돈"이라는 말의 천박함에 치를 떨었다지만 세상은 프랭클린의 방식대로 진보해 왔다.*

4. 근대적 시간의 전복?

"시간은 모든 것을 파괴한다. 우리가 사랑하는 모든 것을. 그러나 시간은 또한 우리가 싫어하는 모든 것, 모든 사람들, 우리를 증오하는 모든 사람들, 그리고 또 고통, 심지어 죽음까지도 파괴한다는 장점이 있다

---

* 제이 그리피스, 박은주 역, 『시계 밖의 시간』, 당대, 2002, 334-336쪽.

는 사실을 인정할 필요가 있다. 결국 시간은 우리들 자신을 파괴함으로써 우리의 모든 상(喪)과 모든 고통의 원천에 종지부를 찍는 것이다."*

　투르니에(Michel Tournier)의 일기에서 인용된 윗 글은 대부분의 인간과 마찬가지로 단선적인 시간의 흐름에 대한 이해를 배경으로 한다. 시간은 한 방향으로 흘러가는 것이고, 그것은 절대적인 개념이다. 모두에게 시간은 똑같고, 그 흐름은 바꿀 수 없다. 투르니에의 관찰대로라면, 가능 불가능을 떠나 시간의 흐름을 거스를 까닭이 없을 것이다. 시간이 간다는 것이 아쉽고 슬플 수도 있지만 어차피 시간은 사랑하는 것과 더불어 모든 증오와 고통의 대상까지도 파괴한다. 인간은 아이에서 노인으로, 삶에서 죽음으로 향해 가고, 계절은 늘 바뀌고, 세월은 간다. 그것이 인류의 역사이다.

　역사학은 바로 그 시간의 흐름에 기대고 있는 학문이다. 흔히 역사학을 시간과 공간의 학문이라고 한다. 역사에서 의미 있는 모든 단위들은 과거를 지닌다. 따라서 인간이 역사를 이해한다는 것은 (그것이 어떤 공동체, 국가, 민족, 혹은 개인, 무엇이건 간에) 그것의 과거로부터 현재까지를 이해한다는 것을 의미한다. 과거는 인간의 의식 속에서 영원히 가치를 지니게 되며, 인간 사회의 제도, 가치, 그리고 모든 구성 요소의 필수 불가결한 요소이다. 그렇게 본다면, 역사가의 임무는 그 과거의 의미를 사회 속에서 분석하고, 그 변화의 과정을 추적하는 것이다.

　하지만 역사학은 그 자체로 만고불변의 절대적 진실은 아니다. 왜냐

---

* 미셸 투르니에, 김화영 역, 『외면일기』, 현대문학, 2004, 19쪽.

하면 역사가는 자신이 속해 있는 시간과 공간으로부터 자유롭지 못하기 때문에 해석에 있어서 주체적으로 활동하기 때문이다. 역사학자이자 국제관계학자였던 E.H. 카아(E.H.Carr)는 불후의 고전『역사란 무엇인가?』에 이렇게 썼다. 역사는 "과거와 현재의 끊임없는 대화", 더 자세히 풀어쓰자면, "현재의 역사가와 과거의 사실 간의 상호작용"이라고. 역사가는 과거의 사실을 다루지만 자신이 속해 있는 시간과 공간으로부터 자유롭지 않다. 역사가 자체가 역사의 산물이기 때문이다.

예를 들어보자. 우리나라에서『삼국지』에 대한 전통적인 해석은 "한나라의 후손인 유비는 좋은 분, 쿠데타를 일으킨 역적 조조는 나쁜 놈"이었다. 이는 혈통과 신분을 중시하던 시대의 해석이다. 하지만, 70년대와 80년대 군부 쿠데타로 정권을 잡은 정부는 이런 해석이 불편했다. 그리고 어느 새인가 출신보다는 능력 위주의 사회가 되어야 한다는 말이 정설이 되면서 "조조는 능력 있는 지략가, 유비는 무능하고 구태의연한 자"라는 해석이 자리 잡게 되었다. 혈통에 관계없이 능력 있는 사람이 활동하도록 인정해 주는 것이 국가를 위한 길이라는 것이다.

보다시피 과거의 사실, 즉 역사에는 변함이 없지만, 그 사실에 대한 이해, 즉 역사학은 해석하는 입장과 방식에 따라 달라진다. 그것이 바로 역사가가 가지는 시간성 때문이다. 고로 역사를 연구하기 위해 선행되어야 하는 것은 역사가 자신의 사회적, 정치적, 문화적, 그리고 역사적 맥락을 이해하는 작업이라고 E.H. 카아는 말했다. 이렇게 생각하면 시간을 다루는 학문인 역사학은 이미 상대적인 시간 개념을 가지고 있다고 볼 수 있다.

잘 알려진 바와 같이 천재 물리학자 알버트 아인슈타인(Albert Einstein)

은 시간의 상대성을 일깨워 서양의 사상체계에 혁명적인 변화를 일으킨
바 있다. 단선적으로 흐르는 불변의 가치로 생각되던 시간은, 그의 "특
수상대성이론"에 의해 "시공간"이라는 4차원 세계에서 하나의 축으로
규정되었다. 이에 따르면 관찰자 혹은 경험자에 따라 시간은 상대적인
것이다. 다른 속도로 움직이는 사람들 사이에 1초는 같은 1초일 수 없으
며, 따라서 세상에는 절대적인 과거도 현재도 미래도 없다는 것이다.*
절대적인 줄 알았던 서양의 근대적 시간개념은 아인슈타인 이후 흔들려
왔다.

    1999년의 화제 영화 〈매트릭스
(matrix)〉의 명장면은 시간을 상대
적으로 해석하는 훌륭한 예이다. 주
인공 니오(Neo)가 초인적 힘을 가지
게 되면서 그는 평범한 인간의 분초
단위와는 다른 분초를 사용한다. 눈
에 보이지 않을 만큼 빠른 그에게 1
초는 눈 깜짝할 짧은 시간이 아니라
날아오는 탄환을 수없이 피할 수 있
는 긴 시간이다. 그는 시간을 보통 사람과는 다른 단위로 쪼개서 쓸 수
있기 때문이다. 따라서 아이러니하게도 그의 빠른 동작을 이해하려면
우리는 그 모습을 슬로우모션으로 보아야만 한다. 우리의 눈이 그의 동
작을, 다시 말해 우리의 시간이 그의 시간을 따라 갈 수 없기 때문이다.

---

* 김제완 외, 『상대성이론, 그후 100년』, 궁리, 2005, 79–91쪽.

이렇게 〈매트릭스〉는 시간의 상대성을 표현한다. 그럼 이제 근대적 시간은 끝나고 탈근대적 상대적 시간의 시대가 온 걸까?

대답은 쉽지 않을 것이다. 김기덕 감독의 최근 영화 〈시간〉은 바로 이러한 시간의 본성(?)을 거부하면 어떻게 될까?라는 질문에서 시작된다. 사귄 지 오래되어 초반의 설렘을 잃어버린 남자친구에게 "맨날 똑같아서 미안"했던 여자가 성형수술로 새로운 사람이 되어 다시 연인과 사랑에 빠지고자 한다. 하지만 여자가 달라진 얼굴로 새로 시작하려는 둘의 시간은 전에 연인으로 함께 보낸 둘의 시간과 공존하는 이상한 결과를 초래하고 만다. 시간을 거슬러 올라가려는 여자의 이 엽기적인 선택은 결국 죽음과 파국이라는 끔찍한 결말을 초래하고 만다. 인간은 시간을 돌릴 수가 없다.

〈시간〉, 혹은 더 저급한 수준의 시간여행을 이야기하는 〈백 투 더 퓨처〉와 같은 영화에서의 장면이 당장 실현될 수는 없겠지만, 아인슈타인처럼 시간의 상대성을 생각한 선구자들은 서양 현대사회 곳곳에서 목격된다. 살바도르 달리(Salvador Dali)의 1931년 그림 〈기억의 지속〉에는 마치 녹아내리듯 흐느적거리는 시계가 3개 등장한다. 하나는 관과 같은 상자 위에, 하나는 나뭇가지에, 그리고 하나는 무언지 모를 하얀 물체 위에 걸쳐 있다. 그 외에 상자 위에는 멀쩡한 모습의 시계도 하나 더 있는데, 그 속에는 개미떼가 들어있다. 서양 근대의 기반이었던 절대적인 시간, 단단한 시간을 해체시키는 이른바 초현실주의 작품이다. 제목과 연관시켜 생각해 보면 과거와 현재와 미래가 뒤섞인 시공간의 세계를 보여주는 것으로 이해할 수 있겠다.

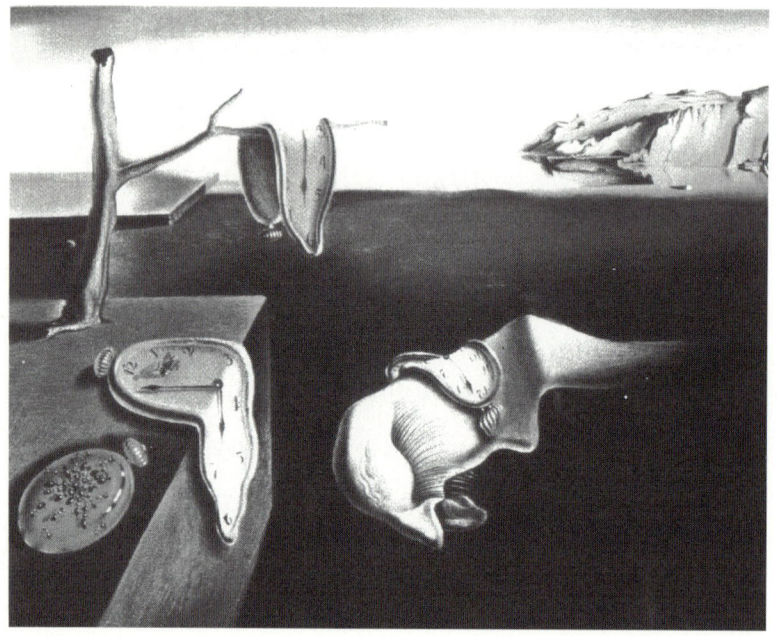

살바도르 달리, <기억의 지속>

5. 나가는 글

앞에서 본 바와 같이 서양은 근대적 시간의 개념을 확립하고 효율적인 시간관리를 통제함으로써 엄청난 생산력을 갖추게 되었고 세계를 제패할 경제력을 형성했다. 그리고 그 힘을 바탕으로 넓어지는 영토와 시장에 대한 장악을 확고히 하는 과정에서 서양의 근대적 시간개념을 타 지역에도 유포시켜 나갔다. 시간의 통제와 서양시간의 세계화는 이처럼 제국주의와 자본주의 이윤의 극대화라는 맥락과 함께 진행되었던 것이다.

그러나 서양의 근대적 시간개념은 만만치 않은 반론들에 맞부딪치고 있다. 여러 개의 기준이 동시에 작동하는 상대적 시간의 개념은 우리의 세계관에 파장을 던졌다. 뿐만 아니라 거기서부터 출발하는 시간여행과 같은 다양한 즐거운 상상들. 그것들은 근대적 시간이라는 견고한 틀을 흔들고 있는 것이다.

효율만을 강조하여 빠르게 빠르게 재촉해 왔던 지난날과 대조적인 "느리게 살기" 운동이 최근 관심있는 이들의 이목을 끈다. 인위적인 시간 통제에서 벗어나 자연의 시간 속으로 돌아가자는 운동이다. 제철 과일 먹기, 식품 유전자 조작 반대, 슬로우 푸드 만들기 모두가 비닐하우스, 유전자 조작, 패스트푸드 등 근대적으로 시간을 정복했던 성취물을 거부하자는 운동이다. 본래 제 시간보다 빨리 많이 생산하기 위해 채택했던 방법들이 재고되고 있는 것이다. 때문에 더 많이 사용하는 시간(=돈)을 낭비하는 것이 아니라, 빠르게 살 때는 느낄 수 없었던 진정한 삶의 의미를 거기서 재발견하기 위해서이다.

"안녕하세요." 어린 왕자가 인사하자 상인은 "안녕" 하고 답했다. 상인은 갈증을 가라앉히는 알약을 발명하여 팔고 있었다. 당신이 이 알약을 일주일에 한 알씩 먹으면 아무것도 마시고 싶지 않을 것이다. "왜 아저씨는 이 약을 팔고 있나요?" 어린 왕자가 물었다.

그러자 상인은 이렇게 말했다. "시간을 엄청나게 많이 절약할 수 있기 때문이지. 전문가들이 계산해 보았더니 이 약을 먹으면 네가 일주일에 53분을 절약한단다."

"그러면 그 53분으로 나는 무엇을 하나요?"

"네가 좋아하는 것은 무엇이든 하지."

어린 왕자는 혼자서 중얼거렸다. "만약 내 마음대로 쓸 수 있는 53분이 생긴다면 나는 신선한 샘물 있는 데로 쉬엄쉬엄 걸어갈 테야."

생떽쥐뻬리, 『어린 왕자』 중에서

더 읽을 거리

1. 서울 사회과학 연구소, 『근대성의 경계를 찾아서』, 새길, 1997

근대/근대성이란 무엇일까? 근대적 시간개념, 공간의 분화, 그리고 근대적 특성들의 본질을 파헤친 5인의 공저. 근대의 몸, 근대의 시선과 같은 흥미로운 주제들이 담겨있고, 우리가 일상적으로 익숙해져서 인식하지 못하는 근대적 가치들을 알기 쉽게 설명해 준다.

2. 김제완 외, 『상대성이론, 그후 100년』, 궁리, 2005

철학, 미술, 사진, 영화, 건축, 광고 등 현대 생활의 전 분야에 아인슈타인의 상대성이론이 어떤 영향을 미쳤는지 설명한 책. 자칫 어렵게 느껴질 수 있는 물리, 수학적 이론을 각 분야의 전문가들이 쉽게 풀어 대중교양서로 손색이 없다.

3. 홍성욱 외, 『과학으로 생각한다』, 동아시아, 2006

아이작 뉴턴, 찰스 다윈, 알버트 아인슈타인, 쿠르드 괴델 등 기발하고 괴짜였던 과학 분야의 천재들의 삶과 그들이 만든 위대한 이론들, 그리고 그 현대적 의미를 재미있게 설명한 책. 과학, 철학, 역사, 예술을 오가며 이론을 쉽게 설명해주는 4인 저자들의 노고가 엿보이는 책.

4. 그레이엄 클라크, 『공간과 시간의 역사』, 정기문 역, 푸른길, 1999

선사고고학자인 저자답게 구석기 시대부터 인간이 추상적 사고의 능력을 키워나가면서 시간과 공간을 인식해 왔던 방식을 탐구한다. 우주의 탄생에서 멸망까지, 그리고 동서양을 아우르는 전문가의 설명 방식이 탁월하다.

5. 데이바 소벨, 『경도: 한 외로운 천재의 이야기』, 김진준 역, 생각의 나무, 2001

이 책의 부제가 말하는 "외로운 천재"는 존 해리슨이라는 시계공이다. 그는 서양 최초로 세계 어디서나 정확한 시간을 측정할 수 있는 시계를 발명해서 항해 중 경도를 정확히 파악할 수 있게 해주었다. 책은 당시 유럽 세계에 대한 설명과 존 해리슨의 발명에 얽힌 이야기를 풀어나가고 있다.

6. 스튜어트 매크리디 외, 『시간의 발견』, 남경태 역, 휴머니스트, 2002

　"시간이란 대체 뭘까?"라는 질문에 답하는 책. 선사시대부터 현대에 이르기까지 사람들이 시간에 대해 어떤 생각을 했고, 이를 어떤 방식으로 측정해 왔는지, 그리고 그 현재적 의미는 무엇인지 물리학, 고고학, 지질학, 동물학 등 여러 분야의 전문가들이 쓴 논문을 모았다.

7. 스티븐 컨, 『시간과 공간의 문화사, 1880-1918』, 박성관 역, 휴머니스트, 2004

　서양 세계에서 눈부신 발전을 일구는 1880년부터 1918년까지의 기간에 어떠한 혁신과 발전들이 있었는지, 특히 서양인이 그 기간에 시간과 공간을 어떻게 이해했는지, 그것이 그들의 발전에 어떤 영향을 주었는지 평이한 언어로 설명한 교양 서적.

8. 앨프리드 크로스비, 김병화 역, 『수량화 혁명』, 심산, 2005

　측정하고 표준화하는 서양 근대의 기술과 관습이 어떻게 서양세계를 발전시키고 나아가 세계를 평정하게 만들었는지 장기간의 역사를 살펴보는 책으로, 한 지역에 국한되지 않는 세계사의 대가인 작가의 다양하고 폭넓은 연구의 성과를 알려준다.

9. 제이 그리피스, 『시계 밖의 시간』, 박은주 역, 당대, 2002

　현대의 시간이 고도로 정치적이며 문화제국주의적이라는 비판을 담고 있는 흥미로운 책이다. 근대의 효율과 자본주의의 가치만을 강조한 시간 개념에만 집중하느라 잊혀진 여성의 시간, 자연의 시간, 둥근 시간, 야성의 시간 등 다양한 시간들에 대해 설명한다.

10. 한스 라이헨 바하, 『시간과 공간의 철학』, 이정우 역, 서광사, 1986

물리적 공간의 기하학적 기초에 관한 문제를 깊이 있게 분석한 책. 아인슈타인의 공간 개념과 연관된 시간의 이론이라든가 비유클리드적 구조의 시각적 직관 가능성의 문제 등을 다루고 있는데, 전공기초 도서나 일반보다 조금 높은 수준의 교양서 모두 쓰일 수 있다.

생각해 보기

1. 중세에서 근대로 넘어오면서 달라진 서양인들의 생활리듬을 생각해보자. 아침에 깨어나서 잠자리에 들기까지 일상생활은 어떻게 달라졌을까.

2. 근대로 넘어오면서 시간의 통제권을 잃게 되는 교회의 권위의 변화에 대해 생각해 보자. 이는 단지 시간관리에서뿐 아니라 정치 사회 경제 문화 사상 전반에 걸친 세계관의 변화를 의미한다는 점을 고려하자.

3. 테일러리즘과 산업사회의 시간관리는 인간의 삶에 어떠한 변화를 초래했을까? 영화 〈모던 타임즈〉가 희화했던 현대인의 모습은 얼마나 현실적인지 혹은 비현실적인지 생각해 보자.

4. 서양의 세계정복 과정에서 무시되어온 전통적 시간개념의 의미는 무엇일까 고려해 보자. 서로 다른 시간개념 사이에 더 낫거나 덜 나은 차이가 존재하는가? 아니면 그것은 사회적으로 학습되어온 차이에 불과한가?

5. 근대의 시간개념을 전복하려는 최근의 운동들, 근대 서양의 시간관념과는 다른 시간 해석을 보여주는 시도들은 어떤 것들이 있을까? 회화, 사진, 영화, 만화 등의 작품에서 이러한 예들을 찾아 그 의미를 음미해 보자.

한국 조선시대의
시간관념

김인호

1. 조선시대에도 시간관념이 중요했을까?

오늘도 우리는 시간이 없다는 말을 입에 달고 산다. 시계가 없는 사람은 거의 없지만, 손목시계보다는 주로 휴대폰에 달린 시계 보기를 선호한다. 그냥 습관일 뿐이다. 사실 손목시계가 흔해진 것도 그리 오래된 일은 아니다. 지금 세대는 이해가 가지 않겠지만, 과거 영어 교과서에 많이 등장했던 말이 있다. "What time is it now?"란 말이다. 현재 시간을 묻는 말이지만, 요즘처럼 누구나 시계가 있고, 곳곳에 시계가 걸려있는 시대에는 잘 쓰이지 않는 말이다. 그래서 이 말은 어느 순간부터 영어회화 책에 잘 등장하지 않게 된 것 같다.

현대에서 시간은 중요하다. 그렇게 중요하게 된 것은 근대 자본주의 시대 이래의 일이다. 시간이 돈이라는 말이 통용되게 된 것도 근대 시대 이후부터였을 것이다. 우리에게 잘 알려진 『80일간의 세계일주』는 시간의 측정과 중요성을 일깨워 주는 책이다. 시간이 노동의 척도라는 점은 아담 스미스 이래 마르크스에 이르기까지 중요한 명제였고, 그 실제

는 미국의 테일러에 의한 작업방식으로 실현되었다. 그것이 근대사회의
산업을 끌어가는 힘이었던 것이다.

그러면 조선시대는 어떠했을까? 시간이 그만큼 중요했던 것일까? 또
한 시간은 어떻게 측정되었을까? 조선후기에 있었던 일이다.

> 정두경(鄭斗卿)은 자(字)가 군평(君平)으로 충청도 온양 출신인데,
> 정지승의 손자이고 정순붕의 4대를 내려간 자손이다. 일찍이 북평사
> (北評事)*가 되었는데, 밤에 시를 짓고 있었다. 퇴고를 하며 어떻게
> 고칠 것인지 정하지 못하고 있는데 닭 우는 소리를 들었다. 그러자
> 하인에게 닭을 잡아오게 하여 죄를 낱낱이 논하였다. "내 시가 아직
> 정해지지 않았는데, 네가 어찌 감히 먼저 우느냐." 즉시 목을 베도록
> 명하였다(『몽운잡기』).**

정두경(1597~1673년)은 유명한 백사 이항복(李恒福)의 문인이다. 그
의 성격은 호탕하고 술과 농담을 즐겼다. 문장력이 뛰어나 시를 잘 지었
다고 한다.***

앞의 이야기는 시를 지은 후에 완성을 앞둔 상황에서 벌어진 것이다.
정두경은 닭 우는 소리를 듣고 퇴고하지 못한 죄를 논해서 죽였다. 이
일이 글 짓는 것을 업으로 하는 사람들에게는 일정하게 공감이 될지 모
르지만, 요즘의 관점으로 황당한 얘기다. 동물인 닭이 무엇을 알 리 없

---

* 북평사란 정6품 관직으로 병마평사(兵馬評事)의 약칭이다. 병마절도사 아래의 문관직
  으로 임기는 2년이고, 처음에는 평안도와 영안북도(永安北道)에 각각 1인씩을 두었다.
** 이희준 편찬, 유화수·이은숙 역주, 『계서야담』, 국학자료원, 743쪽.
*** 『현종실록』 권, 현종 14년 6월 계묘.

기 때문이다.

당시 사람들도 그의 처사가 황당했기에 이 얘기를 기록에 남겼을 것이다. 정두경은 닭 우는 소리가 방해되어서 죽었을까? 그렇지 않을 것이다. 그가 의식한 것은 닭 울음소리가 갖는 의미, 즉 어떤 시간이 되었다는 점이다.

조선시대에는 시계가 거의 없었다. 닭 울음소리는 새벽을 알리는 신호이고, 관청의 경우는 잠시 후에 하루의 업무를 시작한다는 얘기가 된다.

일상에서 하루의 시작은 동이 트는 시간이다. 관청의 경우는 출근시간이 묘시(卯時 : 5~7시)로 규정되어 있었는데, 해가 짧은 겨울에는 진시(辰時 : 7~9시)였다.* 그렇기에 아침에 일어나서 서둘러 출근해야 했다.

닭소리가 새로운 하루를 시작하는 기준이 되었음은 조선시대 이전부터 오래된 일이었다. 조선시대 유학자(儒學者)들이 국가의 표준으로 생각한 중국 고대 주나라에는 새벽을 알리는 벼슬아치가 있었다. 이들에게는 특히 제사의 시간을 알리는 일이 중요했다. 이들 벼슬아치의 이름을 '닭사람(鷄人)'이라고 했다.** 이미 닭이 하루 시작을 알리는 역할을 인정했다는 것이다. 중국에는 황금닭(金鷄)이 동쪽 바다의 신들린 나무가 있는 산 위에서 울면, 천하의 닭들이 모두 따라 운다는 전설이 있을 정도다.

고려시대 대표적인 문인 이규보는 닭에 대해 이렇게 시를 지었다.

---

* 『경국대전』 이전 고과.
** 『주례(周禮)』 춘관(春官) 계인(鷄人).

바다에 해 뜨기 멀었으니
하늘과 땅이 아직 밝지 않았구나
모든 사람들 단잠에 빠진 것을
한 소리 울음으로 놀래 깨우네
먹이를 찾으면 암컷 불러 함께 먹고
수컷임을 과시하여 적 만나면 싸운다
오덕(五德) 모두 갖춤을 내 어여삐 여기노니
기장과 함께 삶지 말아라

닭이 갖추었다는 오덕이란 다섯 가지 덕인데, 중국의 『한시외전(韓詩外傳)』이란 책에서 나온 말이다. 즉 머리의 벼슬은 문(文)이고, 날카로운 발톱은 무(武)이고, 적과 용감하게 싸우는 것은 용기(勇)이고, 먹이를 서로 나누어 먹는 것은 어짊(仁)이고, 어김없이 새벽의 시간을 알리는 것은 믿음(信)이다.

오덕 중에 믿음과 관련된 것이 새벽의 시간을 알리는 것이다. 이는 닭과 시간과의 관련에 대한 당시인들의 믿음을 보여준다.

조선시대 사람들은 밤에 특별히 할 일이 많지 않았기에 일찍 잠자리에 드는 경우가 많았다. 아무래도 밤에 책을 볼 수 있는 사람들은 경제적 여유가 있는 양반층이었고, 그 외에 대부분은 등불에 들어가는 연료를 아끼려 했다. 그래서 그들은 형설지공(螢雪之功 : 겨울의 하얀 눈빛에 의지해 책을 보는 것과 같은 노력)이란 말을 쉽게 이해하고, 또한 사용했을 것이다. 그러므로 밤 시간을 아는 일은 일반인들에게 별로 중요하지 않았을 것이다.

그렇다면 조선시대인들은 시간을 알려고 하지 않았을까? 그들은 분명히 시간을 재는 것을 의식하고 살았다. 정염(鄭磏: 1506~1549년)의 얘기는 이를 시사한다.* 그는 무슨 책이든 한 번 보면 외웠기에 모든 분야의 학문에 달통한 인물이라고 한다. 특히 중국어의 경우도 한 번 들으면 그 말을 할 수 있을 정도라고 했다. 그의 평생 동안의 기이한 일 중에 하나가 다음의 이야기다.

언젠가 정염이 고모를 찾아갔다. 고모는 이야기 도중에 걱정거리를 하나 말했다. 그것은 영남 지역에 자신의 종을 보내 공물을 받아오게 했는데, 돌아올 때가 넘었다는 것이다. 고모는 종이 도적이나 재난을 만난 것 같다고 염려했다.

정염은 고모를 위해 그 종이 어디쯤 왔는지를 알려주겠다고 했다. 그리고 그는 앉은 자리에서 영남지역 쪽을 한참 바라보다가 이렇게 말했다. 그 종이 문경 새재를 넘다가, 지금 어느 양반에게 얻어맞고 있다는 것이다. 고모가 웃으면서 그 까닭을 묻자, 정염은 어떤 선비가 고개 위의 길가에서 점심을 먹는데, 이 종이 말에서 내리지 않고 곧장 그 앞을 지나갔다는 것이다. 선비가 화가 나서 자신의 종자에게 말에서 끌어내리게 하여 짚신으로 뺨을 때렸다고 했다.

고모는 농담인가도 싶었지만, 혹시나 싶어서 정염이 돌아간 뒤에 그 날짜와 시간을 벽에 써놓았다. 나중에 그 종이 돌아오자 고개를 넘은 날짜와 시간, 그리고 양반에 당한 일을 물었다. 그런데 그 말이 정염이 했던 것과 일치했다.

이 얘기가 실제인지의 여부는 중요치 않다. 관심이 가는 것은 날짜와

---

* 임방 편저, 김동욱 등 번역, 『천예록』, 명문당

시간을 적었다는 사실이다. 날짜는 그렇다고 해도, 시간을 적기 위해서는 정염이 말했을 당시의 시간을 알고 있어야 한다는 뜻이다. 그 점은 선비에게 얻어맞은 종의 경우도 마찬가지다.

시간을 아는 것이 중요했던 것은 약속 때문만은 아니었다. 때를 안다는 것은 한 개인뿐만 아니라, 한 국가의 운명과 관련된다고 믿었다. 과학적 또는 논리적으로 설명되지 않을 때 과거에는 이를 운명의 탓으로 돌리는 경우가 많다. 물론 현대인에게도 그런 면은 남아 있다. 이전에는 운명의 신비함을 더욱 알려고 했고, 따라서 어떤 일을 할 때 적합한 날이나 시간을 따졌다.

한 인간의 출생 시점을 알아야 하는 것은 기본이다. 낳은 시간은 사주(年, 月, 日, 時)이고, 이것이 그의 일생과 관련되기에 중시했다. 우주 기운의 움직임이 한 사람의 운명에게 영향을 준다고 믿었기 때문이다. 그래서 천체의 움직임을 파악하는 것이 중요했다. 그것이 인간사회에 서로 영향을 주고 받는다는 생각을 강하게 인식하고 있었기 때문이다. 여기에는 이른바 음양오행설(陰陽五行說)이 결부되어 있다.

예를 들어 「홍길동전」을 지은 허균은 스스로 자신의 「운명을 풀이하는 글」에서,

나는 기사년(己巳年 선조 2, 1569년) 병자월(丙子月) 임신일(壬申日) 계묘시(癸卯時)에 태어났다. 성명가(星命家 : 사주를 보고 운명을 점치는 사람)가 하는 말이, "신금(申金)이 명목(命木)을 해치고 신수(身數)가 또 비었으니, 액이 많고 가난하고 병이 잦고 꾀하는 일들이 이루어지지 않겠다. 그러나 자수(子水)가 중간에 있기 때문에 수명이

짧지 않겠으며, 강물이 맑고 깨끗하여 재주가 대단하겠고, 묘금(卯金)
이 또 올리므로 이름이 천하 후세에 전할 것이다."하였다. 나는 늘 그
전부터 이 말을 의심하여 왔으나, 벼슬길에 나온지 17~8년 이래 좌절
또는 나아가는 것과 임금의 총애와 욕을 당하는 양상이 은연중 그 말
과 부합되고 보니 이상하기도 하다.*

이 말은 자신이 참소를 당하는 일 등이 본인의 사주와 관련되었다는
것이다. 그가 태어나던 해가 오행 중에 금과 목이 서로 극을 이루는 해
였기 때문이라고 했다. 허균의 일생이 가난하고 병이 많았는지는 모르
지만, 수명이 짧지 않고 이름을 후세에 전한다는 사주 내용은 맞는 것
같다. 그의 나이 50세에 사망했고, 「홍길동전」으로 지금까지 유명한 것
으로 보면 그렇다는 뜻이다.

사주에 대한 의식은 조선시대 사람들에게 일반적인 것이다. 사람들은
사주를 알기 위해서라도 일상에서 시간을 알아야 했다.

사실 시간을 장악하는 것은 권력자의 입장에서 중요한 일이었다. 시
간을 장악한다는 것은 남의 시간을 빼앗는다는 뜻이 아니다. 이것은 시
간을 누가 정하고, 어떻게 이를 알리느냐의 문제다.

국왕이 바로 이 시간을 장악하고, 사람들에게 알려야 하는 존재였다.
조선왕조의 설계자인 정도전은 군주에 대해 이렇게 말한다.

임금 한 몸이 나와서 천지와 사람, 물건의 종주(宗主)가 됨은, 살아
가는 백성들을 위해서 표준을 세워, 서로 돕고 잘 재단해 만드는 도리

---

* 『성소부부고』 권12, 문부9.

를 다하여 그 극진한 곳으로 밀고 감에 지나지 않는 것이다.*

좀 말이 어려운데, 군주는 통치에서 표준을 세워서 이를 기준으로 삼아야 한다는 것이다. 이 표준 중에 하나가 시간을 정하는 것이다. 원래 시간이란 사람들이 정한 약속이다. 왜 하루가 꼭 24시간이어야 할 필요가 있는지, 또는 한 시간은 60분인지 우리는 잘 모른다. 하루 시간은 인간이 그렇게 쪼개서 정하겠다는 사회적 약속이고, 우리는 이를 받아들였을 뿐이다.

국왕은 하늘을 대신한 통치자다. 하늘이란 말은 추상적인 것이지만, 여기에는 '우주'가 포함된다. 우주의 움직임은 곧 인간 사회의 질서와 곧바로 연관이 있다. 우주가 제대로 움직여야만 인간사회에서도 질서가 흐트러지지 않는다는 뜻이다. 해와 달, 별이 각기 자기 위치에서 제 때 움직여주지 않으면, 인간 사회에서도 큰 일이 발생한다고 믿었다. 그리고 해, 달, 별들이 각기 상징하는 자리가 있었다. 예컨대 해와 달은 각기 국왕과 왕비를 상징했는데, 일식이 발생하면 반란과 같은 불길한 일이 있을 징조로 보았다. 별자리 역시 마찬가지이기 때문에, 우주의 운행을 살펴보기 위해서는 시간의 측정이 필요했다.

국왕의 주요한 업무 중에 하나는 의례와 제사였다. 의례란 아침에 있는 조회, 사신 접대, 각종 행사, 제사 등에서 이루어지는 의식을 말한다. 여기에는 절차가 있고, 특히 제사의 경우는 시간이 정해져 있다.

그리고 하루의 시간뿐만이 아니라 일년이라는 시간 단위 속에 계절의

---

* 『삼봉집』 권11, 경제문감 별집 상.

단계를 구분해야 했다. 여기에 필요한 것이 달력이다. 요즘처럼 달력의 각 날짜에는 각종 행사가 배정되었다. 민간에서는 농사일 역시 절기에 따라 필요한 일이 달랐다.

조선시대 사람들은 요즘처럼 1분 단위의 시간까지는 아니어도, 시간 관념이 필요했다. 물론 농업을 중심으로 하는 사회는 산업사회처럼 빠르고 바쁘게 돌아갈 필요가 없었다. '시간은 돈이다.'라는 관념은 산업 사회의 산물이다.

농업사회는 경작물을 거두어들이기까지 최소 몇 달이 걸리기 때문에 빠르게 움직일 필요가 없었다. 씨뿌리거나 밭가는 일이 일년 중 특정한 날 하루에만 이루어질 필요는 없었기 때문이다. 사람들이 좀 느리게 움직여도 별로 손해볼 일이 없었다. 그러나 산업사회에서 노동은 시간 단위로 측정된다. 찰리 채플린이 등장하는 「모던 타임즈」라는 영화는 이를 잘 보여준다.

'빨리 빨리'는 산업사회로 바뀌고 난 이후에 우리의 시간관념을 대표하는 말이 되었다. 여기에는 경쟁자보다 앞서 유리한 위치를 선점하려는 심리가 내재해 있다. 이럴 때 시간은 속도와의 전쟁에 표준이 되었던 것이다.

2. 시간의 단위와 측정, 그것은 어떻게 이루어졌을까?

시간 단위는 지구가 스스로 도는 자전주기를 하루, 그리고 태양의 주변을 도는 공전주기를 1년, 달이 차고 기우는 주기를 음력 한 달로 정했다. 현재는 태양을 기준으로 하는 태양력을 쓰고 있지만, 한 달이라는 단위는 천체운동의 주기와 아무 관련이 없다. 단지 편의적으로 1년을 12로 임의적으로 나누었을 뿐이다.*

조선시대에는 달을 기준으로 하는 음력을 사용했는데, 1년의 시작은 원단(元旦)이다. 또한 1년의 시작을 동지(冬至)로 생각하기도 했다. 동지는 하지와 반대로 낮의 길이가 일년 중에 가장 짧다. 따라서 앞으로는 낮의 길이가 길어진다는 뜻이 된다. 밤과 낮은 각기 음과 양이 되고, 동지는 앞으로 양의 기준이 새롭게 늘어난다는 의미였다.

조선시대 달력은 스스로 만드는 것이 아니었다. 달력을 만드는 일은 하늘과 직접 교통하는 중국 천자의 몫이다. 그래서 천자는 환구단에서 하늘에게 제사를 지낸다. 그러나 조선왕조의 국왕은 제후이기 때문에 하늘에 직접 제사를 지낼 수 없고, 오직 땅과 곡식의 신에게만 가능하다. 제사를 하는 곳이 바로 사직(社稷)이다.

그래서 조선시대는 겨울에 사신을 중국에 보내서 달력을 받아 왔다. 이를 기초로 하여 조선의 국왕은 달력을 제작하여 나누어 주었다.

> 매년 일력(日曆)을 나누어 준다. 관상감에서 4,000건을 인쇄하여 여러 관사, 여러 고을 및 종친, 문무 당상관 이상에게 나누어 준다. 제주 3읍을 제외하고 모든 고을은 다 용지를 바치고 받아간다. 남은 것은 용지로 바꾸어 다음 해의 쓰임에 대비한다. 교서관에서는 1,000건을 인쇄하여 여러 책을 인쇄하여 내보낼 때의 자료로 삼는다.**

---

* 이은성, 『한국의 책력(上)』, 전파과학사, 1978, 55쪽.

** 『경국대전』 권3, 예전 장문서.

달력을 받는 곳은 중앙과 지방관청, 국왕의 친척인 종친과 고위관료
였다. 달력의 표준은 명나라에서 이용하는 「대통력(大統曆)」이었다. 이
달력은 명나라 이전의 왕조인 원나라 때 곽수경이 만든 「수시력(授時
曆)」을 이어받은 것으로, 1년의 길이를 일정하게 되도록 고쳤다. 이후
300여 년 동안 조선에서는 「대통력」을 기준으로 쓰다가, 1653년(효종
4)에 「시헌력(時憲曆)」으로 바뀌었다.

「시헌력」은 서양 선교사 아담 샬
이 중국에 와서 만든 것인데, 중요
한 것은 달력을 만드는 원리, 즉 천
체 운행의 계산법을 알아내는 것이
문제였다. 이를 알기 위해 조선은
책을 구해 관상감에 근무하는 김상
범 등에게 연구를 시키고, 중국에
파견해 몰래 배워오려 노력하였다.

　　관상감(觀象監)이 아뢰기를, "역서(曆書)를 고치는 것은 왕법(王法)
의 급선무입니다. 역법(曆法)이 오래 되면 차이가 나므로 수시로 개정
하니, 1백 년이 지나도 수정하지 않는 것은 없습니다. 「수시력」은 이미
3백 년이 지나서 천문에 어그러지는 증험이 많이 나타나므로 숭정 초
(崇禎初)에 비로소 서양의 역법을 구하여 여러 해 시험하면서 그 논설
이 정밀한 것을 살펴어 제가(諸家)의 허술한 것을 한결 새롭게 변모시
켰는데, 이따금 이의하는 자가 있었으나 다들 그 까닭은 지적하여 말
하지 못했습니다. 일찍이 성상의 하교에 따라 술관(術官) 김상범을 북
경에 두 번 보내어 그 방법을 배워 오게 하였는데 중도에서 병으로

죽었습니다. 역법에 정통한 자를 다시 가려서 사신의 행차에 딸려 보내소서"하니, 그대로 따랐다.*

관상감은 천문을 담당하는 관청인데, 여기서도 달력이 국왕 통치에 중요한 점이라는 것을 강조하고 있다. 또한 핵심은 달력이 제대로 맞아야 한다는 것이다. 청나라는 시헌력을 만드는 방법을 비밀로 했기 때문에 김상범을 보내 그 원리를 파악하게 한 것이다.

이렇게 익힌 역법은 다시 조선의 풍토에 맞는지를 점검하였다. 서울의 해뜨는 시각이 중국 북경과 달랐고, 또한 절기 등이 서로 같은지를 검토해야 했다.

하루의 시간은 「대통력」의 기준인 12진(辰)으로 하고, 보다 세밀하게 100개의 단위로 쪼갰다. 100단위로 쪼개지는 것, 즉 각(刻)은 일반인들에게는 거의 이용될 필요가 없었다. 12진법은 잘 알다시피 매 해 시작될 때 나타나는 동물상징을 나타내는 12개의 단위다. 여기에 더해 밤에는 5경(更)을 두었다. 5개의 경은 정확하게 몇 시부터 몇 시까지 정하지 않은 시간법이다. 즉 정하지 않았다는 것은 지금처럼 몇 시부터 몇 시까지를 몇 경으로 한 것이 아닌, 해가 진 후에 별과 동이 트는 때를 기준으로 했기 때문이다. 당연히 해길이에 따라 시간은 달라지지만, 이것은 사람들의 일상적인 활동시간에 맞춘 것이다.**

하루가 시작되는 시간은 공식적으로는 자시(子時)부터였지만, 일상생활에서는 동틀 무렵이었을 것이다. 고려시대부터 사면령이 내려지는

---

* 『효종실록』 권, 효종 6년 1월 신축.
** 정연식, 「조선시대의 시간과 일상생활」『역사와 현실』 37, 2000, 257쪽.

기준 시각이 매상(昧爽)으로 되어 있었기 때문이다.* 사람들은 첫 닭이
우는 시점을 하루의 시작으로 느꼈을 것이다.

시간을 재는 도구는 무엇이었을까? 국왕의 일은 시간을 측정하고 이
를 전파해야 했다. 그렇기에 낮에는 해를 이용하고, 밤에는 물을 이용하
는 시계가 있었다. 해를 가지고 측정하는 방법은 오래전부터 있어 왔고,
중국에서는 기원전 한나라 때의 해시계가 지금까지 전해지고 있다.

해시계의 원리는 전 세계 어디서나 비슷하다. 방식은 시간 단위를 적
은 글자판 위에 막대기를 세워서 고정시켜, 그 그림자에 따라 시간을
읽는 방식이다. 그림자의 각도가 시간의 흐름이 되는 것이다. 우리가
흔히 볼 수 있는 시계는 앙부일구(仰釜日晷)다. 무엇이든 표준 만들기를
좋아했던 세종은 재위 16년(1434)에 앙부일구를 만들어서 종묘와 혜정
교 앞에 설치하였다. 혜정교는 지금의 종로에 있었고 다리 동쪽에 이것
을 설치했다.

앙부일구는 구리로 만들었는데,
가운데를 가마솥처럼 둥글게 했기
때문에 이렇게 이름을 붙였다. 이를
혜정교에 설치한 이유는 백성들이
일할 때를 알게 하기 위함이라고 했
다.** 이런 시계의 제작은 세종대 천
문 관측에 대한 관심으로 가능했다.
앙부일구는 구리뿐만 아니라 돌을

---

* 박성래, 「한국 전근대의 역사와 시간」, 『역사비평』 50, 2000, 180쪽.
** 『세종실록』 권66, 세종 16년 10월 을사.

깎아서도 만들었으며, 모양 역시 다양했다. 거북이 모양으로 만들어진 것이라든가, 또는 휴대용의 작은 것까지 만들어졌다. 그래서 이 시계는 궁궐, 관공서뿐만 아니라 양반들의 집에까지 널리 이용되었다.

앙부일구는 해의 그림자를 이용하는 시계이기 때문에, 계절과 위치에 따라 그림자의 각도가 달라질 수 있었다. 각도가 달라지면 시간은 자연히 차이가 난다. 해가 길 때인 여름과 짧을 때인 겨울은 그림자의 각도와 길이가 큰 차이가 나기 때문이다. 그래서 음력 절기에 따라 각기 다른 위치에 수평으로 그려진 금이 그림자를 보는 기준이 되었다. 그리고 수직으로 된 시간선에 맞추어 시간을 쟀다.

또한 손바닥만한 휴대용 앙부일구는 여행이나 군사상의 목적으로 이용되기도 했다. 조선후기에는 방위의 정확도를 알기 위해 여기에 나침반을 같이 붙였다. 나침반은 흔히 패철, 지남철이라고도 불렸다. 휴대용 앙부일구는 나무, 돌, 납석으로 만들었지만, 때로 상아를 쓰기도 했다.

이런 해시계는 지구의 위도에 따라 시간이 달라지게 나온다. 대개의

앙부일구는 한양의 위도를 기준으로 만들어졌다. 한양의 위도는 1713년(숙종 39) 청나라 사신 하국주가 종로에서 측정한 37도 19분 15초를 표준으로 삼았다.

재미있는 해시계로는 부채에 매다는 선추(扇錘)라는 것이 있다. 원래 선추란 양반들이 사용한 부채의 장식품을 말한다. 그런데 선추 장식

에 작은 지남철과 영침을 세워서 시계 기능을 하도록 한 것이다. 물론 시간의 정확도는 앙부일구에 비교할 수는 없다. 그러나 일상생활에서 오늘처럼 분 단위의 약속이 있지 않았기 때문에 문제는 없었을 것이다.

해시계는 해 그림자를 측정하는 것이기 때문에 날이 흐리거나 비가 오면 사용할 수 없었다. 또한 실내에서도 마찬가지였을 것이다. 그래서 이용한 것이나 향이나 초였다. 원리는 간단해서, 향이나 초가 타들어가는 것을 기준으로 하면 된다. 향시계는 주로 절에서 승려들이 예식 시간을 맞추기 위해 사용했다. 중국이나 일본의 경우는 자기나 유리 등으로 만든 향그릇에 글자무늬를 새기고 그 홈에 향을 넣어 타들어가는 정도로 시간을 재었다고 한다.*

초의 경우는 고려시대에 유행했던 각촉부시(刻燭賦詩)로 인해 잘 알려져 있다. 각촉부시란 과거 시험에 대비하기 위해 가졌던 시짓는 모임을 말한다. 여기서는 초에 금을 그어놓고 시의 제목을 내면, 금에 초가 타들어갈 때까지 시를 지었다. 많은 시간을 주는 것이 아닌 즉석 시험이었다. 그래서 이렇게 시를 짓는 것을 급히 만든다는 뜻의 '급작(急作)'이라고 불렀다.

그러나 두 방법은 일반적인 것은 아니었다. 일상에서 향이 넉넉했던 것도 아니고, 각촉부시처럼 제한된 시간 내에 무엇을 해야 할 경우가 별로 없었기 때문이다.

밤에는 물시계가 필요했다. 물시계는 물이 일정하게 흘러가게 해서 시간을 측정한다. 물시계는 옥루(玉漏), 경루(更漏) 등으로 불렀다. 옥

---

* 정연식, 앞 글, 『역사와 현실』 37, 263쪽.

루는 일정한 시간이 되면 옥끼리 부딪쳐서 소리를 내었다.

물시계는 신라시대부터 있었다. 고려시대에 이를 담당한 관청은 누각원(漏刻院)이다. 우리에게 잘 알려진 묘청은 1134년(인종 12)에 이곳을 담당하는 삼중대통 지루각원사(三重大統知漏刻院事)가 되었다.* 그의 벼슬은 개혁을 바라는 인종에게 새롭게 시간을 장악하게 하려는 상징적 의미가 있다. 그러나 고려시대의 시계 유물은 현재 남은 것이 없다.

조선시대에는 태조 즉위 후 7년(1398)에 경루를 종루(鐘樓)에 설치했다.** 종루는 지금의 종각인 듯하다. 그리고 세종 대에는 장영실이 자동물시계를 만들고, 그 이름을 옥루라고 했다. 또한 이것은 자동으로 시간을 알려준다고 해서 자격루(自擊漏)의 범주에 들어간다. 시간을 알릴 때면 인형이 스스로 북이나 징을 친다는 의미다.

장영실은 원래 경상도 동래의 관노(官奴) 출신이지만, 세종에 의해 대호군(종 3품직으로 장군)까지 승진했다. 그는 여기에 보답하고자 옥루를 만들었다. 장영실은 중국 송, 원나라의 자동물시계와 중국에 전해진 아라비아물시계를 연구한 후에 이를 만들어냈다.

이 시계는 경복궁 천추전이란 건물 서쪽에 있는 흠경각이란 곳에 두었다. 그 모습은 풀을 먹인 종이로 높이 7척 가량의 산을 만든 후에, 그 주위에 구름과 태양의 모형을 만들어 이것이 돌도록 하였다. 시간은 인형을 통해 알리도록 했다. 그 인형은 옥녀(玉女), 무사, 종치는 사람, 북치는 사람, 징치는 사람 등으로 다양하게 이루어졌다.

---

* 『고려사절요』 권10, 인종 1월 무인.
** 『태조실록』 권, 태조 7년 윤5월 을유.

시계는 중앙의 궁궐에만 필요한 것은 아니었다. 조선후기인 1771년에는 전주, 영흥, 강화에 시계를 보내어 제사 시간을 정확히 하도록 했다. 전주에는 태조의 얼굴초상이 모셔진 경기전이 있었고, 영흥에는 이성계가 태어난 곳으로 선원전이 있으며, 강화는 하늘에 제사지내는 참성단이 있었다. 아울러 군사적 요충지에는 각종 시계를 보냈다.* 이 시계는 군사에 관련한 일들을 보고할 때 그 시각을 알기 위한 목적으로 보내졌을 것이다.

3. 시간은 어떻게 알렸을까?

시계가 흔치 않았던 이 시대에 시간은 어떻게 알렸을까? 서울 종로에는 종을 매단 누각을 만들었다. 1395년(태조 4)에 만들었는데, 세종대에는 동서로 5칸, 남북으로 4칸으로 증축했다. 1칸이란 기둥과 기둥 사이를 말하는데, 이곳 종루에 종과 북을 달았다. 조선정부는 새벽과 저녁을 알리는 인정(人定)과 파루(罷漏)를 썼다. 그 실제는 저녁인 초경 3점에 인정을 28번 치면 성문을 닫고, 5경 3점인 새벽 시간에는 파루를 33번을 쳐서 성문을 열었다. 28번을 치는 것은 별자리 28수(宿)를 말하며, 33번은 33개의 하늘을 뜻한다.

이 사이의 시간에는 통행금지였다. 통행금지 시간대에는 각 '경(현재 2시간)'마다 북으로, 그 이하 시간 단위인 '점(시각마다 총 5점)'에는 징으

---

* 정연식, 앞의 글, 『역사와 현실』 37, 260쪽.

로 이를 알려주었다. 통행금지임에도 시간을 알린 이유 중에 하나는 순찰대의 교대 근무와도 관련을 있었을 것이다.

낮시간 정오에는 오고(午鼓)라는 북을 쳤다. 보루각 물시계가 오정을 알리면 이를 경복궁 영추문을 거쳐 광화문에 세워둔 커다란 오고를 치도록 한 것이다. 이 제도는 19세기말까지 계속되다가 1884년 인정, 파루, 오정에 창덕궁 금천교에서 포를 쏘는 방식으로 바뀌었다.*

시간을 담당한 관리는 금루관(禁漏官)이다. 이들이 속한 정부기관은 서운관이라는 곳으로, 지금의 기상청이었다. 뒤에는 관상감으로 이름이 바뀌었다. 금루관은 일종의 기술직인데, 세종대에 정한 인원은 40명이었다. 이 사람들이 10명씩 짝을 이루어 하루에 4번 교대로 근무했다. 이들의 역할은 낮에 시간을 알리고 밤에는 물시계를 지켰다.

그러나 시간을 제대로 알리는 일은 쉬운 일이 아니었다. 특히 서울이 아닌 시골에 이들이 나갔을 때에는 더욱 문제였다. 16세기 법전인『대전속록』에는 금루관이 들판에 나가 밤의 어두운 시각에 풍우 때문에 시간을 알지 못한 경우는 불문에 부친다고 하였다.

이들 관원의 집에는 모든 잡스러운 노력동원(徭役)을 면제시켜 주었다. 그 일이 고달프다는 증거였다. 아울러 시계인 누각이 있는 곳에는 흙비가 오거나 얼음이 얼면 숯과 땔나무를 공급하도록 법으로 규정했다. 만약 물이 얼기라도 하면, 시간을 제대로 알릴 수 없었다.

그렇지만 무엇보다 밤에 물시계에 물을 공급하고 이를 지켜야 하는 일은 고역이었다. 만약 졸게 되면 물을 공급할 시간을 놓칠 수 있었다.

---

* 정연식, 앞의 글,『역사와 현실』37, 269쪽.

그래서 자격루처럼 자동 시계가 필요했다.

만약 제사 등의 의식에서 시간을 잘못 전달하면 이들은 처벌을 받았다. 1577년(선조 10) 선조 때의 일인데, 당시 제사가 있었다. 제사 시간은 정해져 있었다. 선조는 금루관이 시간이 되었다고 보고하자 제사지낼 곳으로 나아갔다. 그런데 금루관이 시간을 잘못 알고 이를 알린 것이고, 제사 준비 역시 다 되어 있지 않았다. 화가 난 선조는 금루관과 내관을 파직시키는 중벌을 내렸다.*

금루관은 궁궐이나 관청 내에서 퇴근 때에도 이를 알려 주었다. 다음의 얘기는 이를 말해준다.

참판 최혜길이 새로 예쁜 첩을 얻었는데, 동부승지로 오래 숙직에 묶여 (집에) 갈 수 없었다. 우승지 조찬한에게 숙직을 바꿔 줄 것을 청하니, (그가) 감떡을 대신 달라고 했다. 그래서 집에 말해 감떡을 가져오게 하였는데, 누국(漏局 : 누각을 담당한 관청, 보루각)의 사람이 와서 신시(申時)라고 하니 승정원 아전이 우승지를 나가게 했다. 그러자 최혜길은 약속을 어겼다고 했는데, 조찬한은 (받은) 감떡이 적었다고 하여 승정원에서 웃음이 넘쳤다.**

최혜길은 1591년(선조 24)부터 1662년(현종 3)사이를 살았던 문신관료였다. 그는 승지와 도승지를 역임한 인물이다. 이 에피소드는 실제있었던 일처럼 보인다. 여기서 누국의 사람이란 금루관의 지시를 받은

---

* 『선조실록』 권, 선조 10년 4월 무진.
** 이희준 편찬, 유화수·이은숙 역주, 『계서야담』, 국학자료원, 666쪽.

사람일 것이다. 이들은 퇴근 시간을 알려주었고, 이를 받아 승정원의 행정실무를 맡은 아전은 숙직이 아닌 우승지를 퇴근시켰다. 최혜길은 시간을 알리는 순간에 그 자리에 없었을 것이다. 요즘처럼 개인이 시계를 모두 갖고 있으면, 벌어질 수 없는 일이다.

관료들은 긴 겨울밤의 숙직에서 시간이 지나는 것을 더욱 기다렸을 것이다. 조선후기 관료인 이식(李植)이 지은 시에는,

> 멈췄다가 다시 치는 딱따기 소리
> 물시계도 바닥이 나 다시금 채워지네
> 잠 못드는 긴긴 밤 어떻게 견뎌 내리
> 객지 생활 때마침 엄동설한 맞았도다
> 자주 머리 감기도 부끄러운 성긴 백발
> 문서 다시 손에 쥐기 왜 이리 귀찮은지
> 평소 간직해 온 택풍괘가 있거니
> 두 번 세 번 점칠 필요 뭐가 있으랴*

라고 했다. 그가 들은 딱따기(木鐸) 소리는 순찰하는 사람들이 내는 것이다. 물시계에 바닥이 났다는 것은 물이 떨어지면 이를 채워 넣어야 함을 보여준다. 그는 숙직하던 긴 밤에 시간이 가지 않는 심정을 이렇게 시로 표현했다. 심심한 그가 했던 일은 『주역』으로 점치는 일이었을 뿐이었다. 그러나 일반인들이 시간에 대해 느끼는 감성은 쉽게 파악하기 어렵다. 그들은 문자를 몰라 기록으로 이를 남기기 어려웠기 때문이다.

---

*『澤堂先生集』 권4, 숙직하면서 밤에 읊은 시.

이처럼 시간의 알림은 종, 북, 징 등과 같이 소리를 주로 이용하였다. 이 점은 국왕이 외부에 행차하는 경우에도 마찬가지였다.

조선초기 문신인 권근이 지은 시에서는

음화(陰火)가 활활 옥 같은 샘물 끓여내는데
살갗을 씻고나니 문득 날 듯하구나
이궁(離宮)은 들판 위에 설치되었고
호위군은 언덕 옆 찾아 왔네
고요한 밤 북소리(漏鼓) 시간 알리자
새벽에 일어나 모두들 밥짓는다
성심(聖心)의 자효함이 고금에 없으니
억만년 역수를 응당 전하리*

여기서 이궁이란 궁궐을 떠나 외부에 마련된 임시 행궁을 말한다. 이 시는 온천으로 행차한 태종을 따라가서 지은 것으로 보인다. 태종은 평주온천에 두어 번 간 적이 있었다. 이런 경우에 온천에 임시로 행궁이 마련된다. 여기서도 시간을 알려주어야 하기에 금루관이 따라 갔을 것이다. 『대전속록』에는 교외의 제향 때에는 주시경루(奏時更漏)를 설치한 곳에 차일, 장막과 횃불을 마련한다고 규정되어 있다. 이 시기에 그런 정도까지 마련되었는지는 알 수 없지만, 북을 통해 시간을 알렸던 것은 분명하다.

결국 조선시대에 '시간'이란 국왕이 장악하는 것이고, 국가가 이를 알

---

* 『양촌집』 권9, 온정에서 묵으며 기탄의 운을 써서.

려 주어야 했다. 거기에는 국왕이 지닌 상징성, 즉 하늘을 대신해 통치한다는 이념적 배경이 깔려 있었다. 그것은 역으로 국왕의 권력을 뒷받침하는 것이기도 한 것이다.

이런 시간의 권력이 개인에게 넘어가는 것은 역시 근대 산업사회 이후의 일이 될 것이다. 그러나 조선시대의 산업은 농업 위주였기에, 이는 좀 더 시간이 걸리는 문제였다.

더 읽을 거리

1. 정연식, 「조선시대의 시간과 일상생활」, 『역사와 현실』 37, 2000

조선시대 시간 문제에 대해 가장 체계적이고 실증적인 논문이다. 또한 역사학계에서 본격적으로 이 문제를 다룬 첫 연구이기도 하다. 이 논문은 방대한 자료를 인용하고 있고, 시간에 관련된 가장 기초적인 질문에 답하고 있다.

2. 박성래, 「한국 전근대 역사와 시간」, 『역사비평』 50, 2000

근대 이전(고대부터 중세까지) 달력과 시간에 대한 개괄적인 서술을 하고 있는 글이다. 개괄적인 내용이기 때문에 소략한 편이지만, 전체적인 흐름을 이해하는 데 도움이 된다.

3. 이은성, 『한국의 책력(上, 下)』, 전파과학사, 1978

전근대 시대의 달력, 천체, 시간에 대한 과학을 다루고 있는 책이다. 과학자의 입장에서 다루었기 때문에 수식과 도표에 수학적 기호 등이 이용되고 있어, 인문학 쪽에서 접근할 때에는 이해가 어려운 부분도 있을 수 있다. 그러나 자세한 서술, 서양과의 비교를 알 수 있는 유용한 책이다.

4. 이창익, 「근대적 시간과 일상의 표준화」, 『역사비평』 59, 2002

전근대의 시간이 어떻게 근대적인 시간관으로 바뀌었는가를 살펴볼 수 있는 글이다. 이와 더불어 정상우, 「개항 이후 시간관념의 변화」, 『역사비평』 50, 2000을 같이 읽으면 도움이 된다.

5. 시계에 관련해서 쉽게 볼 수 있는 것으로는 전상운, 「한국과학사」 시리즈가 있다. 이것은 『과학동아』(동아사이언스) 1989년 6월부터 9월까지 실려 있는데, 내용은 ① 천문연구, ② 해시계, ③ 물시계, ④ 천문시계 등이다. 일반 대중독자를 염두

에 두고 있어서 내용이 쉽고 글이 짧기 때문에 읽기가 좋은 편이다. 또한 시계 등의 관련 사진들이 이해를 돕는다.

이와 관련해서, 박성래, 「세종대 천문학 발달」 『세종조문화연구』 2, 한국정신문화연구원, 1984가 도움이 된다.

그 밖에 물시계는 복잡한 구조를 가지므로, 이에 대한 보다 전문적 서술은 남문현, 『한국의 물시계』, 건국대학교 출판부, 1998을 참고할 것.

아울러 단행본으로 나온 전상운, 『시간과 시계 그리고 역사』, 월간시계사, 1994를 같이 읽으면 도움이 된다.

생각해 보기

1. 서양의 시간관념은 한국과 어떻게 다른가? 또한 시간 측정의 방식은 차이가 있는지?

2. 근대적 시간은 전근대의 그것과 어떻게 다른지?

3. 시간의 표준화가 갖는 일상생활에서의 의미는 무엇인지?

4. 한국의 시계 기술은 왜 계승이 되지 않았는지?

찾아보기

ㅎ

고명철

성균관대학교 국어국문학과 졸업. 광운대학교 교양학부 교수. 문학평론가. 계간 〈실천문학〉
편집위원. (사)민족문학작가회의 정책위원회 위원장. 〈6.15민족문학인협회〉 남측협회 집행위
원. 저서로는『칼날 위에 서다』,『논쟁, 비평의 응전』,『비평의 잉걸불』,『'쓰다'의 정치학』,
『주례사비평을 넘어서』(공저),『제주인의 혼불』(공저) 등. 고석규비평문학상 수상.

권혁인

한국외국어대학교 일본어과 졸업. 오챠노미즈여자대학교(お茶の水女子大學) 박사.
광운대학교 교양학부 교수. 일본연구소 및 외국문학연구소 연구원.
저서『天曆期の後宮社会と文学(천력기의 후궁사회와 문학)』
공저『키워드로 읽는 일본 문학 1-모노가타리에서 하이쿠까지』

김상묵

런던대학교 이학박사. 공군사관학교 수학과 전임강사.
서강대 이대 강사. 포항공대 전산수학센터 연구원.
광운대학교 교양학부 교수.

김인호

연세대학교 사학과 졸업, 문학박사, 광운대학교 교양학부 교수.
저서『고려후기 사대부의 경세론 연구』

노진서

한양대학교 영어영문학과. 문학박사. 광운대학교 교양학부 교수.
논문「영어와한국어의 은유 보편성」등.
은유 연구에 관심이 있으며 저서에『영어학 개론』등이 있다.

박진빈

연세대학교 사학과 졸업. University of Pennsylvania 박사. 경희대학교 사학과 교수.
한국미국사학회 연구이사. 저서『백색국가 건설사』역서『원더풀 아메리카』

최종성

부산대학교 수학과 졸업. 동경대학(東京大學) 수리과학박사.
광운대학교 교양학부 교수. 한국수학사학회 사료이사.

시간과 공간을 조각하다

2007년 7월 12일 초판 발행

지은이   고명철 · 권혁인 · 김상목 · 김인호
          노진서 · 박진빈 · 최종성
펴낸이   김흥국
펴낸곳   도서출판 **보고사**

등록   1990년 12월(제6-0429)
주소   서울시 성북구 보문동 7가 11번지
편집부 922-5120~1, 영업부 922-2246, 팩스 922-6990
홈페이지 www.bogosabooks.co.kr
메일   kanapub3@chol.com

ISBN 978-89-8433-536-3 (03800)
정가 12,000원